RHEINSAGEN

Vom Ursprung bis zur Mündung

Erzählt von Hertha Kratzer

UEBERREUTER

Das säurefreie und alterungsbeständige Papier EOS liefert Salzer, St. Pölten
(hergestellt aus chlorfrei gebleichtem Zellstoff aus nachhaltiger Forstwirtschaft).

ISBN 978-3-8000-5677-4

Umschlaggestaltung von Nele Schütz Design, München,
unter Verwendung eines Fotos von Shutterstock.de / Harald Lueder

Gedruckt in Österreich
1 3 5 7 6 4 2

Ueberreuter im Internet: www.ueberreuter.at

Vorderrhein, Hinterrhein und Alpenrhein

Von den Schweizer Bergen durch Liechtenstein
und Vorarlberg zum Bodensee

Hochrhein

Vom Bodensee nach Konstanz und über den Rheinfall
von Schaffhausen nach Baselland und Basel-Stadt

Oberrhein

Von Basel durch das Elsass
und die Oberrheinische Tiefebene nach Bingen

Mittelrhein

Vom Binger Loch durch den Rheingau
und das Rheinische Schiefergebirge nach Bonn

Niederrhein

Durch das Niederrheinische Tiefland in die Niederlande

Rheindelta

Von der deutsch-niederländischen Grenze
durch die Niederlande in die Nordsee

Vorderrhein, Hinterrhein und Alpenrhein

Von den Schweizer Bergen durch Liechtenstein und Vorarlberg zum Bodensee

Rheinsage

In den uralten Zeiten, als noch Riesen und Zwerge auf Bergen und in Höhlen hausten, als Wassermänner und Nixen in Seen und Flüssen ihre Reiche hatten, gab es in den Schweizer Bergen Riesen, die so groß waren, dass ihr Scheitel fast bis zur Sonne reichte. Sie wären verbrannt, wenn nicht ihre Mutter, das Meer, ihnen Wind und Wolken geschickt hätte, damit Regen und Schnee und ewiges Eis sie am Leben erhalte.

Einmal saßen die Riesen zwischen den Bergen Rheinwaldhorn, Tödi und Gotthard beisammen und dachten an ihre Mutter, die ferne Nordsee. Sie wollten ihr einen Gruß schicken, wussten aber nicht wie. »Den Gruß soll ihr der Wassermann überbringen«, schlug der klügste der Riesen vor. Sie riefen ihn und ihr Ruf war so laut, dass es unten im Tal, wo der Vorderrhein rauschte, wie Donner grollte. Der Wassermann hörte es und streckte sogleich den Kopf aus den Fluten. »Was wollt ihr von mir?«, fragte er.

»Bahn dir einen Weg zu unserer Mutter, der Nordsee, und sag ihr einen Gruß von uns!«

»Das will ich gerne tun«, sagte jener Wassermann und schwamm davon.

Den Ruf hatte auch der Wassermann gehört, der im Hinterrhein hauste. Er streckte ebenfalls seinen Kopf aus dem Wasser. »Was wollt ihr von mir?«, fragte er.

»Du sollst unsere Mutter, die Nordsee, von uns grüßen!«

»Das will ich gerne tun!«, sagte der Wassermann und schwamm davon.

Da lachten die Riesen, dass die Erde bebte, denn die zwei Wassermänner wussten nichts voneinander. »Das gibt eine Überraschung, wenn die beiden zusammenstoßen«, sagten sie.

Die beiden Wassermänner trieben ihre Flüsse an und Vorderrhein und Hinterrhein bahnten sich mit ungeheurer Kraft ihren Weg durch wilde Schluchten und unheimliche Wälder, brausten an schroffen Felsen und Klippen vorbei, bis sie aufeinanderstießen. Tosend prallten sie zusammen und ein neuer starker Fluss entstand, der nach Norden strömte. So begegneten sich auch die Wassermänner und begannen sofort zu streiten, wer mächtiger sei und ob dieser neu entstandene Fluss nun Vorder- oder Hinterrhein heißen sollte. Da aber keiner der beiden nachgeben wollte, gaben sie ihm einen neuen Namen und nannten ihn Alpenrhein. Mit ihm schwammen sie bis in den Bodensee und auch wieder hinaus und gelangten mit dem Fluss, den sie auf ihrer Wanderschaft Hochrhein, Oberrhein und Mittelrhein nannten, weit hinauf nach Norden ins flache Land. Dort nannten sie ihn Niederrhein. Unter dem weiten

Himmel der Ebene teilte sich der Strom, der auf seinem langem Lauf durch Berge und Täler immer mächtiger und breiter geworden war, in zwei Arme. Jetzt war die Zeit gekommen, da jeder der Wassermänner seinen eigenen Weg gehen musste. Der eine schwamm mit dem Rheinarm Waal und der andere mit dem Rheinarm Lek in die Nordsee. Und beide erfüllten ihren Auftrag und überbrachten den Gruß der Riesen, die in der schneebedeckten Welt der Berge an das ferne Meer im Norden dachten.

Der Senn vom Rheinwaldhorn

Stolz wie eine Pyramide ragt das Rheinwaldhorn, der höchste Berg im Tessin, empor. Nur selten lichten sich die Nebel um seinen Gipfel, dessen Hänge von ewigem Eis bedeckt sind.

Vor langer Zeit befanden sich dort Wiesen und Weiden mit so fettem Gras, dass die Kühe dreimal am Tag gemolken werden mussten. Die Butter, die der Senn daraus machte, duftete, als wäre der ganze Bergsommer in ihr eingefangen. Der Käse war im ganzen Land berühmt, und die Leute kamen von weit her, um die mächtigen Laibe zu kaufen. Der Senn, ein lustiger und freundlicher Bursche, wurde sehr reich.

Aber, wie es so oft geschieht in der Welt, der Reichtum verändert die Menschen, und er veränderte auch den Senn vom Rheinwaldhorn. Zuerst war er nur übermütig und stolz, doch dann, als er reicher und reicher wurde, fraßen sich Hoffart und Geiz in sein Herz. Aus seiner Hütte machte er ein prächtiges Haus, zu dem eine Treppe aus Käselaiben führte. Die Holzböden ließ er mit Butter einreiben, damit sie glänzten, und für seine Lieblingskuh ließ er ein Bett zimmern, in dem sie schlafen konnte.

Eines Tages kam eine alte Frau in die Gegend. Es war Sommer und die Sonne brannte vom Himmel. Die Frau hatte sich verirrt, war vom vielen Hin-und-her-Laufen müde geworden und hatte großen Durst. Sie war froh, als sie das Haus des Sennen sah, klopfte zaghaft an die Tür und bat um einen Becher Milch.

»Kannst du auch bezahlen?«, herrschte er sie an.

»Nein, das kann ich nicht«, sagte die Frau. »Aber Gott wird es dir lohnen.«

»Das werden wir gleich sehen«, lachte der Senn höhnisch, nahm einen Becher Milch und streute Sand hinein. Er gab ihn der Frau und schlug die Tür zu.

Die Frau, die sehr durstig war, tat einen tiefen Zug. Als sie spürte, wie der

Sand in ihre Kehle rann, stieg eine wilde Wut in ihr auf. »Gott wird es dir lohnen«, schrie sie zornbebend und ballte die Faust.

Ein Sturm erhob sich, Donner grollte und ein mächtiges Gewitter mit Steinschlag brach los. Dann raste eine Moräne zu Tal und verwüstete die Alp. Im Nu waren Kühe und Wiesen, Hirte und Haus verschwunden. Eis und Felstrümmer hatten alles unter sich begraben.

Der Geist des Sennen fand nach dem Tod keine Ruhe. Er ist dazu verdammt, mit seiner Kuh, deren Euter mit Dornen umrankt ist, im ewigen Eis umherzuirren. Erst dann wird er erlöst sein, wenn ein Hirte an einem Karfreitag diese Kuh melkt. Er darf dabei aber kein Wort sagen und keinen Laut von sich geben.

Einmal wäre es beinahe schon so weit gewesen. Ein Senn wollte an einem Karfreitag hinab ins Tal und kam dabei vom Weg ab. Als er die Kuh mit prallem Euter auf einem Felsblock stehen sah, wollte er sie melken. Er stach sich dabei an einem Dorn und schrie auf. Da war die Kuh verschwunden. Vielleicht hat sich seither ein Hirte gefunden, der an einem Karfreitag die Kuh gemolken und den gottlosen Senn erlöst hat. Wenn nicht, irrt er bis heute im ewigen Eis umher.

Die Bergwichtel

Ehe die Menschen in die Täler des Vorder- und des Hinterrheins kamen und die Wälder rodeten, um Häuser zu bauen und Vieh zu hüten, lebten dort die Bergwichtel. Das waren kleine wilde Männchen und Weibchen, die in Höhlen und Schluchten ihre Wohnungen hatten. Im Sommer liefen sie nackt herum, im Winter trugen sie Felle von Füchsen oder Mardern. Die Wichtel kannten alle Pflanzen, wussten genau, welche Kräuter giftig und welche heilkräftig waren, und mischten aus Knochenmark, Fett und Galle verschiedener Tiere Heilsalben. Wenn eines von ihnen verletzt war und sich damit einrieb, war die Wunde am nächsten Tag geheilt. Sie hielten sich gezähmte Gämsen als Haustiere, die sie am Tag frei herumlaufen ließen und am Abend molken, und die Gämsenmilch gaben sie ihren Kindern zu trinken. Wenn davon etwas übrig blieb, machten sie Butter und kleine Käselaibe daraus.

Als immer mehr Menschen in die Rheintäler kamen, zogen sich die wilden Männchen und Weibchen in die Berge zurück. Doch hin und wieder kehrten sie für kurze Zeit zurück. Manchmal halfen sie einem Hirten beim Viehhüten oder zeigten ihm Weideplätze, wo das Gras besonders fett war. Wenn sie wussten, dass ein Menschenkind krank war, brachten sie der Mutter eine Salbe oder Heilkräuter. Die Frau legte dann zum Dank Brot und Speck vor das Haus und stellte ein Krüglein mit Milch dazu.

Die Wichtel wussten auch genau, wann das Wetter umschlug. Föhnwind und Sturm konnten sie nicht leiden, da verkrochen sie sich in ihren Höhlen. »Wenn alle Wetter Wetter sind, das ärgste Wetter ist der Wind«, sagten sie. Mehr als einmal warnten sie die Menschen vor Gewittern und Lawinen.

Als über Graubünden die Pest hereinbrach und auch die entlegensten Bauernhöfe heimsuchte, entschloss sich ein Bauer, ein Bergmännchen zu fragen, ob es nicht ein Mittel gegen den schwarzen Tod wisse. Er stellte am Abend Käse und Brot und einen Becher Wein auf einen Stein vor seinem Hof, versteckte sich und wartete ab. Als die Nacht hereinbrach, kam tatsächlich ein Männchen, aß den Käse und das Brot und trank den Wein dazu. Nun trat der Bauer aus seinem Versteck hervor. »Kannst du mir ein Kraut nennen, das gegen die Pest hilft?«, fragte er.

Da nickte das Bergmännchen und sagte: »Iss Eberwurz und Bibernell, trink aus dem kühlen Felsenquell, das wird die Pest vertreiben, kannst lang am Leben bleiben.«

Gleich am nächsten Tag ging der Bauer ins Dorf und erzählte, was er gehört hatte. Seither starb in Graubünden niemand mehr an der Pest.

Der Venediger

Vor vielen, vielen Jahren kamen jeden Sommer kleine dunkelhaarige Männchen aus Italien in die Schweizer Berge, um nach Gold, Silber und Edelsteinen zu suchen. Sie wateten in den Flüssen und Wildbächen, krochen in Felsnischen und durchsuchten Geröllfelder. Wenn sie genug gefunden hatten, gingen sie wieder nach Hause. Man nannte sie »Venediger«.

Es hieß, dass sie Wünschelruten und Zauberspiegel hätten, die ihnen die Schätze im Berg anzeigten, oder dass ihnen Schlangen verrieten, wo solche verborgen waren. Man sagte auch, dass die Männchen mit einem Zaubermantel über die Berge fliegen könnten, aber gesehen hat es bis heute noch keiner. Mit dem Schmelzen und Schmieden von Gold und Silber sollen sie sich besonders gut ausgekannt haben.

Ein Venedigermännchen kam Jahr für Jahr im Sommer nach Glarus. Es ging zu den Sennen hinauf auf die Alp, aß mit ihnen und schlief im Heu. Tagsüber, wenn die Hirten bei ihrer Arbeit waren, kletterte der Venediger auf den Felsen herum und sammelte funkelnde Steine. Er hatte sieben Säcke, in denen er sie verstaute. Waren sie voll, verschwand er, kam aber nach drei Tagen mit den leeren Säcken wieder, um sie aufs Neue zu füllen.

Die Sennen freuten sich jedes Mal, wenn der Venediger kam, denn er wusste viel zu erzählen. Am liebsten erzählte er von der Stadt Venedig und ihren marmornen Palästen, zwischen denen Schiffe hin- und herfuhren wie anderswo Pferdewagen. Da sperrten die Sennen Mund und Ohren auf, denn so etwas hatten sie noch nie gehört, geschweige denn gesehen.

Einmal wollte ein junger Senn dem Venediger einen Streich spielen. Während das Männchen auf den Felsen herumkletterte, versteckte ihm der Hirte einen vollen Sack. Als der Venediger es am Abend merkte, rief er zornig: »Bring ihn sofort zurück!«

»Hol ihn dir selber!«, sagte der Senn und dachte, der Venediger würde ihn nie und nimmer finden. Das Männchen aber lief schnurstracks hinaus in die dunkle Nacht, genau zu der Stelle, wo der Sack versteckt war. Seither hat keiner mehr die Schätze des Venedigers angerührt.

Im Spätsommer, als schon ein raueres Lüftchen um die Berggipfel wehte, verabschiedete sich der Venediger. »Ich gehe jetzt nach Hause«, sagte er. »Aber wenn mich einer von euch in Venedig besuchen kommt, dann soll's mich freuen. Als Geschenk bekommt er einen Sack voll Silber.«

Als der Herbst kam, zogen die Sennen ins Tal. An den Venediger dachten sie nicht mehr – bis auf einen. Es war derjenige, der einst den Sack mit den Schätzen versteckt hatte, was ihm das Männchen aber längst verziehen hatte. Der Senn hätte nur allzu gerne einmal die Stadt im Meer gesehen, von der er so wunderliche Dinge gehört hatte. Eines Tages stand sein Entschluss fest. Er sagte Frau und Kindern Lebewohl, stieg über die Berge nach dem Süden, wanderte immer weiter und kam tatsächlich in die Stadt Venedig. Er ging durch die engen Gassen, starrte die hohen Häuser an und die herrlichen Kirchen, staunte über die Wasserstraßen und verstand von dem, was die Leute redeten, kein Wort. Wohl fühlte sich der Senn aus der Schweiz nicht. »Was habe ich hier verloren?«, dachte er und bekam Heimweh nach den Bergen.

Als er so dahinschritt, packte ihn plötzlich jemand am Ärmel. Es war ein vornehm in Samt und Seide gekleideter kleiner Mann. Der Senn schaute – und erkannte in ihm den Venediger. Freundlich lud das Männchen den Hirten ein, ihm in sein Haus zu folgen. Das war ein prächtiger Palast an einem dunklen Kanal, auf dem ein goldverziertes Boot schaukelte. Die Zimmer hatten Marmorböden, auf denen kostbare Teppiche lagen, an den Wänden hingen Spiegel und Bilder und die Fenster waren mit schweren Vorhängen aus Brokat verhüllt. In einem Saal stand ein mit silbernen Tellern und kristallenen Bechern gedeckter Tisch.

Der Senn bekam zu essen und zu trinken, so viel er nur wollte, und durfte auf seidenen Kissen schlafen. Doch bald wurde ihm das üppige Leben langweilig. Immer öfter musste er an seine Frau und seine Kinder daheim in Glarus denken und die Sehnsucht nach ihnen und den Schweizer Bergen machte ihm das Herz schwer. »Ach, könnte ich nur wieder die frische Luft der Alpen atmen und Schnee sehen«, dachte er.

Der Venediger merkte, wie seinem Gast zumute war, und führte ihn in ein Zimmer, in dem ein riesiger Spiegel hing. Der Senn schaute und sah hohe Berge, davor sein Haus und dann seine Frau und die Kinder. Er sah es so klar und deutlich, als stünde er davor, und Tränen traten ihm in die Augen.

»Geh nur wieder nach Hause und grüße mir die Sennen von Glarus«, sagte der Venediger freundlich und gab ihm zum Abschied einen Sack voll Silber, wie er es im Sommer versprochen hatte. »Gib gut acht auf den Sack! Wenn du in einem Wirtshaus übernachtest, leg ihn dir unter den Kopf.« Der Senn bedankte sich und machte sich auf den Weg.

Nach einem langen Tag kam er in eine Herberge, wo er die Nacht verbringen wollte. Müde streckte er sich auf seinem Lager aus und war bald eingeschlafen. Den Silbersack hatte er sich unter den Kopf gelegt. Als er am Morgen erwachte, wusste er nicht, wo er war. Verwundert rieb er sich die Augen und da hörte er auch schon die Stimmen seiner Frau und seiner Kinder. Er war wieder zu Hause. Unverändert lag der Sack, den ihm der Venediger geschenkt hatte, an seinem Platz, voll gefüllt mit glänzendem Silber. Nun war der Senn reich und hatte sein Lebtag keine Sorgen mehr.

Das verräterische Knöchelchen

Wenn einer ein Senn werden will, muss er schon als Junge den Sommer über auf der Alp aushelfen, damit er beizeiten lernt, mit dem Vieh umzugehen, Butter und Käse zu machen und was ein Hirte sonst noch alles zu tun hat.

Lorenz, ein Junge, der auf einer Alp bei Linthtal in den Glarner Alpen in

Dienst stand, hatte kein leichtes Leben. Der Senn war ein jähzorniger Kerl, dem der Gehilfe nichts recht machen konnte. Lorenz musste Holz sammeln und Feuer machen, die Kessel reinigen und die Hütte sauber halten, das Vieh hüten und überall zupacken, wo es notwendig war. Aber bei allem, was er tat, fand der Senn einen Grund, zu schelten. Wenn das Feuer nicht richtig brennen wollte, weil das Holz zu feucht war, schrie der Senn, mit so einer Funzel könne man nicht käsen. Wenn die Flammen loderten, brüllte er auch, so ein Feuer sei reine Verschwendung, er habe das Holz ja nicht gestohlen. Es war eine harte Arbeit von früh am Morgen bis spät am Abend. Trotz allem war Lorenz ein fröhlicher Bursche, denn er liebte die Berge und er liebte das Vieh. Wenn die Sonne aufging, sang er einen Jodler, dass es weithin über die Berge schallte, und wenn sie unterging, sang er auch. Die Sennen von den umliegenden Alpen freuten sich jedes Mal, wenn sie ihn hörten.

Weil der Junge den ganzen Tag auf den Beinen war und schwer arbeitete, war er stets hungrig und griff bei den Mahlzeiten ordentlich zu. Das aber war dem geizigen Senn nicht recht. Jedes Mal, wenn Lorenz in die Schüssel langte, schaute er ihn voller Hass und Neid an. Er missgönnte ihm jeden Bissen und jeden Schluck.

Eines Abends, als ihm schon sehr der Magen knurrte, wagte Lorenz zu fragen, wann er denn endlich essen könne. Der Senn wurde zornig. »Friss, bis du voll bist!«, schrie er und gab ihm einen solchen Stoß, dass Lorenz kopfüber in den Sennkessel fiel, wo die kochend heiße Molke brodelte. Als ihn der Senn herauszog, war der Junge tot. Er schleppte den Leichnam auf einen Felsen und warf ihn im Dunkel der Nacht hinunter ins Tal der Linth.

Die anderen Sennen, die Lorenz so gerne jodeln gehört hatten, vermissten ihn und fragten nach seinem Verbleib. »Weiß nicht, was mit ihm ist«, log der Senn. »Kann sein, dass er einer verlaufenen Kuh nachgestiegen und irgendwo abgestürzt ist. Hab ihn seit Tagen nicht mehr gesehen.« Doch das schlechte Gewissen ließ ihm keine Ruhe. Im Herbst, nach dem Abtrieb, ging der Senn aus dem Linthtal fort. Lange Jahre hatte man dort nichts mehr von ihm gehört. Eines Tages aber kehrte er zurück.

Im Dorf war gerade Kirchweih und aus der Wirtsstube drang laut die Tanzmusik. Dazu dröhnte das Stampfen der Burschen und klang das Lachen der Mädchen, die von ihren Tänzern herumgewirbelt wurden. Der Senn trat ein, packte ein Mädchen und begann zu tanzen, immer schneller und immer wilder, bis beiden schwindelte.

Dem Senn, der schon lange nicht mehr getanzt hatte, wurde heiß. Um sich abzukühlen, ging er ins Freie und ans Ufer der Linth. Als er sich zum Wasser beugte, um zu trinken, sah er ein zartes Knöchelchen. Es war weiß wie Elfenbein und leicht wie eine Feder. Er nahm es und steckte es sich als Zierde auf den Hut. Dann ging er zurück in den Tanzsaal, schnappte sich ein Mädchen und drehte sich mit ihm im Kreis. Plötzlich ein schriller Schrei – das Mädchen riss sich los und starrte entsetzt auf den Hut des Sennen. Die Musik brach ab, das Lachen verstummte, die Paare hörten auf zu tanzen. Es war totenstill. Aus dem Knöchelchen rannen große schwere Blutstropfen.

Unter den Gästen war einer, der sich auf Wunder und Zeichen verstand. »Er muss Blutschuld auf sich geladen haben«, sagte er. Nun wollte der Senn rasch zur Tür hinaus, doch die anderen waren schneller und hielten ihn fest. Sie fragten ihn so lange aus, bis er es nicht mehr leugnen konnte. Er hatte den Tod seines Gehilfen auf dem Gewissen.

Vom Tanzboden weg wurde der Senn in den Kerker geschleppt und am nächsten Tag vor Gericht gebracht. Dann trat er seinen letzten Gang an. Es war der Weg zum Galgen.

Das Toggeli

Wie das Toggeli wirklich aussieht, weiß keiner. Aber so mancher hat schon unliebsame Bekanntschaft mit ihm gemacht. Wenn man das Toggeli kommen hört, wie es zum Haus heranschleicht und dann die Treppe hinaufkriecht und sich durch den Türspalt zwängt, dann hat man keine Kraft mehr, sich dagegen zu wehren. Manche meinen, es sei ein winziges Männchen mit einem hässlichen Kopf und bösen Augen, aber ohne Arme und Beine. Andere wieder sagen, es sehe eher wie eine Katze oder ein Igel aus. Wie dem auch sei, das Toggeli kann sich so klein machen, dass es durch alle Spalten und Ritzen kriechen kann. Ist es einmal in der Stube, setzt es sich dem Schläfer auf die Brust und drückt ihm so aufs Herz, dass ihn Todesangst überkommt. Wenn er dann schweißgebadet aufwacht, ist das Toggeli oder der Schrättlig, wie man es auch nennt, schon verschwunden. Auch kleine Kinder verschont es nicht. Sie schreien auf, wenn es ihnen auf die Brust springt, oder sie wimmern und weinen im Schlaf, wenn es sich leise anschleicht. Kinder, die nachts vom Toggeli heimgesucht werden, sind oft krank.

Ein junger Bauer aus Surselva, dem Bündner Oberland, wurde einst heftig von dem bösen Kobold geplagt. Fast jede Nacht hockte sich ihm das

Toggeli auf die Brust und drückte gegen sein Herz, sodass er vor lauter Angst glaubte sterben zu müssen. Er wurde blass und hohläugig und taugte nicht mehr für die Arbeit. In seiner Not wandte er sich an den Pfarrer und fragte um Rat.

»Irgendwo in der Wand wird ein Loch sein, durch das der Unhold hereinschlüpft«, meinte der Pfarrer. »Das Loch musst du suchen. Dann schnitze einen Holzzapfen, der genau in das Loch passt, und ritze ein Kreuz hinein. Wenn das Toggeli wieder auf dir hockt, bete ein Vaterunser, damit es von dir ablässt. Steh schnell auf und verschließe das Loch mit dem Zapfen. Dann kann es nicht mehr hinaus und das Toggeli ist gefangen.«

Der Bursche fand wirklich in seiner Kammer ein Astloch, das vom vielen Hin-und-her-Schlüpfen des Toggeli schon ganz glatt geworden war. Er schnitzte einen Zapfen, wie es ihm der Pfarrer gesagt hatte, und wartete ab. Eines Nachts, als sich der Kobold wieder heranschlich und ihm auf die Brust kroch, betete er ein Vaterunser, sprang aus dem Bett und verschloss das Astloch mit dem Zapfen. Danach legte er sich schlafen. Er staunte aber nicht schlecht, als er am Morgen aufwachte. Da saß nämlich auf der Ofenbank ein wunderschönes nacktes Mädchen und bat ihn flehentlich um ein Kleid. Er holte Kleider seiner verstorbenen Mutter aus dem Schrank und gab sie ihm.

Der Bauer konnte eine Hilfe gut gebrauchen und so blieb das Mädchen bei ihm. Es war geschickt und fleißig, sang bei der Arbeit und war stets guter Dinge. Schließlich gewann es der Bauer so lieb, dass er es zur Frau nahm. Sie lebten glücklich miteinander und bekamen ein halbes Dutzend hübscher Kinder.

Eines Tages sagte die Frau zu ihrem Mann: »Du kannst den Zapfen ruhig herausziehen. Ich habe dich und die Kinder viel zu lieb, als dass ich euch verlassen könnte.«

Der Bauer sagte nein, das wolle er lieber nicht tun, und blieb auch dabei, als sie ihm wieder damit kam. Da geschah es aber, dass eines der Kinder beim Spielen den Zapfen entdeckte und herauszog. Kaum war das Loch frei, als sich die Frau die Kleider vom Leib riss, sich ganz klein machte, durch das Loch schlüpfte und wie ein Vogel auf und davon flog. Jetzt hatte der Bauer keine Frau mehr und die Kinder keine Mutter. Sie sahen sie nie wieder.

Das Totenvolk von Valendas

In den Tälern Graubündens erzählt man sich bis heute schaurige Geschichten vom Totenvolk. Die Verstorbenen ziehen in bestimmten Nächten, wenn die Menschen schlafen, in einer langen, unheimlichen Prozession durch die stillen Dörfer. Schwarz verhüllte Gestalten, Männer und Frauen, suchen unter leisem Murmeln und Flüstern die Orte heim, wo sie als Lebende gewohnt hatten, und kehren dann zum Friedhof zurück. Manch einer, der dem Totenvolk begegnet ist, konnte sich sein Leben lang nicht von dem Schreck erholen. Wenn man nicht rechtzeitig ausweicht – am besten ist, man macht drei Schritte zur rechten Seite –, kann es sein, dass man gezwungen wird, mit den Toten mitzugehen. Erst wenn sie wieder in ihre Gräber steigen, darf der Lebende nach Hause gehen. Nicht jeder kann das Totenvolk auf seinen nächtlichen Wanderungen sehen. Das kann nur einer, der zu den Fronfasten* geboren ist und ein gottgefälliges Leben führt.

In Valendas lebte einmal ein Schuster, der ein fleißiger und rechtschaffener Mann war. Er hielt nicht viel davon, ins Wirtshaus zu gehen und zu zechen, sondern saß lieber still daheim bei seiner Arbeit. Schon als Kind war er anders gewesen als andere Kinder, weil er mehr spüren und sehen konnte als sie. Er hatte nämlich das zweite Gesicht, das heißt, dass er Ereignisse vorhersehen konnte, die später tatsächlich eintrafen. Doch darüber redete er nicht viel, denn man glaubte ihm nicht. Schon sein Vater hatte ihn für einen Narren gehalten, wenn er schaudernd von gespenstischen Gestalten erzählte, die ihm in dunklen Gassen begegnet waren. Einmal sah der Junge im Traum ein Haus brennen und wollte den Bauern warnen, doch der lachte ihn nur aus. Als dann der Hof wirklich brannte, begann man zu tuscheln, er wäre mit dem Teufel im Bund.

Eines Morgens, es war der Dreikönigstag, setzte sich der Schuster mit so kummervollem Gesicht an den Tisch, dass ihn seine Frau besorgt fragte, was ihm denn fehle.

»Ach, Frau«, sagte er, »das wird ein trauriges Jahr werden. Für mich, für dich und für unser Dorf.«

»Warum denn?«, fragte sie weiter.

Zuerst wollte der Mann nicht reden, aber als die Frau in ihn drang, sagte

* *Fronfasten* sind Quatembertage, der Mittwoch, Freitag und Samstag nach Pfingsten, nach dem dritten Septembersonntag, nach dem dritten Adventsonntag und nach dem ersten Fastensonntag.

er: »Es werden zwölf Leute sterben, alle aus unserem Ort und noch in diesem Jahr. Und der Letzte in der Reihe …«

»Hast du das Totenvolk gesehen?«, unterbrach ihn die Frau erschrocken.

Da seufzte der Mann tief auf und begann zu erzählen: »Es war um die Mitternachtsstunde, als mich schlurfende Schritte und ein Murmeln und Flüstern vor unserem Haus weckten. Mir war gleich unheimlich zumute, denn die Dreikönigsnacht ist ja eine der vier Raunächte und da ist es nicht geheuer. Ich stand trotzdem auf, ging zum Fenster und schaute hinaus. Da sah ich einen gespenstischen Zug von schwarz verhüllten Frauen und Männern, die leise vor sich hin murmelten und die leere Straße entlangzogen. Mir graute es und schon wollte ich das Fenster schließen, da sah ich in einem Abstand noch zwölf Leute ... Ach, Frau, hätte ich doch nicht geschaut!«

Die Frau war blass geworden. »Hast du sie erkannt?«, fragte sie und in ihren Augen stand die Angst.

»Es waren Männern und Frauen aus Valendas, Leute, die gesund sind und unter uns leben. Sie waren auch nicht schwarz verhüllt, sondern trugen ihr Alltagsgewand. Aber ihre Gesichter waren totenbleich und ihre Augen starrten ins Leere. Ich habe sie alle erkannt. Der Erste war der Viehhändler Klaus und der Letzte ...« Hier stockte der Mann.

»Und der Letzte«, fragte die Frau und das Herz krampfte sich ihr zusammen.

»Der Letzte war ich.«

Die Frau des Schusters war zu Tode erschrocken, als sie das hörte. Sie lief zu ihrer Schwester und erzählte, was ihr Mann in der Nacht gesehen hatte. Die Schwester erzählte es weiter und bald wusste es das ganze Dorf. Aber die Leute scherten sich nicht darum, sie hatten andere Sorgen, als sich um das Weibergeschwätz zu kümmern. »Der spinnt ja«, sagten sie und gingen weiter an ihre Arbeit. Sie hatten den Schuster nie für ganz voll genommen.

Da geschah es, dass noch im Januar der Viehhändler Klaus von einem Pferdehuf verletzt wurde und starb. Im Februar verunglückte ein Senn tödlich. Er war der Zweite aus der Reihe, die der Schuster gesehen hatte. Und im März wurde der Lehrer vom Schlag getroffen. Jeden Monat starb einer nach dem anderen der zwölf, die am Haus des Schusters vorbeigezogen waren. Als der November ins Land zog, waren bereits sechs Männer und fünf Frauen aus Valendas gestorben. Am letzten Tag des Jahres trug man den Schuster zu Grabe.

Wie Liechtenstein zu seinem Namen kam

Vor vielen Jahren lebte am Ufer des Rheins ein fleißiger und gottesfürchtiger Bauer. Eines Tages, als er sein Feld pflügte, stieß die Pflugschar auf etwas Hartes, und das Ross blieb stehen. Der Bauer bückte sich, um nachzusehen, was da in der Furche verborgen sei, und entdeckte unter der Erde etwas Glattes und Glänzendes. Er holte einen Spaten und begann zu graben und grub einen wunderschönen wasserhellen Stein aus, der im hellen Sonnenlicht funkelte und strahlte. Er wickelte seinen Fund sorgsam in ein Tuch und ging damit ins Schloss zum Grafen.

Als der Graf den Stein sah, staunte er. »Was du da gefunden hast, strahlt heller als alle Edelsteine, die ich in der Schatzkammer des Kaisers gesehen habe«, meinte er.

»Dann will ich diesen Stein dem Kaiser bringen«, sagte der Bauer.

Schon am nächsten Tag machte er sich auf den Weg in die ferne Residenzstadt. Als er dort ankam, wollten ihn die Türhüter nicht vorlassen. »Der Kaiser gibt heute keine Audienz«, sagten sie. »Außerdem bist du gar nicht angemeldet!«

Nun erzählte der Bauer, dass er von weit her komme und ein kostbares Geschenk überbringen wolle. Da ließen sie ihn ein und führten ihn zum Kaiser.

Ehrerbietig näherte sich der Bauer dem Thron, beugte vor dem Herrscher das Knie und legte ihm den Stein zu Füßen. »Majestät, diesen Stein will ich Euch zum Geschenk machen. Nehmt es gnädig an.«

Der Kaiser nahm den Stein, betrachtete ihn lange und von allen Seiten und sagte dann: »Weißt du denn nicht, wie kostbar dieser Stein ist? Er macht dich zum reichen Mann, reicher als alle meine Untertanen!«

»Ich weiß es sehr wohl, Majestät«, antwortete der Bauer. »Aber mein Herz hängt nicht an irdischen Gütern. Mein Reichtum ist die Liebe zu Gott und die Treue zu meinem Land und meinem Herrscher.«

Diese Worte rührten den Kaiser. Er legte dem Bauern die Hand auf die Schulter und sprach: »Wahrlich, du hast das Herz und die Gesinnung eines Edelmannes. Daher sollst du auch ein Edelmann sein. Dein Name und der Name deines Geschlechtes sollen von nun an ebenso lauten wie dein kostbares Geschenk – Liechtenstein.«

So wurde der Bauer zum Ahnherrn des Hauses Liechtenstein, das bis heute über das Fürstentum am Rhein herrscht.

Die Fee von Gutenberg

Die Burg Gutenberg ist das stolze Wahrzeichen der Gemeinde Balzers im Rheintal. Es geht die Sage, dass am Fuße des Burgbergs einmal ein riesiger Schatz verborgen war. Vielleicht gibt es ihn heute noch, denn es ist nicht leicht, ihn zu heben. Das musste ein junger Bursche aus Balzers erfahren, dem es vor vielen Jahren fast geglückt wäre. Warum der Versuch fehlschlug, erzählte er später mit Schaudern.

Hans, so hieß er, ging an einem sonnigen Tag an der Burg Gutenberg vorbei. Da sah er an der Mauer etwas glitzern und glänzen, und zwar so hell, dass es ihn beinahe blendete. Er schaute genauer hin und staunte nicht schlecht, denn was er da liegen sah, war ein Haufen Schneckenhäuser, die alle aus purem Gold waren. Als er danach greifen wollte, hörte er eine zarte Stimme: »Das Gold soll dir gehören, aber erst musst du mich erlösen!«

Hans hob den Kopf und sah eine schöne junge Frau mit langen blonden Haaren. »Fürchte dich nicht«, sagte sie mit sanfter Stimme. »Ich bin eine verwunschene Fee. Vor vielen Jahren war ich hier auf Gutenberg das Burgfräulein. Ich war mit einem edlen Ritter verlobt, der ein prächtiges Schloss besaß, und bald sollte Hochzeit sein. Doch Feinde stürmten sein Schloss und der Ritter konnte nur das nackte Leben retten. Als mich dann ein reicher Graf um meine Hand bat und mir viel Gold dafür versprach, brach ich meinem Verlobten die Treue. Da wurde ich verwunschen und mit meinem Goldschatz ins Burgverlies verbannt. Doch alle hundert Jahre darf ich aus meinem finsteren Kerker ins Freie treten und jemanden bitten, mich zu erlösen.«

Dem Burschen, der noch nie eine Frau von solchem Liebreiz gesehen hatte, klopfte das Herz bis zum Hals. Mutig fragte er: »Was muss ich tun, um dich zu erlösen?«

Die Fee blickte ihn freundlich an und sagte: »Du musst mich in den Armen halten und dreimal herumschwingen. Dabei darfst du aber kein Wort sagen, auch keinen Laut ausstoßen, und du darfst mich auf keinen Fall loslassen.«

Das kann doch nicht so schwer sein, überlegte der Junge, fasste sich ein Herz und nahm die blonde Frau in die Arme. Er drehte sich mit ihr herum und presste dabei die Lippen fest zusammen, damit ihm nur ja kein Wort oder ein Laut entschlüpfe. Nachdem er es einmal geschafft hatte, versuchte er es gleich darauf ein zweites Mal. Wieder nahm er sie in die Arme und wirbelte mit ihr herum. Die Augen der Fee strahlten, als er sie dann ein drittes Mal in die Arme schloss. Doch da schrie er plötzlich auf – in den Armen hielt er schwarze kalte

Schlangen. Vor Schreck ließ er los und starrte entsetzt auf seine Hände. Sie waren leer.

»Nun muss ich wieder zurück in das finstere Verlies und hundert Jahre warten, bis ich um meine Erlösung bitten kann«, klagte die Fee. Dann war sie verschwunden und der Goldschatz mit ihr. Nur ein paar Schneckenhäuser lagen da. Es waren aber ganz gewöhnliche.

Von Brennern und Tobelhockern

Es war eine böse Zeit, als die Menschen an Hexen, Zauberkünstler und Magier glaubten. Tausende von Unschuldigen, meist Frauen, fielen diesem Wahn zum Opfer. Es genügte schon, jemanden zu verdächtigen, er sei ein Hexenmeister oder eine Hexe oder er stehe mit dem Teufel im Bunde, und schon wurde der Unglückliche vor den Richter geschleppt. Dann wurde er so lange gefoltert und gequält, bis er alles gestand, was man ihm vorwarf, und sein Schicksal war besiegelt. Die Scheiterhaufen, auf denen unschuldige Menschen verbrannt wurden, loderten landaus und landein.

Für so manche war der Hexenwahn eine gute Gelegenheit, einen Schuldner oder jemanden, an dem man sich rächen wollte oder der einem sonst irgendwie im Wege stand, für immer loszuwerden. In Liechtenstein nannte man die Verleumder, die so viel Leid über die Menschen brachten, Brenner. Manchmal entgingen aber auch sie nicht der gerechten Strafe.

In Triesen hatten die Brenner nicht einmal davor zurückgeschreckt, den Pfarrer der Hexerei zu beschuldigen. Sie drangen in das Pfarrhaus ein und wollten ihn festnehmen, um ihn vor den Richter zu bringen. Der Pfarrer aber war ein kluger und besonnener Mann. Es tat so, als wären die Brenner seine Gäste, und lud sie höflich ein, erst einmal ein Glas Wein mit ihm zu trinken. Dann, so sagte er, wolle er mit ihnen mitgehen.

Die Brenner setzten sich zu Tisch und der Pfarrer ging in den Keller. Dort mischte er ein starkes Schlafpulver in den Wein und setzte ihn seinen unwillkommenen Gästen vor. Es dauerte nicht lange und Wein und Schlafpulver taten ihre Wirkung – die Brenner schnarchten. Nun griff der Pfarrer in die Rocktasche des Anführers und fand, was er zu finden hoffte, nämlich eine Liste all jener Frauen und Männer, die beschuldigt werden sollten, Hexen und Hexenmeister zu sein. Der erste Name auf der Liste war sein eigener.

Nun war rasches Handeln nötig. Der Pfarrer schickte seine Köchin und seinen Knecht zu den Leuten, deren Namen auf der Liste standen, und ließ ihnen ausrichten, sie sollten so schnell wie möglich ins Pfarrhaus kommen. Als alle versammelt waren, überwältigten sie gemeinsam die Brenner und führten sie vor den Richter. Nun waren die Verleumder die Angeklagten, denen der Prozess gemacht wurde. Sie wurden verurteilt und bestraft.

In Liechtenstein erzählt man sich, dass die Seelen der Brenner selbst dem Teufel zu schlecht waren. Weil er sie nicht in der Hölle haben wollte, wurden sie in ein schwarzes Tobel, in eine finstere Schlucht bei der Alp Lawena, gebannt. Dort hocken sie in ewiger Verdammnis und sind stumm. Weil sie auf Erden so viel gelogen haben, können sie kein Wort sagen, auch keinen Seufzer ausstoßen. Man nennt sie Tobelhocker. Kalt und starr wie Steine büßen sie ihre Schuld, denn auch im Leben hatten sie statt eines Herzens einen Stein in der Brust.

Der Reiter von Triesen

Es ist schon viele Jahre her, da lebte in Vorarlberg bei Feldkirch ein armes Waisenkind. Vater und Mutter waren früh gestorben, und Lise, so hieß das Mädchen, musste selbst dafür sorgen, dass sie ein Dach über dem Kopf und etwas zu essen hatte. Sie half den Sennen auf einer Alp beim Viehhüten, beim Melken und Käsen und scheuerte die Töpfe blank.

Eines Abends, als Lise mit einem Stück Butter, das sie als Lohn erhalten hatte, ins Tal hinabstieg, lief ihr ein Hund über den Weg. Der Hund sprang wie verrückt hin und her, bellte und winselte und ließ sich nicht verscheuchen. Dann lief er voraus und wieder zurück und hörte nicht auf zu heulen. Da begriff Lise, dass ihr das Tier etwas zeigen wollte, und ging ihm nach. Immer wieder drehte sich der Hund nach dem Mädchen um, ob es auch bestimmt folge. So liefen sie über Stock und Stein und gelangten schließlich zu einer Lichtung, wo ein Mann lag, der aus einer tiefen Wunde blutete. Es war ein Jäger, der von einem Felsen gestürzt war und sich dabei schwer verletzt hatte. Er wäre wohl verblutet, wenn sein kluger Jagdhund nicht Hilfe geholt hätte.

Lise nahm ihre Schürze ab, riss sie in Streifen, gab auf die Wunde etwas Butter und verband sie. Dann rannte sie hinauf zur Alp, berichtete von dem Unglück und führte die Sennen zu dem Jäger. Bevor sie ihn ins Tal trugen, richtete sich der Verletzte auf und sagte zu Lise: »Mädchen, du hast mir das Leben gerettet!« Dann streifte er einen goldenen Ring vom Finger und gab ihn ihr. »Nimm diesen Ring zum Zeichen meiner Dankbarkeit. Wenn du einmal in Not gerätst, dann schick mir diesen Ring und ich werde dir helfen. Ich bin der Vogt von Feldkirch, auf der Schattenburg bin ich zu finden.«

Die Jahre vergingen und Lise verdingte sich als Magd bei einem Bauern in Triesen in Liechtenstein. Doch gerade an dem Tag, an dem Lise ihren Dienst antrat, erkrankte das einzige Kind des Bauern und starb bald danach. Der Bauer war wie verstört. Er konnte den Tod des Kindes nicht fassen und begann zu grübeln. Zuletzt verfiel er in den Wahn, die Magd aus Vorarlberg sei eine Hexe und habe mit ihren Zauberkünsten den Tod seines Kindes verschuldet. Er ging nach Vaduz und verklagte Lise beim Richter.

In jener Zeit, da der Hexenwahn die Scheiterhaufen brennen ließ, brauchte es nicht viel, um jemanden der Zauberei zu beschuldigen. Und wie es so oft geht in der Welt, so ging es auch in Vaduz. Die Richter glaubten dem reichen Bauern mehr als dem armen Mädchen. Vergeblich beteuerte Lise ihre Unschuld. Mit grausamer Folter presste man ihr das Geständnis ab, dass sie eine Hexe sei und den Tod des Kindes auf dem Gewissen habe. Ihr Schicksal war besiegelt – sie sollte verbrannt werden. Da erinnerte sich das Mädchen in seiner Not an den Ring des Vogtes von Feldkirch und bat und flehte, man möge ihm den Ring bringen. Aber niemand war bereit, einer Hexe einen Dienst zu erweisen.

Schon war der Scheiterhaufen errichtet, da begann den Bauern, der Lise verklagt hatte, das Gewissen zu plagen. Er ging in den Kerker, in dem die Verurteilte auf ihre Hinrichtung wartete, nahm den Ring und ritt nach Feldkirch, um ihn dem Vogt zu bringen. Er ritt schnell wie der Wind, aber als er auf der Schattenburg ankam, war der Vogt nicht zu sprechen. Er hatte bis spät in die Nacht gezecht und lag in tiefem Schlaf. Niemand wagte es, ihn zu wecken. Erst gegen Abend konnte ihm der Bauer den Ring geben. Nun schwang sich der Vogt in den Sattel, gab seinem Ross die Sporen und sprengte nach Vaduz. Der Bauer ritt hinterdrein. Doch als sie nach Liechtenstein kamen, sahen sie bereits von der Ferne den Feuerschein, und als sie zu der Richtstätte gelangten, war es zu spät. Das Urteil war vollstreckt.

Der Bauer fand nun keine Ruhe mehr, und es dauerte nicht lange, bis er dem Mädchen in den Tod folgte. Seither hört man auf der hohen Illbrücke in Feldkirch Nacht für Nacht schaurige Hufschläge. Es ist der Geist des Reiters von Triesen, der für seine Verleumdung büßt. Das böse Gewissen jagt ihn über die Brücke, so lange, bis der ewige Richter über ihn das Urteil spricht.

Das Teufelsloch von Gams

Von Sargans im Kanton St. Gallen erstreckt sich eine mächtige Gebirgskette den Rhein entlang nach Norden. In der Gegend von Gams ragt senkrecht eine Felswand empor, die in der Mitte ein riesiges Loch hat. Es ist so groß, dass man es von Liechtenstein aus mit freiem Auge sehen kann. Wie es in den Felsen kam, erzählt eine Sage.

Im Schaaner Ried plagte sich einmal ein armer Bauer, das harte Riedgras zu mähen und auf den Wagen zu laden. Die harte Arbeit trieb ihm den Schweiß aus den Poren und obendrein brannte die Sonne vom wolkenlosen Himmel. Der Bauer schwitzte und fluchte. Da schlich sich der Teufel heran, der mit Wohlgefallen gehört hatte, wie der Mann fluchte. »Ei, den hole ich mir!«, dachte der Teufel und schlug dem Bauern eine Wette vor. »Wenn ich es schaffe, mit der Mahd vor dem Abendläuten fertig zu sein«, sagte der Teufel, »dann soll deine Seele mir gehören.«

Der Mann überlegte nicht lange, denn alle Knochen taten ihm weh. »Der liebe Gott wird mir schon helfen«, dachte er und ging auf den Handel ein. Dann setzte er sich in den Schatten, holte Brot und Käse hervor und beobachtete vergnügt, wie jetzt der Teufel beim Mähen und Aufladen schwitzte.

Als die Schatten länger wurden und sich die Sonne im Westen neigte, bekam es der Bauer mit der Angst zu tun. Angestrengt lauschte er, ob er schon die Glocke zum Abendsegen hören könne, und das Herz klopfte ihm bis zum Hals. Mittlerweile hatte sich nämlich der Teufel an den letzten Wiesenstreifen herangemacht und mähte so schnell, dass dem Bauern Hören und Sehen verging. Da fiel er in seiner Not auf die Knie und flehte: »Ach, lieber Gott, rette mich vor der ewigen Verdammnis!«

Nun hatte sich der liebe Gott zwar über den Bauern geärgert – schon als er dessen Fluchen gehört hatte, noch mehr jedoch, weil er dem Teufel so leicht auf den Leim gegangen war. Seine Seele aber wollte er dem Bösen doch nicht überlassen. Daher ließ er eine Minute vor der üblichen Zeit die Glocke von Schaan läuten, gerade noch bevor der Teufel mit der Sense zum letzten Schwung ausholte. Dem Bauern fiel ein schwerer Stein vom Herzen. Er dankte Gott und gelobte, sein Lebtag nie wieder zu fluchen.

Den Teufel aber, der sich so abgeplagt hatte und sich nun um den gerechten Lohn geprellt sah, überkam eine rasende Wut. Er packte den Wiesbaum vom Wagen und schleuderte ihn mit solcher Wucht von sich, dass er wie ein Pfeil über den Rhein schoss und in die Felswand krachte, die am anderen Flussufer aufragte. Das Loch, das dabei entstand, hieß bald darauf das Teufelsloch. Man sagt, es sei der Beweis dafür, dass der Teufel in Liechtenstein kein Glück hat.

Die drei Schwestern von Frastanz

Im Vorarlberger Rheintal, westlich von Frastanz, zieht sich von Feldkirch eine Gebirgskette zur Grenze von Liechtenstein. Östlich davon verläuft das wildromantische Saminatal. Eine merkwürdige Felsformation, die »Drei Schwestern«, erhebt sich hoch über dem Rheintal. Die Felsen sollen als Strafe für Eitelkeit und Habsucht entstanden sein.

Vor Hunderten von Jahren kam ins damals noch menschenleere Saminatal des Öfteren ein Mann aus Venedig, um sich Gold zu holen. Er kam mit einem großen Krug durch die Luft geflogen, trieb sich tagelang in den Bergen umher und suchte nach Quellen, die Gold aus dem Erdinneren mit sich führen. Hatte er eine solche Quelle gefunden, hielt er seinen Krug darunter, bis er voll war. Dann flog er wieder nach Venedig zurück. Einmal zeigte er den bis oben mit Gold gefüllten Krug ein paar Hirten, die gerade des Weges kamen. Die erschraken, bekreuzigten sich und rannten davon.

In jener Zeit lebten in Frastanz drei Schwestern, die eitel und habgierig waren. Am Tag Mariä Himmelfahrt, am 15. August, gingen die Mädchen in den Wald, um Heidelbeeren zu suchen, die sie am nächsten Morgen auf dem Markt in Feldkirch verkaufen wollten. Die Glocken läuteten und riefen zum Gottesdienst zu Ehren der heiligen Jungfrau, doch die Schwestern achteten nicht darauf. Nur die jüngste meinte: »Sollten wir nicht lieber umkehren und die heilige Messe besuchen?« Da spotteten die beiden älteren, sie sei eine dumme Betschwester und würde wohl lieber faul in der Kirche knien, als im Wald Beeren zu suchen. Darauf schwieg sie und machte sich eifrig ans Suchen und ans Pflücken. Als alle Körbe voll waren, rechneten sich die Schwestern aus, wie viel Gewinn sie beim Verkauf machen würden und wie viele Halsketten und Seidentücher sie sich dafür einhandeln könnten. Fröhlich gingen sie nach Hause. Kurz vor Frastanz begegneten sie dem Venediger. »Was macht ihr an einem so hohen Feiertag im Wald?«, fragte er.

Die Schwestern erschraken. »Nichts«, riefen sie, »gar nichts!«

»Soso«, sagte der Venediger. »Dann sollt ihr auch zu nichts werden. Nichts als drei kahle Felsen sollt ihr sein, ohne Baum und ohne Strauch. Eine Goldquelle wird unter euch verborgen fließen, aber kein Mensch wird sie finden.« Kaum hatte er das gesagt, als die drei Schwestern zu Stein wurden. Der Venediger flog über die Berge in seine Heimat zurück und keiner hat ihn mehr in der Gegend gesehen. Auch das Gold hat bisher niemand gefunden.

Eine andere Sage erzählt, dass den Schwestern, als sie mit vollen Körben auf dem Heimweg waren, eine Frau begegnete, die sie um Beeren bat.

»Ach«, sagte die Frau, »ich habe zu Hause ein todkrankes Kind. Habt ihr nicht eine Handvoll Beeren, die ich ihm bringen kann? Gott wird es euch lohnen!«

»Such dir selber welche«, gaben die Schwestern höhnisch zur Antwort. »Wir haben uns in der Hitze abgeplagt und du willst, dass wir dir die Beeren schenken. Nein, nein! Uns schenkt auch keiner was!«

Da begann es um das Haupt der Frau zu leuchten und ein wundersamer Strahlenkranz umgab sie. Die Frau war niemand anderer als die Gottesmutter selbst. »Ihr habsüchtigen Mädchen«, rief sie. »Ihr kennt keine Barmherzigkeit und habt ein Herz aus Stein. Deshalb sollt ihr zu Steinen werden.« Im selben Augenblick erstarrten die drei Schwestern. In Felsen verwandelt stehen sie hoch über dem Rheintal, so einsam, wie Menschen es sind, die ein steinernes Herz haben.

Ehreguta

Es war vor rund sechshundert Jahren, als die Appenzeller zum Krieg gegen Vorarlberg rüsteten. Als Erstes wollten sie die Stadt Bregenz, das wichtigste Bollwerk gegen die Schweiz, erobern. Am Tag des heiligen Hilarius, am 13. Januar, sollte die Stadt gestürmt werden. In einem Wirtshaus, tief versteckt in einem abgelegenen Tal, hielten die Appenzeller Kriegsrat. Das Tyrannennest, wie sie Bregenz nannten, sollte nach der Einnahme dem Erdboden gleichgemacht werden. Die Männer, die da im Geheimen beratschlagten und Pläne wälzten, wussten jedoch nicht, dass sie eine Zeugin hatten. Ein altes Weiblein kauerte zitternd hinter dem Ofen und hörte alles mit an.

Guta, so hieß die Alte, war eine Landstreicherin, eine Fahrende. Sie zog ohne festen Wohnsitz im Land umher und schlug sich mit allerlei Gelegenheitsarbeiten mehr schlecht als recht durchs Leben. Freilich, zum Fahren hatte sie nicht einmal einen Karren, geschweige denn einen Wagen, von einem Pferd oder Esel gar nicht zu reden. Sie musste sich auf ihre Beine verlassen und wanderte durch das Appenzell und manchmal bis nach Vorarlberg. Wenn es auf einem Hof etwas zu flicken, zu nähen oder zu spinnen gab, dann blieb Guta für ein paar Tage dort. Ihr Lohn waren ein Nachtlager und eine warme Mahlzeit. War die Arbeit getan, zog sie weiter und wusste am Morgen nicht, ob sie am Abend ein Dach über dem Kopf haben würde.

So war sie auch in das einsame Wirtshaus im Appenzell gekommen. Es war ein strenger Winter, viel Schnee war gefallen und die Luft so bitterkalt, dass einem der Atem unter der Nase gefror. Sie war heilfroh, als sie die Kleider der Wirtsfamilie flicken durfte und dann noch ein wenig Wolle zum Spinnen da war. Als sie damit fertig war, sollte sie weiterziehen.

Guta trat vor die Tür, doch da wehte ihr ein Sturm den Schnee ins Gesicht und die Kälte biss sich durch ihre armseligen Kleider, dass die alten Knochen schmerzten. Sie beschloss, heimlich, wenn es dunkelte, wieder ins Haus zurückzukehren, sich hinter dem Ofen zu verkriechen und den nächsten Tag abzuwarten. Der würde hoffentlich besseres Wetter bringen. Niemand, auch nicht die Wirtsleute, hätte die Frau bemerkt, wenn nicht spät in der Nacht noch ein Appenzeller Landsknecht gekommen wäre, der seine feuchten Stiefel auszog und sie beim Ofen trocknen wollte. Dort entdeckte er Guta.

»He, was treibst du da?«, brüllte er, packte die zitternde Alte an den Haaren und zog sie aus ihrem Versteck. Zu Tode erschrocken stotterte Guta, dass sie bis jetzt tief und fest geschlafen und nichts gehört habe. »Ich weiß überhaupt nicht, was Ihr wollt. Ich habe nichts getan«, rief sie.

»Dann scher dich zum Teufel«, schrie jetzt der Wirt, der zu den Verschwörern gehörte, und stieß die Alte vor die Tür.

Guta schlich sich zum Stall, um dort die weitere Nacht abzuwarten. Da sah sie ein gesatteltes Pferd, das einem der Appenzeller gehörte, und plötzlich kam ihr eine Idee. Sie führte das Pferd zum Stall hinaus, kletterte mühsam in den Sattel und ritt auf vereisten Wegen durch Kälte und Finsternis, bis sie am Morgen erschöpft und halb erfroren nach Bregenz gelangte. Am Stadttor begehrte sie Einlass. Als die Wächter öffneten, verlangte sie, sofort ins Ratshaus geführt zu werden. Die verdutzten Wächter zögerten. »Was willst du Bettelweib im Ratshaus und wem hast du das Pferd gestohlen?«, fragten sie.

Guta aber ließ sich nicht beirren. »Ich habe eine wichtige Botschaft zu überbringen«, beteuerte sie und beharrte so hartnäckig auf ihrem Wunsch, dass ihr einer der Wächter den Willen tat.

»Ich heiße Guta«, sagte die Alte, als sie in der Bregenzer Ratsstube vor dem Bürgermeister und den Ratsherren stand, »und ich habe eine wichtige Nachricht.«

»Lass hören, aber stiehl uns nicht die Zeit«, sagte der Bürgermeister.

»Am Sankt-Hilarius-Tag drohen der Stadt Bregenz Untergang und Tod«, begann Guta und erzählte alles, was sie in der Nacht hinter dem Ofen gehört hatte. Die Ratsherren und der Bürgermeister lauschten atemlos. Dann dankten sie der Frau, ließen ihr zu essen geben und führten sie in ein warmes Zimmer zum Ausruhen.

Noch am selben Tag hob in der Stadt ein geschäftiges Treiben an. Die Befestigungsanlagen wurden erneuert und Boten zu Verbündeten ins Schwabenland gesandt. Die Bregenzer Bürger holten ihre Waffen hervor und rüsteten sich zum Kampf. Lieber wollten sie sterben, als ihre Stadt den Feinden überlassen.

Am Morgen des Sankt-Hilarius-Tages marschierten die Appenzeller mit ihrem Heer gegen Bregenz. Doch es kam anders, als sie es sich vorgestellt hatten. Die Bregenzer und ihre schwäbischen Verbündeten überwältigten die völlig überraschten Schweizer und drängten sie über den Rhein zurück. So war Bregenz gerettet.

Als der Bürgermeister im Namen der Stadt der alten Frau Dank sagte und sie fragte, wie er sie für ihren Dienst belohnen könne, antwortete sie: »Ich will kein Geld und kein Gut, nur einen Ort zum Bleiben. Mein ganzes Leben musste ich wandern. Jetzt bin ich müde und will endlich Ruhe haben. Lasst mich in Eurer Stadt in Frieden leben, solange es Gott gefällt.«

Nur allzu gerne erfüllte ihr der Bürgermeister diesen Wunsch. Damit aber niemand vergesse, was Guta für Bregenz und seine Bürger getan hatte, befahl er dem Nachtwächter, jede Nacht, von Martini bis zu Lichtmess, die neunte Stunde mit dem Ruf »Ehreguta« anzukündigen. Und so geschah es auch. Solange es Nachtwächter in Bregenz gab, erklang jede Nacht vom 11. November bis zum 2. Februar in den Straßen und Gassen der Stadt der Ruf: »Ehreguta, Ehreguta! Gelobt sei Jesus Christus!«

Der Schatzgräber von Bregenz

Es war zu jener Zeit, als die Brandfackel des Dreißigjährigen Krieges die Länder Europas verwüstete und unsägliches Leid über die Menschen brachte. Katholiken schlugen den Protestanten die Köpfe ein und Protestanten den Katholiken. Heerscharen zogen plündernd durchs Land, brannten die Häuser nieder und trieben das Vieh aus dem Stall. Raub und Mord schienen kein Ende zu nehmen.

Auch der König von Schweden war mit einem großen Heer durch Deutschland gezogen und bis an den Bodensee gekommen. Nun rückte er gegen Lindau und Bregenz vor. Zum Glück hatten die Bregenzer davon Nachricht bekommen. Als die Schweden die Stadtmauern und Schanzen stürmten, hagelte es Steine und regnete es Pech. Immer wieder versuchten die Belagerer in die Stadt einzudringen, doch es gelang ihnen nicht. Es war eine wilde, gespenstische Nacht und es gab Tote und Verletzte auf beiden Seiten. Doch als die Morgendämmerung anbrach, mussten sich die Schweden geschlagen nach Lindau zurückziehen. Dort hielten sie Kriegsrat.

Als der schwedische General Gustav Wrangel den Rückzug vorschlug, schlich sich ein Mann ins Zelt und flüsterte dem General, der sich eben über eine Karte beugte, ins Ohr: »Ich wüsste schon, wie Ihr Bregenz erobern könnt. Da gibt es einen geheimen Pfad, auf dem ich Euch in die Stadt führen könnte. Aber nur gegen entsprechenden Lohn!«

»Den sollst du haben«, sagte der General und reichte dem Mann die Hand.

In der nächsten Nacht – es war stockdunkel – schlich der Verräter voran und führte das schwedische Heer über den Pfänder in die Stadt. Die Schweden warfen Brandfackeln auf die Holzhäuser, die bald hellauf loderten und grelle Lichter gegen den nächtlichen Himmel warfen. Schreiend stürzten die im Schlaf überraschten Menschen aus den Häusern, viele rannten in panischer Angst zum Bodensee, sprangen hinein und ertranken. Die Schweden stürmten die Feste auf dem Gebhardsberg und jagten sie in die Luft. Die Stadt war besiegt. Nie wieder war die Not in Bregenz so groß wie in jener Nacht.

Im Morgengrauen schlich sich der Verräter wieder zu dem schwedischen General, der vor der Stadt sein Lager aufgeschlagen hatte. »Ich komme um meinen Lohn«, sagte er.

General Wrangel aber wies ihn ab. »Scher dich zum Teufel«, rief er ihm zu. »Du kannst dir deinen Lohn mit Schaufel und Spaten auf dem Schlossberg holen. Dort haben die Grafen von Bregenz ein Kegelspiel vergraben, die Kugeln aus purem Gold und die Kegel aus reinem Silber. Grab es dir aus und verschwinde!«

Noch am selben Abend ging der Mann mit einer Schaufel und einer Laterne auf den Schlossberg und begann zu graben. Er grub auch in der nächsten Nacht und in der übernächsten. Er grub jede Nacht, das Kegelspiel fand er nicht. Eines Tages fand man den Verräter tot am Rande des Lochs, in dem er den Schatz gesucht hatte. In der Laterne, die er mit verkrampften Fingern umklammert hielt, gloste noch ein Licht. Seither muss seine Seele geistern. Wenn die Uhren der Stadt Bregenz Mitternacht schlagen, flammt auf dem Schlossberg, wo das geheimnisvolle Kegelspiel vergraben ist, ein gespenstisches Licht auf. Es flimmert und flackert, bis die Stunde der Mitternacht vorbei ist. Es ist die unerlöste Seele des Verräters, die keine Ruhe findet bis zum Jüngsten Tag, an dem jede Menschenseele vor dem Richter steht.

Das Ritterfräulein von der Ruggburg

Die Ruine Ruggburg bei dem Dorf Eichenberg unweit von Bregenz war vor vielen Jahren eine stolze Ritterburg. Dort hauste der Ritter Eckbert mit seiner einzigen Tochter Else. Das Ritterfräulein war das schönste Mädchen weit und breit. Wenn sie ausritt und ihre blonden Locken im Winde wehten, war es wie ein Sonnenstrahl, der plötzlich aufleuchtet. Gar mancher Edelmann hätte sie gerne zur Frau gehabt, aber davon wollte Else nichts wissen. Sie fühle sich noch zu jung zum Heiraten, gestand sie ihrem Vater, und der ließ sie gewähren.

Eines Tages, es war im Mai, ging das Fräulein spazieren. Else wollte Maiglöckchen pflücken, und da sie immer eine Stelle im Wald oder auf einer Lichtung fand, wo noch schönere Blumen wuchsen als die, die sie schon in Händen hielt, kam sie vom Weg ab. Der Wald wurde dichter und dunkler, und als die Dämmerung hereinbrach und sie immer noch umherirrte, bekam sie Angst. Da sah sie plötzlich ein Licht durch das Dickicht schimmern. Sie kämpfte sich durch Gestrüpp und Unterholz und gelangte zu einem einsam gelegenen Haus. Als sie an die Tür klopfte, öffnete eine alte Frau mit einem Buckel.

»Ich habe mich verirrt, lasst mich eine Nacht bei Euch schlafen. Morgen werde ich bei Tageslicht meinen Weg schon finden. Ich will es Euch reichlich lohnen«, bat sie.

»Ei freilich«, sagte die Alte freundlich. »Komm nur herein. Zum Glück ist der wilde Jäger nicht da, dem das Haus gehört. Der ist ein wüster Geselle, der die Menschen hasst und am liebsten alle umbringen würde. Nur mir tut er nichts. Er meint, mit meinem Buckel bin ich schon genug gestraft.«

Die Alte richtete dem Fräulein ein Nachtlager und das erschöpfte Mädchen war bald darauf eingeschlafen. Doch es dauerte nicht lange und Else wurde von Lärm und Getöse geweckt. Hunde bellten, die Tür wurde aufgerissen und wieder zugeschlagen, ein wilder Kerl mit zottigem Haar stand in der Stube und starrte sie zornbebend an. Else sprang erschrocken auf und wollte rasch zur Tür hinaus, doch der Jäger zog sein Messer. Im letzten Augenblick gelang es dem Mädchen zu entkommen und der Jäger bekam nur noch Elses Haare zu fassen. Mit seinem Jagdmesser schnitt er sie ab. Else rannte in panischer Angst hinaus in die stockdunkle Nacht. Sie lief und lief, fand aber den Weg nach Hause nicht.

Der wilde Jäger war mit den blonden Locken des Mädchens verdutzt zurückgeblieben. Noch nie hatte er etwas so Weiches und Seidiges in der Hand gehabt. Immer wieder griff er danach, und je öfter er Elses Haar berührte, desto trauriger wurde er. Seit jener Nacht war er wie verwandelt. Die Jagd, die seine einzige Leidenschaft gewesen war, freute ihn nicht mehr. Sinnend ging er umher und hatte immer das Bild des schönen Mädchens vor sich, dessen Locken er hütete wie einen Schatz. Er war ein anderer geworden.

Eines Tages beschloss der wilde Jäger, das Mädchen zu suchen. Er ging von Haus zu Haus, von Burg zu Burg und von Schloss zu Schloss, aber er fand es nicht, und das Herz wurde ihm immer schwerer. Auf seinen Wanderungen war er bis ins Schwabenland gekommen. Der Frühling war schon lange vorbei, auf den Sommer war der Herbst gefolgt und nun war es Winter geworden. An einem bitterkalten Tag klopfte er müde und hungrig an die Pforte eines Klosters und bat um einen Teller Suppe. Als sich die Tür öffnete und der Jäger in das schöne Gesicht einer jungen Nonne blickte, stockte ihm das Blut in den Adern. Er wurde totenbleich und auch das Gesicht der Klosterfrau war weiß geworden wie Schnee. Es war niemand anderer als Else, das Ritterfräulein von der Ruggburg. Nach langem Umherirren hatte sie im Kloster Zuflucht und Frieden gefunden.

Rasch lief die Nonne in die Klosterküche, um einen Topf Suppe zu holen. Als sie wieder vor die Tür trat, lag der Jäger tot zu ihren Füßen. Das Wiedersehen hatte ihm das Herz gebrochen.

Die Spinnerin von Dornbirn

Es war in den alten Zeiten, als an den langen Winterabenden in Dornbirn Nachbarn, Freunde und Verwandte in den Spinnstuben zusammenkamen. Die Frauen brachten Spinnrocken und Spinnrad mit, die Männer Schnitzmesser, Holz und Tabakspfeifen. Da ging es oft hoch her, wenn die Alten erzählten und die Jungen lauschten. Es wurde auch viel gescherzt und geneckt und manch ein Bursche hat an einem solchen Abend sein Herz verloren und eine Frau gefunden.

Einmal kam eine alte Frau, die niemand kannte, in die Spinnstube. Sie setzte sich mit ihrem Spinnrad in die hinterste Ecke und spann den ganzen Abend. Sie sprach kein Wort und mischte sich nicht in die Unterhaltung. Als alle aufbrachen, um nach Hause zu gehen, ging auch sie. Niemand wusste wohin. Sie kam am nächsten Abend wieder und auch am übernächsten und war von nun an jeden Tag da. Nie sprach sie auch nur ein einziges Wort, aber sie störte niemanden und man ließ sie gewähren.

Einer der Burschen war ein wenig ernster und ein wenig stiller als die anderen und machte sich seine Gedanken über die seltsame Spinnerin. Woher kam sie und wohin ging sie, wenn sie mit den anderen das Haus verließ? Er begann sie zu beobachten und es schien ihm, als ob ein Kummer sie drückte.

Es ging nun schon den ganzen Winter lang, dass die Frau kam und spann und nie ein Wort sagte. Eines Abends, als ihr der Bursche wieder beim Spinnen zusah, bemerkte er, dass sie das Spinnrad verkehrt drehte. Er fasste sich ein Herz und sagte: »Immer links um, Mütterle?« Da strahlten ihre alten Augen. Schnell stand sie auf, nahm Spinnrad und Spinnrocken und gab dem Burschen ein Zeichen, ihr zu folgen.

Schweigend verließen beide das Haus und gingen hinaus in die finstere Nacht. Sie gingen über Wiesen und Weiden, und erst, als sie auf freiem Feld bei einem einsamen Holunderbusch angelangt waren, blieb die Frau stehen und begann zu sprechen: »So viele Jahre habe ich immer so gesponnen, aber keiner hat mich gefragt, warum. Du bist der Erste, der es bemerkt hat und mich danach gefragt hat. Dafür sollst du belohnt werden. Grabe morgen an dieser Stelle da. Was du findest, gehört dir!« Kaum hatte die Spinnerin das gesagt, war sie verschwunden.

Gleich am nächsten Tag ging der Bursche mit Spaten und Schaufel zu dem Strauch und begann zu graben. Es dauerte nicht lange und sein Spaten klirrte. Er war auf einen harten Gegenstand gestoßen. Er grub weiter und grub eine Truhe aus, die bis an den Rand mit Goldstücken gefüllt war. Nun war er der reichste Bauer weit und breit. Die Spinnerin hatte ihn belohnt, weil er aufmerksam gewesen war und mitfühlend, als andere gleichgültig blieben.

Hochrhein

Vom Bodensee nach Konstanz
und über den Rheinfall von Schaffhausen
nach Baselland und Basel-Stadt

Idda von Toggenburg

Die heilige Idda von Toggenburg hatte für Menschen und Tiere ein warmes Herz. In der Iddakapelle im Benediktinerstift Fischingen im Thurgau, wo sie bestattet ist, beteten die Bauern um ihre Fürsprache, wenn sich Vieh verlaufen hatte oder wenn im Stall eine Seuche ausgebrochen war. Sie hatte vielen Menschen geholfen und das sprach sich bald herum. Heute ist die Kapelle ein viel besuchter Wallfahrtsort.

Idda aus dem Geschlecht der Grafen von Kirchberg bei Ulm lebte vor rund achthundert Jahren auf Alt-Toggenburg, wo heute inmitten tiefer Wälder die Iddaburg emporragt. Ihr Gemahl, der Graf von Toggenburg, war ein wegen seines Jähzorns gefürchteter Mann. Idda hingegen war heiter und sanft. Die Bauern verehrten sie und die Armen und Kranken liebten sie. War einer ihrer Untertanen in Not geraten, ließ sie es nicht bei guten Worten bewenden, sondern sorgte auch für eine gute Mahlzeit und eine warme Stube. Sie kannte sich aus mit Heilkräutern und Heilsalben und war glücklich, wenn sie helfen konnte.

Eines Tages lehnte sich Idda aus dem Fenster der Burg und winkte einem Kind nach, dem sie einen Korb mit Brot und Wein für die kranke Mutter gegeben hatte. Da geschah es, dass ihr ein Ring vom Finger glitt und hinunter in die Schlucht fiel. Es war ein sehr kostbarer Ring, aus purem Gold geschmiedet und mit funkelnden Edelsteinen besetzt. Der Graf hatte ihn ihr am Tag der Verlobung geschenkt. Ein Rabe, der gerade in der Luft kreiste, sah das Funkeln, stürzte wie der Blitz hinunter in die Schlucht, packte mit seinem Schnabel den Ring und flog damit in sein Nest. Die Gräfin erschrak, und da sie den Jähzorn ihres Gemahls kannte, wagte sie es nicht, ihm den Verlust zu gestehen.

Ein paar Wochen waren vergangen, als eine große Jagd stattfand. Da hörte ein Jäger aus dem Gefolge des Grafen ein sonderbares Krächzen. Er lauschte und entdeckte auf einer Tanne ein Rabennest. Neugierig kletterte er hinauf und fand im Nest einen funkelnden Ring, um den sich mit lautem Geschrei junge Raben rauften. Er nahm den Ring und steckte ihn sich an den Finger.

Unter dem Gesinde des Grafen war ein Knecht, der dem Jäger schon lange übel gesinnt war. Als er an der Hand des Jägers das kostbare Schmuckstück sah, nützte er die Gelegenheit, um ihn beim Grafen zu verleumden. »Herr, es schmerzt mich, was ich Euch sagen muss, aber es geht um Eure Ehre!«, sagte er.

»So sprich!«, forderte der Graf von Toggenburg ihn auf.

»Nun denn«, begann der Knecht, »meine Zunge sträubt sich, aber es muss heraus: Eure Gemahlin betrügt Euch mit einem Jäger. Als Pfand ihrer Liebe hat sie ihm ihren Ring geschenkt.«

Der Graf wurde fahl im Gesicht, als er das hörte. Rasend vor Zorn ließ er den Jäger suchen. Dieser erklärte verzweifelt seine Unschuld, doch es war vergebens. Der Graf glaubte ihm nicht. Er ließ ihn an den Schweif eines wilden Hengstes binden und das Pferd beim Burgtor hinaus und in die Wälder jagen. Dort schleifte es den Unglücklichen zu Tode. Danach stürzte der Graf, noch immer blind vor Wut, in das Gemach seiner Gemahlin. »Wo ist der Ring, den ich dir am Tag unserer Verlobung geschenkt habe?«, schrie er. »Er war das Zeichen meiner Liebe!«

Die Gräfin wurde bleich wie ihr schneeweißes Kleid. Als ihr Gemahl drohend verlangte: »Zeig ihn mir auf der Stelle!«, flüsterte sie bebend vor Angst: »Ich habe ihn verloren.«

Das ergrimmte den jähzornigen Mann noch mehr. Er stürzte auf sie zu, packte sie und stieß sie vom Fenster hinunter in die Schlucht. Doch da kam ein Engel, breitete seine Arme aus, und von unsichtbaren Händen getragen schwebte Idda, die ihre Seele Gott empfohlen hatte, in die Tiefe. Sanft landete sie auf weichem Moos. Die Gräfin erhob sich unverletzt und dankte Gott für die wunderbare Errettung. Ab nun, so gelobte sie, werde sie in der Einsamkeit leben, fern von der Welt und fern von den Menschen. Sie bahnte sich einen Weg und kam immer tiefer in den Wald, bis sie zu einem Felsen mit einer Höhle gelangte. Hier beschloss sie zu bleiben und ihr Leben Gott zu weihen. Sie ernährte sich von Beeren und Pilzen, trank das klare Quellwasser und freundete sich mit den Tieren des Waldes an. Niemand störte sie in ihrer Einsamkeit. So verging Jahr um Jahr, ohne dass jemand von der Einsiedlerin wusste.

Eines Tages jagte ein Knappe des Grafen in der Nähe der Höhle. Die Hunde bellten und sprangen aufgeregt hin und her und führten ihn schließlich zu der Stätte, in der die Gräfin Zuflucht gefunden hatte. Der Knappe, der seine einstige Herrin erkannte, gab seinem Ross die Sporen und galoppierte hinauf zur Toggenburg. Atemlos meldete er dem Grafen, was er gesehen hatte. Der Graf, der seine böse Tat längst bereut hatte, konnte kaum glauben, was ihm berichtet wurde, und wollte sich selbst überzeugen. Er schwang sich in den Sattel und ritt hinter dem Knappen her, bis sie zu der Felsenhöhle kamen, aus der jetzt die Gräfin ins Freie trat.

Erschüttert sank der Graf von Toggenburg in die Knie. »Ich habe schwere Schuld auf mich geladen«, stöhnte er. »Kehre zu mir zurück. Ich will dir hundertfach vergelten, was du durch meine Tat gelitten hast. Der Verleumder hat den Tod verdient.«

»Vergib ihm, wie ich dir schon längst vergeben habe«, sagte Idda sanft. »Ich habe in der Einsamkeit meinen Seelenfrieden gefunden. Hier will ich bleiben und Gott dienen, solange es ihm gefällt.«

Da neigte der Graf sein Haupt und sprach: »Gibt es denn gar nichts, was ich für dich tun kann?«

»Doch«, sagte Idda und lächelte. »Die Winter sind so hart und kalt. Lass mir in der Nähe der Marienkirche in der Au eine Zelle errichten.«

Der Graf versprach es. Mit wehem Herzen nahm er Abschied und ritt hinauf zur Burg. Doch dort ertrug er es nicht mehr. Er zog ins Heilige Land in den Kampf gegen die Ungläubigen und suchte zu vergessen, was er nicht vergessen konnte. Als er nach Jahren in die Heimat zurückkehrte und nach seiner Gemahlin fragte, hörte er, dass sie ihre letzten Lebensjahre im Kloster Fischingen verbracht hatte. Dort war die edle, von allen hochverehrte Frau nach ihrem Tod auch würdig begraben worden. Täglich ging der Graf von Toggenburg von nun an ans Grab seiner Gemahlin, wo er betete und Gott um Vergebung seiner Schuld bat. Als der Allmächtige ihn zu sich rief, starb er in Frieden.

Der heilige Otmar von St. Gallen

Der heilige Otmar, der im 8. Jahrhundert das Kloster St. Gallen gegründet hat, war nicht nur ein gelehrter, sondern auch ein sehr frommer Mann. Die Armen und die Leidenden lagen ihm ganz besonders am Herzen. Oft ritt er – nicht auf einem edlen Ross, wie es ihm gebührt hätte, sondern auf einem Esel – zu einem Kranken, um ihn zu pflegen und zu trösten. Er scheute sich auch nicht, zu den Aussätzigen zu gehen, die von allen gemieden wurden, und kümmerte sich um sie. Für diese Ärmsten der Armen, die verlassen und ausgestoßen waren, ließ er ein Haus bauen, in dem sie menschenwürdig leben konnten, bis Gott sie von ihren Leiden erlöste.

Otmars Mitbrüder in St. Gallen liebten und verehrten ihren Abt und eiferten ihm nach. Bald war das Kloster das berühmteste in der ganzen Schweiz und darüber hinaus. Dieser Ruhm aber erweckte den Neid und die Missgunst der fränkischen Grafen Warin und Ruthard. Sie beschuldigten Otmar schwerer

Vergehen und ließen ihn gefangen nehmen. Vergeblich beteuerte der Abt seine Unschuld, vergeblich bezeugten die Mönche von St. Gallen den frommen Lebenswandel ihres Abtes. Otmar wurde auf die Rheininsel Werd im Bodensee beim Dorf Eschenz verbannt. Dort, von seinen Mitbrüdern getrennt, verbrachte er in bitterer Gefangenschaft betend und fastend die letzten Monate seines Erdenlebens. Als Gott ihn zu sich rief, wurde er in aller Stille auf der Insel Werd begraben.

Zehn Jahre, nachdem Otmar gestorben war, erschien einem Mönch im Traum ein Engel und befahl ihm, den Leichnam Otmars nach St. Gallen zu bringen. Sofort machten sich elf Brüder auf den Weg. Sie ruderten zur Insel Werd und stiegen beim Schein einer Fackel in die Grabkammer, in der Otmar bestattet war. Als sie sein Grab öffneten, sahen sie mit Staunen, dass der Leichnam ihre Abtes unverwest war. Es war, als ob der Tote schliefe. Sie legten ihn auf ihr Schiff, entzündeten Kerzen und ruderten noch in der Nacht hinaus auf den Bodensee. Doch kaum hatten sie die Insel verlassen, als Blitze am Himmel zuckten und ein ohrenbetäubender Donner losbrach. Ein furchtbarer Sturm peitschte die Wogen, Regen stürzte herab und die aufgewühlten Wasser drohten das Schiff zu verschlingen. Doch der Allmächtige ließ ein Wunder geschehen. Wo immer das Schiff fuhr, beruhigten sich die Fluten, legte sich der Sturm und hörte der Regen auf. Ruhig glitt der Kahn dahin und die Kerzen brannten still und hell. Ein Engel hielt seine schützende Hand über den toten Abt und seine Brüder.

In dieser Nacht geschah noch ein zweites Wunder. Als sich die Mönche vom Rudern etwas erholen und mit Brot und Wein stärken wollten, bemerkten sie mit Schrecken, dass der einzige Krug mit Wein nur zur Hälfte gefüllt war. Sie ließen ihn reihum gehen, damit jeder wenigstens einen kleinen Schluck bekam, doch zum Erstaunen aller wurde der Wein dabei nicht weniger. Sooft einer aus dem Krug trank, so oft füllte er sich wieder und wurde nie leer. Da lobten die Brüder Gott den Herrn und ruderten frohen Herzens weiter bis in ihren Heimathafen.

Rund hundert Jahre nach seinem Tod, im Jahre 864, wurde Abt Otmar heilig gesprochen. Bald danach wurde über seinem ersten Grab auf der Rheininsel eine Kapelle erbaut. Arme und Kranke, Verleumdete und Verfolgte pilgern bis heute nach Werd und erflehen die Fürbitte des Heiligen. Bei ihm, der als Opfer böser Intrigen und Machenschaften in der Verbannung sterben musste, erhoffen sie sich Hilfe und jenen Trost, den die Welt nicht zu geben vermag.

Das Recht in Konstanz

In Konstanz, der größten Stadt am Bodensee, herrschte schon vor Hunderten von Jahren ein reges Treiben. Die Kaufleute kamen aus dem Schwabenland, aus Vorarlberg, aus der Schweiz und aus Italien, um ihre Waren anzubieten und Geschäfte zu machen.

Ein Händler aus Italien, der in der Stadt Seidenstoffe und Korallen verkauft hatte, war mit seinem Gewinn zufrieden, als er am Abend zusammenpackte, um weiter nach Meersburg zu ziehen. Gut gelaunt schritt er über die Brücke, die damals von Staad nach Meersburg führte. Da schlich sich ein Landstreicher hinterrücks an und erschlug ihn mit einem Hammer. Dann schleppte er den Leichnam ans Ufer unter der Brücke und raubte ihn aus. Anschließend ging er zu einem Haus, das in der Nähe der Brücke stand und einem Mann und seinen zwei Söhnen gehörte. Es war ein kalter Wintertag und Schnee lag auf der Straße. Der Landstreicher wollte mit seinen Fußspuren, die sich in dem frisch gefallenen Schnee deutlich abzeichneten, den Verdacht des Raubmordes auf den Mann und seine Söhne lenken.

Am nächsten Tag wurde der Leichnam des Erschlagenen gefunden. Rasch wurde der Konstanzer Rat, dem die Gerichtsbarkeit oblag, herbeigerufen. Als die Herren die Fußspuren entdeckten, zögerten sie nicht lange und ließen den Besitzer des Hauses und seine Söhne ins Gefängnis werfen.

Die drei Männer beteuerten ihre Unschuld, doch man glaubte ihnen nicht. Wie es in jener Zeit üblich war, wurden sie so lange qualvoll gefoltert, bis die Söhne gestanden, den Mord an dem Händler begangen zu haben. Sie wurden zum Tod durch das Rad verurteilt. Erst wurden ihnen die Gliedmaßen und das Rückgrat gebrochen, dann wurden ihre Körper durch die Speichen des Rades geflochten und die Räder auf einen Galgen gesteckt. Das Rädern war die grausamste Form einer Hinrichtung. Der Vater, der trotz aller Folterqualen auf seiner Unschuld beharrt hatte, wurde nach einiger Zeit freigelassen. Er war ein verzweifelter Mann.

Ein Jahr war vergangen, als aus der Stadt Verona gemeldet wurde, dass ein Mörder vor seiner Hinrichtung noch einen zweiten Mord gestanden hatte. »Ich habe auf der Brücke von Staad nach Meersburg einen Händler erschlagen und den Verdacht auf Unschuldige gelenkt, die dafür ihr Leben lassen mussten. Jetzt, da auch mir die letzte Stunde schlägt, bereue ich, was ich getan habe«, hatte der Mann vor dem Richter ausgesagt.

Nun erschraken die Konstanzer Ratsherren, denn man hatte die Falschen gerädert. Sie baten den alten Vater um Vergebung, doch seine Söhne konnte keiner mehr lebendig machen.

Der Landesherr erfuhr von der Blindheit des Konstanzer Rats, der so leichtfertig einen Verdacht als Beweis genommen und so vorschnell geurteilt hatte. Um einem ähnlichen Fehlurteil vorzubeugen, verfügte er, dass von nun an in Konstanz jeder, der aufgrund seines Verbrechens den Tod durch das Rad verdient hätte, gehenkt werden musste. Jeder, der den Tod am Galgen verdient hätte, musste durch das Schwert gerichtet werden. Und wer zum Tod durch das Schwert verurteilt war, durfte zur Strafe nur noch an den Pranger gestellt werden. Das sprach sich rasch herum und bald ging unter den Dieben die Redensart: »In Konstanz ist gut stehlen, denn der Rat darf den Dieb nicht hängen.«

Das Geisterschiff von Schaffhausen

Unterhalb der Stadt Schaffhausen stürzt der Hochrhein als gewaltiger Wasserfall tosend und gischtend durch weiße Sprühnebel in die Tiefe. Mitten im Rheinfall kann, wer Augen hat zu sehen, in hellen Mondnächten ein gespenstisches Boot erkennen, das zur Mitternachtsstunde pfeilschnell herabschießt. In dem Boot steht eine dunkle Gestalt, die verzweifelt die Arme ringt, ehe die Wassermassen den Schiffer und seinen Kahn in den Abgrund schleudern und begraben. Es ist ein junger Fischer, der seinen frevelhaften Übermut büßt, indem er jede Nacht aufs Neue den grausigen Sturz durch die tobenden Wasser in die Tiefe erleiden muss.

Es war an einem schwülen Sommerabend vor langer Zeit, als der Fischer sein Boot weit oberhalb des Schlosses Laufen über den Rhein ruderte. Müde von seiner Arbeit schlief er ein und merkte nicht, wie sich das Boot langsam vom Ufer wegbewegte, in die Strömung glitt und stromabwärts trieb. Er wachte erst auf, als der Kahn ein Felsenriff streifte und er die wütenden Wassermassen donnern hörte. Doch da stürzte das Boot auch schon in den brüllenden und schäumenden Abgrund. Der Bursche dachte, sein Ende wäre gekommen, und schloss vor dem Grauen die Augen. Doch ehe er sich's versah, tauchte das Boot aus einem Strudelloch empor und die Fluten beruhigten sich. Er war gerettet.

Statt Gott für die wundersame Errettung zu danken, begann der junge Mann zu prahlen und zu behaupten, er selbst habe das Boot so gesteuert, dass er den Rheinfall heil überstanden hätte. »Es ist auch weiter nicht viel dabei, denn ich habe es ja halb im Schlaf getan«, erzählte er den staunenden Fischern. Die konnten es nicht glauben und warnten ihn davor, sich zu versündigen. Doch dem Burschen war der Kamm geschwollen. Großsprecherisch kündigte er an, er werde die grausige Fahrt noch einmal antreten. Dann könnten alle sehen, welch toller Schiffer er sei.

Vergebens warnten ihn die Männer und versuchten ihn zurückzuhalten. Am nächsten Tag ließ er sein Boot oberhalb des Rheinfalls ins Wasser und sprang vor aller Augen hinein. Die entsetzten Zeugen am Ufer mussten mit ansehen, wie das Boot mit dem Burschen pfeilschnell auf den Wasserfall zuschoss, dann kippte und von den tosenden Sturzwellen in die Tiefe gerissen wurde. Dann war es verschwunden. Den Leichnam des Fischers hat man nie gefunden.

Das Erdbeben von Basel

Es war im Jahre 1356 am 18. Oktober, dem Tag des heiligen Lukas, als zwei Grafen von Pfeffingen nach Basel ritten. Graf Wallraff von Thierstein, der Herr auf Burg Pfeffingen, gab dem Grafen Bärenfels, der bei ihm auf der Burg zu Gast gewesen war, das Geleit.

Als die beiden Freunde so dahinritten, sagte Graf Bärenfels zu seinem Begleiter: »Wallraff, du bist der glücklichste Mann auf Erden. Du bist Herr auf einer der größten und schönsten Burgen im Land, du bist reich, gebietest über weite Ländereien und deine schöne Gemahlin hat dir vor wenigen Wochen einen Erben geschenkt.«

»Wohl wahr«, sagte Graf Wallraff und lachte. »Ich brauche keinen Himmel im Jenseits, ich habe ihn schon hier auf Erden. Das Beten und Seufzen überlasse ich denen, die es nötig haben!«

Diese Worte hörte ein Priester, der hinter den beiden auf derselben Straße ritt. »Versündigt euch nicht«, rief er den Edelleuten zu. »Glück und Glas – wie bald bricht das!«

Als Wallraff das vernahm, wandte er zornig den Kopf. »Was kümmert dich unser Gespräch, Pfaffe!«, schrie er. »Spar dir dein Gekrächze für die Bauern und lass uns in Frieden!«

»Hochmut kommt vor dem Fall«, antwortete der Geistliche und wollte an den beiden vorbeireiten. Da packte den Grafen Wallraff die Wut. Er hetzte seine Hunde auf das Pferd des Priesters, das sich wiehernd aufbäumte und den Reiter zu Boden warf. »Geschieht dir recht«, lachte der Graf. »Was braucht einer wie du auch auf einem Ross zu reiten! Geh zu Fuß wie Christus unser Herr oder such dir einen Esel, das steht dir besser an!«

Mühsam richtete sich der Priester auf. »Ich überlasse es Gott, die Schmach, die Ihr seinem Diener angetan habt, zu rächen. Jede Schuld verlangt nach Sühne. Es wird großes Unheil über uns kommen.«

Die Grafen achteten nicht auf ihn und ritten weiter. Bei einem Wegkreuz trennten sie sich. Graf Bärenfels ritt nach Basel, Graf Wallraff zurück nach Pfeffingen.

Die frohe Laune aber war dem Grafen Wallraff vergangen. Es war ihm auf einmal so sonderbar zumute, ohne dass er wusste, warum. Als er zu der Stelle kam, wo der Priester vom Pferd gestürzt war, hielt er Ausschau nach ihm. Er bereute seinen Hochmut und wollte sich mit dem Diener Gottes aussöhnen. Doch sosehr er auch um sich blickte und suchte, er fand ihn nicht. Der Priester war verschwunden.

Die Luft war drückend schwül. Des Grafen sonst so gehorsames Pferd war unruhig und störrisch geworden. Er konnte es kaum zügeln. Die Hunde rannten ziellos hin und her und bellten sich heiser, die Vögel schossen wie Pfeile am Himmel dahin und dunkle Wolken ballten sich zusammen. Als Graf Wallraff in das Dorf Aesch kam, standen die Bauern beisammen und blickten besorgt hinauf zum Himmel. Ein heißer Wind hatte sich erhoben und wehte wie Fieberatem von den Bergen. Jetzt begannen die Kühe auf der Weide wie verrückt zu rennen und zu brüllen, die Hühner flatterten im Kreis herum und die Tauben schossen zum Schlag hinein und wieder hinaus. Was das zu bedeuten habe, fragten die Bauern den Grafen.

»Das weiß Gott allein«, gab er zur Antwort und stieß dem Ross die Sporen in die Seite. Als er zum Schloss kam, trat ihm im Hof die Gräfin mit dem Säugling im Arm entgegen. »Das Kind ist so unruhig«, sagte sie und schaute ängstlich in den sich verdunkelnden Abendhimmel. »Es sieht aus, als würde uns Böses bevorstehen.«

Der Graf versuchte sie zu beruhigen. »Es wird ein Gewitter geben, wie schon so oft, und nichts weiter«, sagte er, aber seine Stimme klang anders als sonst. Die Gräfin nickte, ging mit dem Kind in ihr Gemach und legte es in die Wiege.

Graf Wallraff war noch im Schlosshof, als die Glocken zur Abendandacht läuteten. Als der letzte Ton verklang, erdröhnte ein dumpfes, unheimliches Grollen direkt aus der Tiefe. Dann folgte ein heftiger Stoß, der die Erde erbeben ließ und die Mauern der Burg ins Wanken brachte. Der Graf fiel auf die Knie und betete, als ein zweiter und kurz darauf ein dritter Stoß das Schloss bis auf die Grundfesten erschütterte. Dann war es totenstill. Schon glaubten der Graf und das Gesinde, das sich verängstigt um ihn geschart hatte, das Schlimmste wäre überstanden, als die Glocken mit schaurig hohlem Klang zehn Uhr schlugen. Da erbebte die Erde von Neuem. Jetzt war der Stoß so gewaltig, dass die Burgmauern mit schrecklichem Getöse barsten, die Wehrtürme einstürzten, Balken krachten und Trümmer durch die Luft flogen. Dann prasselten Schutt und Ziegel wie ein Sturzregen hernieder. Die Burg wurde zum Grab.

Der Graf, der sich als Einziger hatte retten können, achtete nicht auf die immer noch einstürzenden Mauern und suchte verzweifelt mit bloßen Händen in den Schuttmassen nach Frau und Kind. Die Gräfin war tot. Ein Balken hatte sie erschlagen, doch das Kind in der Wiege war wie durch ein Wunder unversehrt geblieben.

Erst am nächsten Morgen zeigte sich das ganze Ausmaß der Verwüstung. Nicht nur Burg und Dorf Pfeffingen lagen in Trümmern, auch die Stadt Basel war von dem gewaltigen Erdbeben erschüttert und zerstört worden. Ein Brand war ausgebrochen, und was von den Häusern noch stand, ging in Flammen auf. Das Feuer brannte und schwelte noch tagelang. Der Birsig, der damals noch mitten durch die Stadt floss, wurde durch die Schuttmassen gestaut, trat über die Ufer und riss die wenigen Menschen, die dem Unglück entkommen waren, in den Tod. Auch Graf Bärenfels war in den Fluten ertrunken.

In einer einzigen Nacht hatte sich Graf Wallraffs Glück gewendet. Wohl ließ er die Burg wieder errichten und er sah seinen Sohn zu einem tapferen Ritter heranwachsen, doch den Tod seiner geliebten Frau konnte er nicht verwinden. Als nach dreißig Jahren in der Schlacht bei Sempach sein Sohn und Erbe fiel, war Graf Wallraff von Thierstein ein gebrochener Mann.

Wenn am Tag des heiligen Lukas in der Stadt Basel zum Andenken an das große Erdbeben der Gottesdienst gefeiert wurde, zog auch der Graf mit den Bürgern ins Münster. Im grauen Büßergewand ging er in der feierlichen Prozession als Letzter. Dabei mag ihm der Spruch des Priesters »Glück und Glas – wie bald bricht das« in den Sinn gekommen sein.

Die Basler Turmuhr

Böse Zungen behaupten, die Bürger von Basel wären um hundert Jahre zurück. Wie dem auch sei, einmal waren sie jedenfalls eine Stunde voraus, und das kam so:

Die Stadt Basel war von Feinden umzingelt. Der Kampf tobte schon seit Wochen, Wurfgeschosse schlugen Breschen in die Verteidigungsanlagen, Brandpfeile flogen über die Stadtmauern und entfachten ein Flammenmeer, die Lage wurde aussichtslos und die Menschen verzweifelten. Da fanden sich Leute in der Stadt, die mit den Feinden gemeinsame Sache machen wollten. Sei es, weil sie glaubten, dadurch noch größeres Unheil abwenden zu können, sei es, weil sie sich einen entsprechenden Lohn dafür versprachen. Die Verschwörer sandten einen Boten zu den Belagerern vor der Stadtmauer mit der Nachricht, dass Schlag Mitternacht das Haupttor der Stadt geöffnet werde, um sie hereinzulassen.

Einen der Basler Verräter aber plagte das Gewissen. Auch fürchtete er, die Feinde würden ihr Versprechen, die Stadt und ihre Bewohner zu schonen, nicht einhalten, wenn sie einmal innerhalb der Stadtmauern wären. In seiner Gewissensnot wandte er sich an den Turmwächter und gestand ihm, was geplant war. Als der Wächter es erfuhr, war es bereits fünf vor zwölf, und um Mitternacht sollte das Tor geöffnet werden. Es war schon zu spät, den Kommandanten der Bürgerwehr zu benachrichtigen, und guter Rat teuer. Doch im Augenblick der höchsten Not kam dem Wächter der rettende Gedanke. Blitzschnell stürzte er zum Gehäuse der Turmuhr und stellte den Zeiger um eine volle Stunde voraus.

Die Belagerer hatten sich vor dem Haupttor versammelt und warteten auf den Glockenschlag. Gespannt lauschten sie, als die Uhr zu schlagen begann. Doch statt der erwarteten zwölf Schläge hörten sie nur einen. Da war die Verwirrung groß und ein Tumult brach los. »Wir haben verschlafen«, schrien die einen und »Verrat« brüllten die anderen.

Inzwischen war es dem Turmwächter gelungen, den Stadtkommandanten zu verständigen. Der alarmierte die Bürgerwehr, rückte mit ihr heran und konnte die Feinde samt den Verschwörern überwältigen. Die Stadt Basel war gerettet.

Zur Erinnerung an die Geistesgegenwart des Turmwächters wurde beschlossen, die Uhr nicht mehr zurückzustellen und fortan eine Stunde vorgehen zu lassen. Diese Gepflogenheit wurde bis ins Jahr 1789 beibehalten. Als in diesem Jahr die Französische Revolution ausbrach, waren die Basler Bürger der Meinung, dass eine neue Zeit anbreche. Und mit der wollten sie Schritt halten. Seither schlägt die Turmuhr der Stadt Basel genau so wie alle anderen Uhren im Lande.

Oberrhein

Von Basel durch das Elsass und die
Oberrheinische Tiefebene nach Bingen

Die Grafen von Egisheim

Vor mehr als tausend Jahren lebten im Elsass auf Schloss Egisheim südlich der Stadt Colmar Graf Hugo von Egisheim und sein Sohn Bruno. Heilwig, die Gemahlin des Grafen, war kurz nach der Geburt des einzigen Kindes gestorben.

Eines Tages kam eine Landstreicherin zur Burg und begehrte Einlass. Der Wächter wollte sie davonjagen, aber die Alte behauptete, sie sei eine Wahrsagerin und könne dem Grafen die Zukunft vorhersagen. Sie war so beharrlich, dass Graf Egisheim, der im Burghof den Streit mit angehört hatte, nun selber hinzutrat.

»Ich kann in den Linien Eurer Hand lesen und Euch weissagen, was das Schicksal für Euch bereithält«, sagte die Alte. Der Graf glaubte zwar nicht daran und meinte: »Das ist dummes Geschwätz«, überließ ihr aber dann doch seine Hand. Lange starrte die Frau auf seine Handfläche. »Ihr seid ein mächtiger Herr im Elsass«, sagte sie dann zögernd, »aber Euer Sohn wird noch viel mächtiger sein. Es wird die Zeit kommen, da Ihr im Staub ihm zu Füßen liegt!«

Dem Grafen schwoll die Zornesader. Er riss seine Hand los, brüllte: »Scher dich zum Teufel!«, und ging seines Weges.

Von dem Tag an aber war der Graf von Egisheim ein anderer. Immer wieder bedrängten ihn düstere Gedanken, ob an dem Spruch der Wahrsagerin nicht doch etwas Wahres dran sei. Zweifel quälten ihn und böse Träume schreckten ihn aus dem Schlaf. Er begann seinen Sohn, den er bis jetzt zärtlich geliebt hatte, mit anderen Augen anzusehen. »Wächst unter meinem Dache ein Verräter heran?«, fragte er sich, und der Anblick des Kleinen erfüllte ihn bald mit solcher Abscheu, dass er ihn nicht mehr sehen wollte. Der Hass schlich sich in sein Herz und vergiftete es mit jedem Tag mehr. Als er wieder einmal über den Spruch der Wahrsagerin grübelte, entschloss er sich, zu handeln. Er beauftragte seinen getreuesten Jäger, das Kind in den Wald zu führen und dort zu töten. »Als Beweis für die vollbrachte Tat bringst du mir das durchbohrte Herz des Knaben«, befahl er. Vergebens bat der Jäger, die grausame Tat nicht ausführen zu müssen. »Ein Verräter verdient den Tod«, sagte Graf Egisheim, »auch wenn es der eigene Sohn ist.«

Der Jäger ging mit dem Knaben in den Wald, und als er am Abend zurückkam, brachte er ein Herz mit, in dem ein Pfeil steckte. Der Graf war zufrieden. Aber schon am nächsten Tag erwachte sein Gewissen und er verfluchte die böse Tat, zu der er den Jäger angestiftet hatte. Bitter bereute er seine Schuld und betete um seinen Seelenfrieden, doch er fand ihn nicht.

Jahr um Jahr verging und der stolze Graf wurde ein alter, von Gewissensqualen gepeinigter Mann. Da vertraute er sich eines Tages dem Burgkaplan an. Der hörte mit Schaudern, was ihm der Graf beichtete, und erklärte, von einem solchen Verbrechen könne er ihn nicht lossprechen. »Das kann einzig und allein der Heilige Vater in Rom«, sagte er.

Nun machte sich Graf Hugo auf und pilgerte nach Rom, wo er sich dem Papst zu Füßen warf und unter Tränen seine Schuld gestand. Schweigend hörte der Heilige Vater ihn an. Als Graf Hugo geendete hatte, verbarg der Papst das Gesicht in den Händen. Dann stand er auf und hob den Grafen empor. Auch er hatte Tränen in den Augen. »Wisse«, sagte er, »dass dein Sohn lebt. Der Jäger, dem du den Befehl gegeben hast, ihn zu töten, hatte Mitleid mit dem Knaben und ließ ihn leben. Es war das durchbohrte Herz eines Rehs, das er dir überbrachte. Dein Sohn wuchs bei guten Menschen auf, wurde Priester, dann Bischof und Kardinal und jetzt« – bei diesen Worten drückte der Papst den Grafen an seine Brust – »schlägt das Herz des Sohnes am Herzen des Vaters.«

Graf Hugo lebte von nun an zurückgezogen und führte ein gottgefälliges Leben. Als er starb, war es in der Gewissheit, dass auch Gott ihm seine Schuld vergeben hatte.

Die heilige Odilia

Der lang gestreckte Bergrücken des Odilienberges oder Mont Sainte-Odile, wie ihn die Franzosen nennen, gilt den Elsässern als heiliger Berg. Westlich des alten Städtchens Barr steht auf einem steil zur Rheinebene abfallenden Felsen das Kloster der heiligen Odilia, der Schutzpatronin des Elsass. Eine Statue der Heiligen streckt segnend ihre Hand über das Land zu ihren Füßen.

Etticho, Herzog von Elsass, und seine Gemahlin Berswinda wären die glücklichsten Menschen auf Erden gewesen, wenn sie einen Sohn oder eine Tochter gehabt hätten. Aber sosehr sie auch hofften und beteten, der ersehnte Kindersegen stellte sich nicht ein. Da gelobte der Herzog, wenn seine Gemahlin Mutter würde, so wäre ein Sohn für das Priesteramt bestimmt und eine Tochter für das Leben im Kloster.

Bald nach dem Gelübde des Herzogs brachte die Herzogin im Jahr 660 ein Mädchen zur Welt, das auf den Namen Odilia getauft wurde. Die Freude über die Geburt der Tochter war groß. Sie blieb aber nicht ungetrübt, denn bald stellte sich heraus, dass Odilia blind war.

Das Mädchen wuchs heran, war fromm und gelehrig und wurde mit jedem Tag schöner und anmutiger. Sie wusste, was ihr Vater vor ihrer Geburt gelobt hatte, und sie freute sich darauf, den Schleier zu nehmen und Gott zu dienen. Aber allzu gerne hätte sie die Herrlichkeit der Schöpfung mit eigenen Augen gesehen, um Gott den Herrn noch dankbarer und inniger preisen zu können. Tapfer verbarg sie jedoch, wie sehr sie unter ihrer Blindheit litt, und nur im Gebet flehte sie um Heilung. Was niemand erwartet hatte, geschah: Gott schenkte ihr das Augenlicht.

Nun kamen viele Bewerber und baten den Herzog um die Hand seiner schönen Tochter. In seiner Freude, dass Odilia sehen konnte, vergaß Etticho, was er gelobt hatte, und willigte ein, als ihn Graf Adelhart um ihre Hand bat.

Das fromme Mädchen erschrak, als es von der Abmachung ihres Vaters hörte, und erinnerte ihn an sein Gelübde. Doch es war vergebens. Der Graf wollte davon nichts mehr wissen, denn von der Verbindung seiner Tochter mit dem mächtigen Adelhart versprach er sich große Vorteile. Odilia aber war nach wie vor von ihrem Wunsch beseelt, ihr Leben Gott zu weihen. Tapfer trat sie vor den Vater und sagte: »Mein Leben gehört Gott. Niemals werde ich in den Stand der Ehe treten.«

Der Widerspruch der Tochter erzürnte den Grafen, und er drohte ihr, sie zur Heirat zu zwingen. Odilia floh und verbarg sich im Wald auf dem Hohenberg. Doch der Graf und seine Jäger hatten sie bald aufgespürt. Als das Mädchen vor einer Felswand stand und nicht mehr weiterkonnte, rief es Gott zu Hilfe, und der Allmächtige ließ ein Wunder geschehen – die Felswand öffnete sich und nahm die Verfolgte auf.

Schreckensbleich standen der Herzog und seine Jäger vor dem Felsen, der sich wieder geschlossen hatte. Schwer drückte den Herzog jetzt das Gewissen, und der Verlust seines einzigen Kindes schmerzte ihn mehr, als er ertragen konnte. Doch da hörte er durch die Felswand Odilias Stimme. »Wenn du mich wiedersehen willst, Vater, so erfülle dein Gelübde und lass mir meinen Willen. Sonst bin ich dir auf immer verloren.« Nun erkannte Herzog Etticho, dass seine Tochter wahrhaftig zur Dienerin Gottes bestimmt war, und versprach, ihrem Wunsch zu entsprechen. Der Felsen öffnete sich und Odilia trat hervor.

Zum Andenken an dieses Wunder ließ der Herzog auf dem Hohenberg, auf dem einst ein heidnischer Tempel gestanden hatte, ein Kloster erbauen. Nun erfüllte sich der Wunsch seiner Tochter. Odilia wurde Nonne und später Äbtissin des Klosters. Ihren Mitschwestern war sie ein Vorbild an Frömmigkeit und Wohltätigkeit. Keiner, der an der Klosterpforte um Hilfe bat, wurde abgewiesen. Als sie einmal spazieren ging, fand sie am Weg einen blinden Bettler, der am Verdursten war. Mit ihrem Wanderstab berührte sie die Felswand, die ihr einst Schutz vor der Verfolgung gewährt hatte, und wieder ließ Gott ein Wunder geschehen – eine Quelle sprudelte aus dem Stein. Sie benetzte Mund und Augen des Bettlers mit dem Wasser und der Bettler konnte wieder sehen. Odilia starb tief betrauert im Jahre 720 und wurde bald danach heilig gesprochen.

Das Riesenspielzeug

»Burg Niedeck ist im Elsass der Sage wohl bekannt.« So beginnt Adelbert von Chamisso seine Ballade vom »Riesenspielzeug«. Die Burg im Breuschtal wäre wohl vergessen wie so viele andere Burgen, würde die Sage nicht von ihr erzählen.

In den alten Zeiten lebte auch im Elsass ein Geschlecht von Riesen. Sie waren den Menschen gut gesinnt, aber sie hielten sich von ihnen fern. Die Riesen lebten oben auf den Bergen und die Menschen unten im Tal. Nur selten bekamen sie einander zu sehen.

Eines Tages, es muss wohl ein schöner Frühlingstag gewesen sein, spazierte das Ritterfräulein von der Burg hinab in den Wald. Die Bäume prangten im frischen Grün, der Kuckuck rief und viele Blumen blühten. Das Mädchen wanderte frohgemut dahin, achtete nicht weiter auf den Weg und kam schließlich in das Tal, in dem die Menschen lebten. Da entdeckte es auf einem Feld etwas, was es noch nie gesehen hatte – ein winzig kleines Wesen, das mit zwei kleinen Pferden pflügte. Es war ein Bauer, der seinen Acker bestellte.

»Was für ein hübsches Spielzeug«, rief das Mädchen, kniete nieder, band seine Schürze los und breitete sie auf dem Boden aus. Dann nahm es den Bauern, den Pflug und dic Rösser und packte alles zusammen in seine Schürze. Mit Riesenschritten rannte das Riesenfräulein mit seinem Fund hinauf zur Burg.

Der alte Riese saß gerade bei einem Humpen Bier, als seine Tochter vor Freude strahlend bei der Tür hereinstürzte. »Schau, Vater, was ich Niedliches gefunden habe«, rief sie, löste den Knoten ihrer Schürze und stellte den Bauern und den Pflug mit den davor gespannten Pferden auf den Tisch.

»Was ist dir denn da in den Sinn gekommen?«, fragte der Alte, als er sah, was seine Tochter gebracht hatte. »Sofort trägst du alles wieder auf den Platz zurück, wo du es hergenommen hast!«

Das Riesenmädchen aber wollte behalten, was es gefunden hatte, und damit spielen. »Ich will aber nicht«, sagte es trotzig, stampfte mit dem Fuß auf und schnitt ein Gesicht.

Da blickte der alte Riese seine Tochter ernst an und sprach: »Was du in deiner Schürze gebracht hast, ist kein Spielzeug. Das ist ein Bauer, der sich das ganze Jahr müht und plagt, damit die Felder Frucht bringen und wir zu essen haben. Wenn es keine Bauern gäbe, die pflügen, säen und ernten, hätten wir kein Brot.«

Nun blieb dem Riesenfräulein nichts anderes übrig, als zu gehorchen. Sorgfältig packte es den Bauern, den Pflug und die Pferde wieder in seine Schürze, lief hinab ins Tal und stellte alles wieder an seinen Platz zurück. Der Bauer war mit dem Schrecken davongekommen.

Das alles geschah vor langer Zeit. Die Riesen sind fortgezogen, man weiß nicht wohin. Aber Sagen und Geschichten erinnern an sie und die Burg Nideck, auf der sie lebten. »Sie selbst ist nun verfallen, die Stätte wüst und leer, und fragst du nach den Riesen, du findest sie nicht mehr.«

Die Straßburger Münsteruhr

Das Wahrzeichen der Stadt Straßburg oder Strasbourg, wie die Hauptstadt des Elsass auf Französisch heißt, ist das gotische Münster. Zu den berühmten Kunstwerken, die innen und außen die herrliche Kathedrale schmücken, zählt auch die astronomische Uhr, ein wahres Meisterwerk der Uhrmacherkunst.

Meister Isaak Habrecht war schon ein alter und berühmter Mann, als der Rat der Stadt Straßburg an ihn herantrat und ihn bat, eine Uhr zu bauen, wie man sie in der Welt bisher noch nie gesehen hat. Der Uhrmacher setzte seine ganze Kunst ein und arbeitete jahrelang ohne Rast und Ruhe an der Uhr. Sie sollte ein Wunderwerk werden und sie wurde es auch. Neben Stunden und Minuten zeigte sie auch die Tage und die Monate an. Sonnenaufgang und Sonnenuntergang, Sonnen- und Mondfinsternisse konnte man sehen, und zwar zur selben Zeit, wie es in der Natur geschah. Seltsame Figuren und Tiere bewegten sich, jedes Sternbild wurde sichtbar, wenn die Sonne in seinem

Zeichen stand, und wandelnde Gestalten verkörperten die verschiedenen Menschenalter. War eine volle Stunde um, schlug der Tod mit dem Hammer an, während bei den viertel und halben Stunden der Erlöser erschien und ihn zurückwies. Jeden Tag zur Mittagsstunde, wenn die Uhr zwölf schlug, zogen die zwölf Apostel vorüber. Auch die vier Evangelisten mit ihren Tieren waren zu sehen, und den Abschluss der Uhr nach oben bildeten zwei musizierende Engel, hinter denen sich ein wundervoll klingendes Glockenspiel verbarg.

Der Rat der Stadt war stolz auf diese Uhr, die bald im ganzen Land und weit darüber hinaus berühmt war. Doch der Stolz stiftete Böses in den Köpfen der Ratsherren. Sie wollten, dass Straßburg die einzige Stadt sei, die ein solches Kunstwerk besaß, und fürchteten, Meister Habrecht könnte womöglich eine ähnliche Uhr für eine andere Stadt anfertigen. Das wollten sie verhindern, um jeden Preis.

Da kam es den Herren gelegen, dass manche Bürger munkelten, ein Wunderwerk wie diese Uhr könne nur einer geschaffen haben, der mit dem Teufel im Bunde war. Der Uhrmacher wurde angeklagt und die Folterknechte peinigten ihn so lange, bis er alles gestand, was die Ratsherren hören wollten. »Ja, ich habe die Uhr mithilfe des Teufels gemacht«, sagte er unter der Qual der Folter. Nun wurde ihm der Prozess gemacht und das Urteil verkündet – Isaak Habrecht sollte geblendet werden.

Der Meister schien sich in sein Schicksal zu fügen, bat jedoch, vorher noch etwas an der Uhr richten zu dürfen. »Nach mir kann keiner mehr die Uhr in Gang bringen«, sagte er. »Lasst mich daher einmal noch, solange ich mein Augenlicht habe, Hand daran legen. Ich will sie einstellen, damit sie ganz genau und richtig geht.« Die Ratsherren erlaubten es ihm gerne und ließen ihn zur Uhr führen.

Meister Habrecht hämmerte und feilte, rückte etwas nach vor und etwas zurück, drehte da und dort, bis er meinte, nun wäre alles so, wie es sich gehöre. Dann wurde das Urteil vollstreckt. Man stach ihm beide Augen aus.

Doch kaum war das geschehen, als die Straßburger mit Schrecken merkten, dass die Zeiger der Uhr nicht mehr vorrückten, dass das Glockenspiel nicht mehr klang und sich nichts mehr bewegte. Das Räderwerk stand still. Der Meister hatte mit eigener Hand sein Werk zerstört.

Viele Jahre vergingen, ehe die neue, ebenso kostbare Uhr gebaut wurde, die heute im Straßburger Münster die Menschen an Zeit und Ewigkeit gemahnt. Das Räderwerk der alten Uhr aber konnte keiner mehr in Gang bringen. Sie war stehen geblieben, wie ihr Schöpfer es vorhergesagt hatte.

Die Streithähne von Straßburg

Zwei Edelleute aus Straßburg waren in Streit geraten. Ob der Herr von Zorn es gewesen war, der den Herrn von Zürn geschmäht hatte, oder ob der Herr von Zürn den Herrn von Zorn beleidigt hatte, ließ sich später nicht mehr feststellen. Jedenfalls fühlte sich jeder der beiden in seiner Ehre so gekränkt, dass er meinte, nur ein Kampf auf Leben und Tod könne die ihm angetane Schmach tilgen. Sterben sollte freilich der andere. Auch das dachte sich jeder der beiden, als sie sich zum Zweikampf am Ufer des Rheins verabredeten.

Früh am Morgen ritten sie zum Strom, stiegen vom Pferd und standen dann einander gegenüber. Herr von Zorn zog den Degen und Herr von Zürn tat das Gleiche. Dann klirrten die Waffen. Schlug der Herr von Zorn zu, parierte Herr von Zürn, und wenn der Herr von Zürn zuschlug, parierte der Herr von Zorn. Das ging so eine ganze Weile hin und her. Die Sonne stand schon hoch am Himmel, und beiden schmerzten die Arme, aber der Kampf war unentschieden.

Da schien es dem Herrn von Zorn, als höre er im Lärm der aufeinanderschlagenden Degen einen silberhellen Ton. Es klang fast wie das Lachen seiner jungen Braut. Ach, wie gerne wäre er bei ihr gewesen und um wie viel lieber hätte er sie im Arm gehalten, als zu schlagen und zu parieren, bis er oder sein Gegner tot war. Doch tapfer focht er weiter und die Zeit verging.

Da glaubte auf einmal der Herr von Zürn, er höre im Klirren der Degen den Klang von Gläsern, so wie es klingt, wenn Freunde beim Mahl auf das gegenseitige Wohl anstoßen und einander zutrinken. Ach, wie gerne wäre er jetzt in fröhlicher Runde beim Schmaus gesessen. Doch er focht tapfer weiter und die Zeit verging.

Die Sonne, die so hell und heiß vom Himmel gebrannt hatte, sank hinter das Straßburger Münster, und ein dunkler Schatten legte sich auf den Kampfplatz der beiden Streithähne.

»Fällt denn der Schatten des Münsters bis zum Rhein?«, fragte da der Herr von Zorn.

»Ist es nicht eine Sünde, im Schatten des Münsters zu kämpfen?«, fragte der Herr von Zürn.

Wer von den beiden dem andern zuerst die Hand reichte, ließ sich später nicht mehr feststellen. Sie hörten jedenfalls auf zu kämpfen und versöhnten sich.

Als die Sonne unterging und die Dämmerung auf die Stadt Straßburg niedersank, hielt der Herr von Zorn seine junge Braut im Arm und der Herr von Zürn saß beim Schmaus und hob sein Glas.

Rudolf von Habsburgs Jagdmesser

Es war im Mai des Jahres 1218, als Kaiser Friedrich II. aus dem Geschlecht der Staufer von seiner Burg in Breisach am Rhein den Strom entlangritt. Der Ritt war beschwerlich und in der Nähe der Limburg, wo der Blick weit über die Rheinebene bis zu den Vogesen reicht, wollte der Kaiser am Ufer ein wenig ruhen. Er setzte sich in den Schatten einer Erle und war bald darauf eingeschlafen. Da hatte er einen seltsamen Traum. Kaiser Karl der Große, der mächtige Herrscher, der in seiner Gruft in Aachen ruht, erschien ihm und sprach: »In dieser Stunde hat die Gräfin von Habsburg oben auf der Limburg einen Sohn geboren. Er wird dir auf den Thron nachfolgen, denn dein Geschlecht wird erlöschen. Du sollst der Pate des Kindes sein und ihm als Taufgeschenk dein goldenes Jagdmesser geben.«

Der Traum war zu Ende und Kaiser Friedrich erwachte mit schweren Gedanken. Er hielt jedoch das, was er im Schlaf gehört hatte, für einen Auftrag Gottes und ritt hinauf zur Limburg. Dort war die Freude über den neugeborenen Sohn groß und wurde noch größer, als der Kaiser erklärte, er wolle Taufpate sein.

Nach der Taufe, in der das Kind den Namen Rudolf erhielt, übergab der Kaiser dem Vater sein goldenes Jagdmesser: »Dies ist mein Taufgeschenk für Euren Sohn. Übergebt es ihm, wenn er herangewachsen ist. Es wird ihm gute Dienste tun.«

Als Rudolf neun Jahre alt wurde, durfte er an seinem Geburtstag zum ersten Mal mit seinem Vater auf die Jagd reiten. Stolz steckte er sich sein Taufgeschenk in den Gürtel. Der Graf ritt mit seinem Gefolge voraus und Rudolf sollte auf einer Lichtung auf die Rückkehr der Jäger warten. Da regte sich plötzlich etwas im Unterholz und ein riesiger Wolf, den der Lärm der Jagdhörner aufgescheucht hatte, sprang hervor und rannte auf Rudolf zu. Mutig zog der Junge sein Jagdmesser, um sich zu wehren, doch ehe der Wolf sich auf ihn stürzen konnte, schwirrte ein Pfeil durch die Luft und durchbohrte ihn. Staunend sah Rudolf sich um. Wer war der Schütze und wo hielt er sich verborgen? Da trat aus dem Wald die ehrwürdige Gestalt Kaiser Karls des Großen. »Fürchte dich nicht«, sagte der Kaiser. »Ich bin dir gut gesinnt und werde dich von nun an auf deinem Lebensweg begleiten. Ich zeige dir eine Höhle, in der du mich finden kannst, wenn du meiner Hilfe bedarfst. Wenn die Spitze deines Jagdmesser zu glühen beginnt, ist es Zeit, dass wir einander begegnen.«

Die Jahre vergingen und Rudolf wurde erwachsen. Als er eines Tages sein

Jagdmesser betrachtete, sah er, dass die Spitze rot glühte. Er sattelte sein Pferd und ritt zur Höhle, wo ihn der Kaiser erwartete. »Die Zeit ist nicht mehr fern, da du zum König gewählt und den Thron besteigen wirst«, sprach er. »Ich will dich lehren, ein Reich weise zu regieren.«

Von nun an kam Rudolf jeden Tag in die Höhle geritten, wo der große Kaiser den Grafen von Habsburg die Rechte, die Pflichten und die Tugenden eines Herrschers lehrte, bis sein Schüler alles wusste, was ein König wissen muss.

Im Jahr 1250 starb Friedrich II. Es kamen böse Zeiten mit Streit und Zwietracht im Land, die erst ein Ende nahmen, als die Edlen des Reiches Rudolf von Habsburg zum König wählten. Eines Nachts glühte die Spitze des Jagdmessers zum zweiten Mal. Wieder ritt Rudolf zur Höhle. »Du bist nun König und trägst die Last der Krone«, sprach Kaiser Karl. »Verwalte gut, was in deine Hände gelegt ist. Wenn die Spitze des Messers zum dritten Mal glüht, dann wisse, dass dein Ende nahe ist. Dann werde ich kommen und prüfen, ob du alles befolgt hast, was ich dich gelehrt habe.«

Rudolf verneigte sich und ging. Als er aus dem Dunkel der Höhle ins Freie trat, strahlte die Limburg in hellem Licht. Was Kaiser Friedrich im Traum vorausgesagt war, erfüllte sich. Sein Geschlecht der Staufer war erloschen und Rudolf von Habsburg wurde zum Begründer einer mächtigen Dynastie. Das Reich der Habsburger war so groß, dass die Sonne darin nicht unterging.

Die dunkle Braut

Westlich vom Kaiserstuhl, der wie eine Insel aus der Oberrheinischen Tiefebene aufragt, liegt die Burg Sponeck. Dort lebten vor vielen Jahren zwei ungleiche Schwestern.

Barbara, die Ältere, hatte schwarze Haare, schwarze Augen und eine dunkle Haut. Auch ihr Wesen hatte etwas Dunkles an sich. Sie war schwermütig, sprach wenig und manche hielten sie für abweisend. Mechthild, die Jüngere, war blond und heiter wie der lichte Tag. Wenn sie lachte, blitzten ihre blauen Augen und die Herzen flogen ihr zu.

Als ein reicher junger Edelmann um die Hand Mechthilds anhielt, wurde Barbara noch schwermütiger. Ein geheimer Kummer schien sie zu quälen. Nie aber hätte sie sich eingestanden, dass sie ihrer Schwester missgönnte, die

Gemahlin eines reichen Ritters zu werden. Und doch war es so. Zuerst schlichen sich Neid und Eifersucht in ihr Herz, dann war es Hass.

Eines Tages stiegen die Schwestern von der Burg hinab zum Rhein. Es war ein heißer Sommertag und die Mädchen wollten baden. Als Mechthild sah, wie Barbara ihre dunklen Arme immer wieder ins Wasser tauchte, als könnte der Strom sie weiß waschen, lachte sie und sagte unbedacht: »Schwarz bleibt schwarz, da magst du waschen, soviel du willst.«

Sie hatte es nicht böse gemeint, aber in Barbara brach der lange zurückgestaute Hass hervor. Blind vor Wut stürzte sie sich auf die Schwester, umklammerte Mechthilds Hals mit beiden Händen und drückte so lange zu, bis sie keinen Atemzug mehr tat. Die Fluten des Rheins nahmen die Tote auf und trugen sie fort. Jetzt kam Barbara zur Besinnung und erkannte mit Schaudern, was sie getan hatte. Sie ging nach Hause und erzählte unter Tränen, dass ein Unglück geschehen sei. »Mechthild ist beim Baden ertrunken«, sagte sie. Die Trauer auf der Burg war groß. Statt der Hochzeit gab es eine Totenmesse und der Bräutigam schien untröstlich.

Mit Barbara aber war seit dem Tod Mechthilds eine seltsame Wandlung vor sich gegangen. Sie war heiterer geworden. Sie lächelte, und wenn sie den jungen Ritter sah, strahlten ihre Augen. Auch er fand Gefallen an ihr und bald hatte sie das Bild der jüngeren Schwester in seinem Herzen verdrängt. Er vergaß seine blonde, lichte Braut und verlobte sich mit der dunklen Schwester. Auf Burg Sponeck sollte es doch noch eine Hochzeit geben.

Ein Harfenspieler hatte am Ufer das Rheins das tote Mädchen gefunden. Die Wellen des Stroms hatten es an Land getragen. Als er die Haare Mechthilds sah, kam ihm der Gedanke, die Saiten seiner Harfe mit den goldenen Haaren des Mädchens zu vertauschen. Mit diesem Instrument ging er hinauf zur Burg, um zur Hochzeit aufzuspielen.

Als der Spielmann vor dem Burgtor in die Saiten griff, sprangen die schweren Torflügel von selber auf. Niemand hinderte ihn, als er in den festlich erleuchteten Saal schritt, wo Braut und Bräutigam an der Hochzeitstafel saßen. Er entlockte seiner Harfe so süße Melodien, dass alles Lachen und Scherzen verstummte, weil jeder seinem Lied lauschen wollte. Der dunklen Braut aber schien es, als höre sie im Klang der Töne das silberhelle Lachen der lichten Schwester. Und dann sah sie das Bild vor sich, wie sie mit ihren dunklen Händen den weißen Hals Mechthilds umklammert hielt und wie die Fluten des Rheins die Tote forttrugen. Barbaras dunkles Gesicht erbleichte. Sie löste zitternd ihre Perlenkette vom Hals und warf sie dem Harfenspieler zu. »Nimm diese Perlen als Lohn«, sagte sie und befahl ihm, mit dem Spiel aufzuhören.

Er achtete nicht darauf und ließ die Kette zu Boden fallen. Nun erklangen dunkle Töne wie das Brausen des Windes und das Rauschen von Wellen, die der Sturm peitscht. Da kam ein heftiger Windstoß auf und riss Barbara den Brautkranz vom Kopf, zerriss ihr den Brautschleier und das Brautkleid. Entsetzt sah der Bräutigam, was mit seiner Braut geschah. Der Harfenspieler spielte weiter und ließ ein Lied erklingen mit so sehnsuchtsvoller Melodie, als wäre es ein Liebeslied. Da stieg in dem jungen Ritter das Bild der blonden Mechthild auf. Er sah ihre hellen Augen, das goldene Haar, er hörte ihr perlendes Lachen und bittere Reue quälte ihn. Starr und bleich saß Barbara neben ihm. Dumpf und grollend klangen jetzt die Akkorde der Harfe. Dann folgten Töne so scharf wie ein Messer. Zuletzt ein Schrei, ein schriller Klang – und die Saiten rissen. Das Spiel war aus. Das Herz der dunklen Braut hatte aufgehört zu schlagen.

Die Gräfin von Geroldseck

Wo die Höhen des Schwarzwalds gegen das Rheintal hin abfallen, erhebt sich zwischen Lahr und dem Kinzigtal weithin sichtbar die Ruine Hochgeroldseck. Die einst mächtige Burg war der Stammsitz der Herren von Geroldseck, die der Region den Namen gegeben haben – Geroldsecker Land.

Es war vor langer Zeit, da kümmerten sich die Ritter, die am Rhein ihre Burgen hatten, weniger um die Pflichten und die Tugenden ihres Standes als vielmehr darum, wie sie sich am schnellsten bereichern könnten. Unter der Führung des kühnen und schlauen Grafen von Geroldseck schlossen sie sich zu einem Bund zusammen und verlangten von jedem Kaufmann, der seine Waren auf Schiffen transportierte, hohen Zoll. Konnte einer nicht zahlen, raubten sie das Schiff aus und warfen den Kaufmann ins Verlies. Nur gegen hohes Lösegeld ließen sie ihn frei. Die Gemahlin des Grafen missbilligte das Treiben ihres Gatten, aber sie liebte ihn trotz allem und war ihm treu ergeben.

Als die Raubritter es immer schamloser trieben, wurde es den Ratsherren von Straßburg zu bunt. Sie verbündeten sich mit den Räten der Städte Zürich, Luzern, Basel und Bern und beschlossen, das Raubritternest auszuheben.

Es wurde ein heftiger Kampf, denn der Graf von Geroldseck und seine Kumpane, die sich auf der Burg verschanzt hatten, verteidigten sich todesmutig. Letzten Endes aber mussten sie sich der Übermacht der Belagerer geschlagen geben. Der Graf und seine Spießgesellen könnten nur als Gefangene die Burg lebend verlassen und alles geraubte Gut sei verfallen, lautete die Forderung der Schweizer. Nur den Frauen wurde freier Abzug zugesichert und gestattet, ihr kostbarstes Gut mitzunehmen.

Die Ritter lehnten diese Bedingungen ab und begannen erneut zu kämpfen. Wurfgeschosse flogen hin und her, es regnete Pech, und Brandfackeln wurden über die Mauern geworfen. Schließlich gelang es den Kriegsknechten der Verbündeten, in die Burg einzudringen. Die Schweizer stürmten vorwärts und töteten jeden, der ihnen vors Schwert kam. Den Rädelsführer aber fanden sie nicht.

Es war dem schwer verwundeten Grafen von Geroldseck gelungen, sich im letzten Augenblick in das Gemach seiner Gemahlin zu flüchten. Als die Schweizer auch dort eindringen wollten, traten ihnen die Frauen der Ritter entgegen. Sie trugen ihre Schätze, ihren Schmuck, ihre Gewänder und kostbare Pelze mit sich und verlangten freien Abzug, wie es versprochen worden war.

Unter den Frauen befand sich auch die Gräfin von Geroldseck. Aber sie trug weder Schmuck noch teure Kleider. Auf dem Rücken schleppte sie ihren ohnmächtigen Gemahl, den sie mit Riemen festgezurrt hatte, im Arm hielt sie ihren kleinen Sohn. »Schmuck und Kleider lasse ich zurück, meine kostbarsten Schätze trage ich mit mir«, sagte sie. Da nahm der Anführer der Schweizer gerührt den Helm vom Kopf, verneigte sich und sagte: »Gräfin, ich beuge mein Haupt vor Eurer Liebe.« Dann ließ er einen Wagen bereitstellen und die Gräfin mit ihrem Gemahl und ihrem Sohn nach Straßburg bringen.

Der Graf von Geroldseck wurde begnadigt, nachdem er dem Raubrittertum abgeschworen und allen unrechtmäßigen Besitz zurückgegeben hatte. Er trat in den Dienst der Stadt Straßburg und kämpfte fortan mit Klugheit und Tapferkeit für das Wohl der Schweizer Städte.

Das Geschenk der Nymphe vom Hohenberg

Bei Annweiler in der Rheinpfalz liegt der Hohenberg. Dort kann man jedes Jahr im Winter ein Rauschen und Brausen hören, als würde im Berg ein Wildwasser toben. Den Menschen gruselte es, wenn sie vorübergingen.

Eines Tages kam ein Bergmann aus Böhmen zugewandert. Die Gegend gefiel ihm, er baute sich ein Haus und blieb. Als man ihm im Wirtshaus einmal von dem geheimnisvollen Berg erzählte, fragte er keck: »Warum geht ihr nicht hin und schaut nach, was da rauscht? Traut ihr euch etwa nicht?« Die Bauern rückten verlegen auf den Bänken hin und her, denn sie trauten sich wirklich nicht. Aber das wollten sie nicht eingestehen. Einer, der gewitzter war als die anderen, fand die passende Ausrede. »Es heißt, dass eines Tages ein Fremder aus dem Norden kommen wird, dem es als Einzigem gelingen kann, das Geheimnis des Berges zu ergründen. Freilich nur dann, wenn er Mut hat.«

Nun war der Ball wieder beim Bergmann aus Böhmen. Als zu guter Letzt noch der Wirt hinzukam und lebhaft bestätigte, was der Bauer gesagt hatte, blieb dem Bergmann nichts anderes mehr übrig, als zu sagen: »Nun, ja, vielleicht bin ich der Fremde, der gemeint ist.« Am nächsten Morgen machte er sich auf den Weg zum Hohenberg.

Mit Hacke und Spaten begann er einen Gang in den Berg zu graben und er grub jeden Tag ein Stückchen weiter. Je tiefer er eindrang, desto mächtiger wurde das Brausen. Plötzlich gab das Gestein nach und eine riesige Höhle tat sich vor ihm auf. Die Wände bestanden aus schimmernden Rheinkieseln und in der Mitte rauschte ein Brunnen. Am Brunnenrand saß ein schönes Mädchen mit langen grünen Haaren und einer Goldkrone auf dem Kopf. Ihr Körper endete in einem Fischschwanz.

»Wer bist du?«, fragte der Bergmann.

Das Mädchen warf einen Kiesel in den Brunnen und das Rauschen wurde leiser. Dann sagte sie: »Ich bin die Nymphe vom Hohenberg. Ich wache hier über das Wasser des Brunnens, das unterirdisch zum Rhein abfließt. Es darf den Rand des Brunnens nicht übersteigen, denn wenn er überfließt, sprengt sein Wasser den Berg und überschwemmt in gewaltigen Fluten das Land. Menschen und Tiere müssten dann ertrinken. Doch wer bist du und warum dringst du in mein Reich ein?«

Der Bergmann verneigte sich und sagte: »Ich bin nicht ganz freiwillig hier. Die Bauern im Ort haben so lange auf mich eingeredet, bis ich mich bereit erklärte zu erkunden, was im Berg so unheimlich rauscht und braust.«

»Nun kennst du sein Geheimnis«, sagte die Nymphe. »Ich will aber weiter ungestört über die Wasser des Brunnens wachen können.«

»Dann werde ich sagen, dass im Berg ein wilder Drache haust, und was man draußen hört, ist das Schnauben des Ungeheuers.«

»Wenn du mir das versprichst, will ich dir zum Dank einen Wunsch erfüllen. Sag mir, was du begehrst.«

Nun konnte der Bergmann seinen Blick nicht von der funkelnden Krone auf dem schönen Kopf der Nymphe wenden. Sie sah es und sagte: »Ich weiß, dass du meine Krone begehrst. Aber wenn ich sie verliere, verliere ich auch die Macht, das Wasser im Brunnen zu beherrschen. Dann würde das Land in den Fluten versinken und die Menschen müssten sterben. Bedenke, was du sagst!«

Der Bergmann überlegte nicht lange. »Dann gib mir statt der Krone ein Fass voll Gold!«

Die Nymphe nickte. Zu Hause, sagte sie, werde er finden, was er sich gewünscht hatte. Dann nahm sie einen Kiesel und warf ihn in den Brunnen, dessen Wasser sogleich mächtig zu rauschen begann. Nun wusste der Mann, dass es Zeit war, zu gehen.

Als er zu Hause war, lief er sofort in den Keller und fand tatsächlich ein Fass, das vorher noch nicht da gewesen war. Er bohrte es an und ein Strahl von goldenem Pfälzer Wein schoss heraus. »Die Nymphe hat mich zum Narren gehalten«, dachte er enttäuscht und genehmigte sich zum Trost einen Becher Wein. Der Wein schmeckte köstlich und er genehmigte sich noch einen Becher und noch einen, so lange, bis der obere Teil des Fasses schon ganz hohl klang. Dann ging er schlafen.

Am nächsten Tag ging er wieder in den Keller, um sich zu trösten. Wie staunte er aber, als das Fass ganz voll war, als hätte er nie davon getrunken. Wieder trank er einen Becher nach dem andern und wieder füllte sich das Fass von selbst. Da wusste er, dass ihm die Nymphe ein Geschenk gemacht hatte, das Goldes wert war, nämlich edlen Pfälzer Wein. Das Wunderbare war, dass das Fass nie leer wurde, solange er lebte.

Richard Löwenherz auf Burg Trifels

In der Rheinpfalz bei Landau und Annweiler ragen inmitten bewaldeter Berge und Höhen drei Burgfelsen empor. Trifels, die mächtigste Burg, war einst kaiserliche Festung, wo die Herrscher nicht nur ihre Schätze verwahrten, sondern im finsteren Verlies auch mächtige Feinde, wenn sie ihrer habhaft geworden waren. Einer, der im Verlies auf Trifels schmachtete, trug sogar eine Königskrone.

Richard Löwenherz, der König von England, war mit dem König von Frankreich und Herzog Leopold von Österreich ins Heilige Land gezogen, um die Stätten der Christenheit aus den Händen der Ungläubigen zu befreien. Als

Herzog Leopold bei der Erstürmung der Feste Akkon als Erster die Fahne auf dem Turm hisste, riss der ehrgeizige König von England sie aus verletztem Stolz herunter. Wütend, weil ihm Leopold zuvorgekommen war, warf er dessen Fahne in den Staub. Damit hatte er sich den Herzog zum Todfeind gemacht.

Als die Kämpfe im Morgenland beendet waren und die Kreuzfahrer in die Heimat zurückkehrten, geriet das Schiff des englischen Königs in einen Sturm und zerschellte an einer Klippe. Zu Fuß musste er seine Reise fortsetzen, die durch Österreich führte, wo der gekränkte Herzog Leopold auf Rache sann. Als Pilger verkleidet wanderte der König auf Schleichwegen durchs Land und gelangte schließlich nach Erdberg, einen Vorort von Wien. Dort aber wurde er erkannt. Ein kostbarer Ring, der an der Hand des vermeintlichen Pilgers funkelte, hatte ihn verraten. Der König wurde gefangen genommen und den Häschern Herzog Leopolds übergeben. Der ließ ihn auf der Burg Dürnstein in der Wachau in Gewahrsam nehmen und dann an den deutschen Kaiser Heinrich VI. ausliefern. Im Jahre 1193 wurde Richard Löwenherz in den Kerker der Burg Trifels geworfen.

Die Kunde von dem verschollenen König war nach England gedrungen und die Trauer im Land war groß. Man wusste, dass er in die Hand seines Feindes gefallen war, doch in welchem Kerker er schmachtete, wusste man nicht. Späher wurden ausgesandt, um ihn zu suchen, doch es war vergeblich. Der König blieb verschollen und schließlich hielt man ihn für tot.

Nur einer glaubte nicht daran. Das war sein Freund, der Sänger Blondel. Er fühlte in seinem Herzen, dass der König, den er so oft mit Gesang und Zitherspiel erfreut hatte, noch am Leben war. Eines Tages brach er auf, um ihn zu suchen. Blondel wanderte den Rhein entlang bis zum Donautal und zog durch Städte, Märkte und Dörfer. Er sang die Lieder, die er gemeinsam mit dem König gesungen hatte, und hoffte, sein Freund würde ihn hören und antworten. Er spielte und sang an den Fürstenhöfen, in den Ritterburgen, in Herbergen und Schenken. Den König fand er nicht.

Eines Tages war der Sänger am linken Rheinufer entlanggewandert und in das wilde Tal von Annweiler gekommen. Als er die Türme von Trifels erblickte, machte er vor den mächtigen Mauern halt. So weit war er nun schon gewandert, hatte gespielt und gesungen, aber nirgends eine Spur von seinem verschollenen Freund gefunden. Das Herz war ihm schwer, und er spielte ein Lied, das Richard Löwenherz oft mit ihm gesungen hatte. Doch kaum waren die Töne verklungen, da schien es ihm, als höre er ein fernes Echo. Er spielte das Lied noch einmal und lauschte – es war keine Täuschung. Nun vernahm er es ganz deutlich – eine Stimme sang leise die Melodie. Er trat näher an die Burgmauer heran und erblickte hinter einem vergitterten Kerkerfenster ein bleiches Antlitz. Es war Richard Löwenherz, der König von England.

Mit Tränen der Freude flüsterte Blondel: »Mein Herr und König, endlich habe ich Euch gefunden. Seid guten Mutes, die Freiheit naht!«

So rasch wie möglich ließ der Sänger nach England die Nachricht überbringen, dass Richard Löwenherz auf Burg Trifels gefangen saß. Gegen ein hohes Lösegeld wurde der König aus der Gefangenschaft entlassen und kehrte als freier Mann mit seinem getreuen Freund Blondel in die Heimat zurück.

Die lebende Tote

In alten Zeiten, als Hauereberstein noch lange nicht zur Stadt Baden-Baden gehörte, stand in der Nähe des Dorfes eine mächtige Burg, die einem jungen Ritter gehörte. Eines Abends ritt er von einem Zechgelage heimwärts. Er hatte viel und gut gegessen, auch viel getrunken, und jetzt stand ihm der Sinn nach einem Abenteuer. Auf dem Weg zu seiner Burg kam er an einem steinernen Kreuz vorbei, das man zur Erinnerung an einen Menschen errichtet hatte, der durch Mörderhand ums Leben gekommen war. Unter dem Kreuz sah der Ritter die Gestalt eines Mädchens oder einer jungen Frau sitzen. Er konnte sie in der Dunkelheit nicht genau sehen, aber sie schien sehr schön zu sein.

»Wer bist du und was machst du hier?«, fragte er.

»An dieser Stelle liegt ein Mann begraben, mit dem ich einmal verlobt war«, gab sie zur Antwort. »Er wurde von einem eifersüchtigen Nebenbuhler erschlagen. Ich bin oft hier und besuche sein Grab.«

Der Ritter wechselte noch manches Wort mit ihr, und als er ihr vorschlug, mit ihm zu kommen, nickte sie. Er hob sie auf sein Ross und ritt mit ihr auf seine Burg. Als sie angekommen waren und ihr der Ritter beim Schein der Fackel ins Gesicht blickte, sah er, dass sie noch viel schöner war, als er vermutet hatte. Ein seltsamer Zauber ging von ihr aus. Der Ritter wusste nicht, wie ihm geschah, aber die geheimnisvolle Fremde hatte ihn in ihren Bann geschlagen. In heftigster Leidenschaft entbrannt nahm er sie in die Arme. Sie sträubte sich nicht, sagte aber, dass sie ihn um Mitternacht verlassen und nach Hause gehen müsse. Nun versuchte der Ritter sie zu zerstreuen und ihr zu verheimlichen, wie die Zeit verging. Stunde um Stunde verstrich, und als die Glocke die zwölfte Stunde schlug, hielt er sie fest umschlungen und verschloss ihr den Mund mit einem Kuss. Da geschah etwas, was ihm das Blut in den Adern stocken ließ. Ihre Lippen, die eben noch warm gewesen waren, fühlten sich plötzlich wie Eis an. Ihre rosigen Wangen waren totenbleich geworden und die schönen Augen lagen tief in den Höhlen. Mit Grauen sah der Ritter, dass er einen Leichnam in seinen Armen hielt. Er hob ihn auf und trug ihn auf ein Lager. Lange konnte er sich nicht fassen, doch dann rief er den Priester und ordnete an, die Tote am nächsten Tag in der Burgkapelle einzusegnen.

Es war bereits Abend und die Sonne schickte ihre letzten Strahlen durch das Fenster der Kapelle, als die Bahre hereingetragen wurde. Als das Licht der Dämmerung wich, glaubte der Ritter einen Seufzer zu hören. Er trat näher und wieder geschah etwas Unheimliches. Die Tote auf der Bahre richtete sich auf. Die Farben des Lebens waren in ihr Gesicht zurückgekehrt und ihre Augen blickten verwundert um sich. Entsetzt sah es der Ritter.

»Was ist geschehen?«, fragte er mit zitternder Stimme. »Wie bist du so plötzlich vom Leben zu Tode und wieder ins Leben zurückgekommen?«

»Ich gehöre längst den Toten an«, sagte sie. »Doch bin ich dazu verdammt, keine Ruhe im Grab zu finden. Ich habe durch meine Gefallsucht den Tod meines Verlobten verschuldet und dafür muss ich büßen. Jeden Tag, wenn die Sonne im Westen hinter den Bergen versinkt, erwache ich zum Leben und irre umher, bis die Glocke Mitternacht schlägt. Dann kehre ich ins Totenreich zurück.«

»Ach, könnte ich dich nur erlösen, damit deine arme Seele Ruhe findet!«, sagte der Ritter.

»Du kannst es«, gab sie zur Antwort. »Wenn du bei dem Kreuz an jener Stelle, wo du mich gefunden hast, ein Kloster errichten lässt, bin ich erlöst.«

»Ich gelobe es«, sagte der Ritter und hob die Hand zum Schwur. Kaum waren seine Worte verklungen, als die Gestalt auf die Bahre zurücksank. Auf ihrem Gesicht lag Frieden. Sie war erlöst und hatte die ewige Ruhe gefunden.

Das Rockenweibchen

Am Rande der Rheinebene liegt südlich der Stadt Gernsbach das Schloss Eberstein, hinter dem der Rockenfels emporragt. Dort hauste vor langer Zeit in einer unterirdischen Höhle ein Bergweiblein. Es war weder jung noch alt und auch nicht schön, aber von Herzen gut. Oft kam es am Abend mit seinem Spinnrocken in die Spinnstuben der umliegenden Häuser und half beim Spinnen. Wo immer es auftauchte, ging den Frauen und Mädchen die Arbeit flott von der Hand und der gesponnene Faden war besonders fein. Man nannte es das Rockenweibchen.

Damals lebte auf Schloss Eberstein ein Vogt, der wegen seiner Hartherzigkeit gefürchtet war. Er zwang die Mägde, die am Tag im Haus und auf dem Feld schwer arbeiten mussten, bis tief in die Nacht hinein zu spinnen, und gönnte ihnen kaum Ruhe. Eine der Mägde, die unter seiner Härte zu leiden hatten, war Gertrud, ein besonders hübsches Mädchen. Es hatte sich in den Schlossgärtner verliebt und wollte den jungen Mann so rasch wie möglich heiraten. Da Gertrud aber eine Leibeigene des Grafen Eberstein war, brauchte sie dazu das Einverständnis des Vogtes. Die jungen Leute baten ihn um die Erlaubnis zur Heirat, doch er lehnte ab. »Ihr seid noch viel zu jung zum Heiraten«, sagte er. Der wahre Grund für seine Weigerung war aber die Eifersucht. Er hatte selbst ein Auge auf Gertrud geworfen und gönnte sie keinem anderen.

Eines Tages, als Gertrud wieder ins Schloss kam und ihn anflehte, endlich seine Einwilligung zur Hochzeit zu geben, führte er sie zum Fenster, zeigte hinunter auf den nahen Friedhof und sagte höhnisch: »Siehst du jenes Grab dort, auf dem die Nesseln wachsen?«

Gertrud stürzten die Tränen aus den Augen. »Ach! Das ist ja das Grab meiner Eltern!«, sagte sie.

»Die Nesseln darauf gedeihen prächtig«, fuhr der Vogt fort. »Ich habe gehört, dass sich daraus ganz feine Fäden spinnen lassen. Wenn du mir aus den Nesseln ein Stück Stoff webst und daraus zwei Hemden nähst, darfst du heiraten. Das eine Hemd soll dein Brauthemd sein, das andere mein Totenhemd.« Boshaft kichernd ging er davon.

Gertrud aber stand da und wollte sterben vor Kummer. Dann lief sie ans Grab ihrer Eltern und weinte.

Da stand plötzlich das Rockenweibchen vor ihr und fragte: »Warum weinst du denn so bitterlich?« Als ihm Gertrud von ihrer Not erzählte, sprach es dem Mädchen Trost zu. »Trockne deine Tränen, ich kann dir helfen!«, sagte das Weibchen und riss die Nesseln aus der Erde.

Bald danach jagte der Vogt in den Wäldern rund um Schloss Eberstein und kam auch an dem Felsen vorbei, in dessen Höhle das Rockenweibchen wohnte. Es saß vor dem Eingang und spann.

»Du spinnst dir wohl gar ein Brauthemd, du alte Hexe!«, rief der Vogt.

»Ein Brauthemd und ein Totenhemd, mein Herr«, gab das Rockenweibchen zur Antwort und spann weiter.

»Den Flachs dazu hast du wohl gestohlen?«

»Nein, mein Herr, er stammt von einem Grab.«

Da wurde es dem Vogt unheimlich zumute und sein Gewissen regte sich. »Ich werde nun doch die Erlaubnis zu Gertruds Hochzeit geben«, dachte er.

Ein paar Tage waren vergangen, als die Magd an einem Abend mit zwei Hemden in der Hand zu ihm aufs Schloss kam. »Herr Vogt«, sagte sie, »hier sind die zwei Hemden, die Ihr verlangt habt. Der Stoff wurde aus den Nesseln vom Grab meiner Eltern gewebt. Ein Hemd für Euch und eines für mich.«

»Dann werde ich Wort halten«, sagte der Vogt.

Glücklich lief Gertrud zu ihrem Verlobten und schon am nächsten Tag fand die Hochzeit statt. Während die Brautleute strahlend vor Glück die Dorfkirche betraten, wurde dem Vogt totenübel. Als die Hochzeitsglocken läuteten, läutete in der Schlosskapelle die Totenglocke. In einem Totenhemd aus Nesseln lag der Vogt auf der Bahre.

Die Glocken von Speyer

Es war ein kalter Wintertag, jener 25. Januar des Jahres 1077, als ein Kaiser barfuß im Schnee vor einer Burg stand und unter Tränen Einlass begehrte. Im Büßergewand war Kaiser Heinrich IV. aus dem Geschlecht der Salier nach Italien gezogen, um vom Papst die Lösung vom Bann zu erflehen, der ihn aus der Gemeinschaft der Christenheit ausschloss. Papst Gregor, der sich in der Burg zu Canossa verschanzt hatte, ließ den Kaiser drei Tage lang stehen, drei Tage in Eiseskälte und Schnee, ehe er ihn wieder in den Schoß der Kirche aufnahm.

Der Leidensweg Kaiser Heinrichs war damit aber nicht zu Ende. Die Krone, die er seit früher Jugend trug, war eine Dornenkrone. Die eigenen Söhne rebellierten gegen den Vater, verbündeten sich mit dessen Feinden und machten ihm die Herrschaft streitig. Und der Papst, sein erbittertster Gegner, schleuderte abermals seinen Bannfluch gegen ihn. Mit List und Tücke gelang es Heinrich, dem ältesten Sohn des Kaisers, der als Erstgeborener auch den Namen des Vaters trug, den eigenen Vater gefangen zu nehmen. Gierig nach Macht und grausam zwang der Sohn den Vater, dem Thron zu entsagen.

Nur von einem treuen Diener begleitet, gelang dem geächteten Kaiser die Flucht nach Lüttich, wo sein Leben zu Ende ging. Doch als ihm die Stunde schlug und er die Augen für immer schloss, begann am mächtigen Dom zu Speyer die Kaiserglocke zu läuten, ohne dass eine Hand sie berührt hätte. Und alle anderen Glocken der Stadt stimmten von selbst mit ein. Gewaltig brauste das Glockengeläute und das Volk lief zusammen und klagte: »Der Kaiser ist tot.«

Als der Bischof von Lüttich den Toten mit allen Ehren bestatten ließ, empörte sich des Kaisers Sohn, der als Heinrich V. auf dem Thron saß. Mit blindem Hass verfolgte er seinen Vater noch über den Tod hinaus und zwang den Bischof, den Sarg mit eigenen Händen wieder auszugraben. Ein Gebannter sei nicht würdig, in geweihter Erde zu ruhen, ließ er den Bischof wissen.

Es vergingen Jahre, ehe der tote Kaiser nach Speyer gebracht wurde, aber die letzte Ruhe war ihm noch nicht vergönnt. Sein Sarg musste in der damals noch ungeweihten Sankt-Afra-Kapelle stehen, ehe der Papst den Bann löste und Heinrich IV. in der Kaisergruft des Doms beigesetzt wurde.

Jahr um Jahr war verstrichen und Heinrich V. fühlte sein Ende nahen. Schwer lastete die Schuld auf ihm. Die Krone, die er frevelnd dem Vater geraubt hatte, war auch ihm zur Dornenkrone geworden. Ohne Erben, als Letzter seines Geschlechtes, rang er mit dem Tod. Als ihm die Stunde schlug, läutete vom Dom zu Speyer wieder eine Glocke, die keine Hand in Bewegung gesetzt hatte. Es war das Armesünderglöcklein, das immer dann läutete, wenn ein Schuldiger seinen letzten Gang antrat, den Gang zum Richtplatz.

Die Raben von Stolzeneck

Am Ufer des Neckars, der in weiten Schlingen dem Rhein zustrebt, künden stolze Burgen und sagenumwobene Ruinen von alten, längst vergangenen Zeiten. Eine davon ist die Burgruine Stolzeneck mit ihrer mächtigen Schildmauer, die sich bei Eberbach über dem Neckartal erhebt.

Auf Stolzeneck lebten einst ein Ritter und seine schöne Schwester. Maria von Stolzeneck war eine kühne Reiterin, die den Wald liebte und die Tiere. Besonders die Vögel hatten es ihr angetan. Oft saß sie am Fenster ihres Gemachs und blickte ihnen nach, wenn sie in Scharen über die Burg hinweg in den Wald flogen. War es ein harter Winter, dann streute sie ihnen Futter, und war es ein heißer Sommer, dann stellte sie eine Schüssel mit Wasser in den Burghof.

Als Maria einmal ihren Bruder auf die Jagd begleitete, fand sie einen jungen Raben, der aus dem Nest gefallen und fast verhungert war. Sie nahm ihn zu sich, pflegte ihn gesund und zog ihn auf. Der Rabe wurde zahm, saß gern auf ihrer Schulter, auch wenn sie ausritt, und manchmal schien es ihr, als würde er zu ihr sprechen. Wenn sie ihn frei fliegen ließ, kehrte er immer wieder zu ihr zurück.

Als in jener Zeit die Ritter ins Heilige Land zogen, um die heiligen Stätten des Christentums von den Ungläubigen zu befreien, schloss sich der Ritter von Stolzeneck mit vielen anderen dem Kreuzzug an. Graf Eberbach aber, dessen Burg in der Nachbarschaft stand, weigerte sich, in die Fremde zu ziehen. Er war unsterblich in das Fräulein von Stolzeneck verliebt und wollte sie zur Gemahlin nehmen, ehe ihm ein anderer zuvorkam. Doch als er Maria um ihre Hand bat, wies sie ihn ab. Sie fühle sich noch zu jung, um zu heiraten, sagte sie. Dass sie lieber frei wie ein Vogel über ihr Leben bestimmen wollte, als sich dem Grafen Eberstein zu unterwerfen, sagte sie nicht.

Als der Graf sie ein zweites Mal bat, seine Frau zu werden, wies sie ihn wieder ab. Und so geschah es auch beim dritten Mal und noch einige Male. Da wandelte sich die enttäuschte Liebe des Grafen zu Wut und Hass. Mit seinen Kriegsknechten belagerte er die Burg, und da der Ritter von Stolzeneck in der Fremde weilte, gelang es ihm auch, die Burg zu erobern. Er ließ alle Insassen töten, nur das Burgfräulein nicht. Als er Maria noch einmal bat, seine Frau zu werden, und sie sich wieder weigerte, ihm zu Willen zu sein, ließ er sie in den Turm werfen. Dort sollte sie hungern und dürsten, bis sie ihn endlich erhörte.

Tag für Tag kam der Graf und fragte, ob sie sich schon anders besonnen hätte und ihn nicht doch zum Mann nehmen wolle. Aber stolz, wie auch ihr Name klang, beharrte sie auf ihrem Willen.

Der Graf zerbrach sich den Kopf darüber, wie es geschehen konnte, dass Maria, der ja weder Speise noch Trank gereicht werden durfte, immer noch bei Kräften war. Er ahnte nicht, dass der zahme Rabe jeden Tag geflogen kam und seiner Herrin Beeren und Früchte durch ein Gitter in den Turm brachte.

Drei lange Jahre schmachtete Maria von Stolzeneck bereits im Turm. Als das dritte Jahr vergangen war, kamen die ersten Kreuzfahrer in die Heimat zurück. Unter ihnen war auch der Ritter von Stolzeneck. Seine Burg war ausgestorben, als er sie betrat. Er ging durch die leeren Säle und Kammern und fand keine Menschenseele. Nur Raben saßen auf den Dächern und auf den Bäumen und krächzten schaurig. Es war, als wollten sie ihm etwas sagen. Immer wieder rief der Ritter den Namen seiner Schwester, doch nur das Gekrächze der schwarzen Raben antwortete. Plötzlich aber schien es ihm, als vernehme er ganz schwach aus dem Turm eine Stimme. Leise hörte er seinen Namen rufen. Er eilte in das Verlies, fand seine Schwester und erfuhr mit Schaudern, was geschehen war.

Als der Ritter von Stolzeneck mit ihr ins Freie trat, sah er in der Ferne einen Reiter. Es war Graf Eberbach, der Maria ein letztes Mal fragen wollte, ob sie nicht doch seine Gemahlin werden wolle. Als er näher kam und den Ritter von Stolzeneck erkannte, zog er sein Schwert, um mit ihm zu kämpfen. Doch da stieß der zahme Rabe des Burgfräuleins einen heiseren Schrei aus, ein Schwarm schwarzer Raben stürzte herab und hackte dem Grafen die Augen aus. Dann schoss der zahme Rabe herbei und stieß ihm seinen Schnabel ins Herz.

Das Bild des Raben, der Maria von Stolzeneck gerettet und gerächt hatte, wurde aus Stein gehauen und an einem Bogen der Burg angebracht, aus Dankbarkeit und künftigen Geschlechtern zur Erinnerung.

Der Müller von Mannheim

In Mannheim lebte einmal ein Müller, der ein richtiger Geizhals war. Wenn ein Bettler es wagte, an seiner Tür zu klopfen, dann jagte er ihn mit Schimpfworten davon. Der Ärmste konnte von Glück reden, wenn er keinen Fußtritt bekam.

Das Haus des Müllers stand am Ufer des Rheins, seine Mühle im Wasser des Stroms. Oft ruderte der Müller des Nachts zur Mühle, weil er glaubte, Diebe würden ihm das Korn stehlen. Sein Knecht Hans, der in der Mühle schlief, wurde dann jedes Mal aus dem Schlaf gerissen. Er ärgerte sich über das Misstrauen seines Herrn. »Wie der Schelm denkt, so ist er«, überlegte er, wenn er die schlurfenden Schritte seines Herrn hörte, hütete sich aber, etwas zu sagen.

Einmal, mitten in der Nacht, war der Müller wieder zu seiner Mühle gerudert, war darin herumgeschlichen und hatte in der Kornkammer einen alten Mann mit silbernem Haar und silbernem Bart entdeckt. Der Alte lag in einer Ecke und schlief. Der Müller fluchte und beschimpfte den Knecht, weil er dem Alten Obdach gewährt hatte.

»Ach, gönnt dem Armen doch die Ruhe. Er richtet ja keinen Schaden an!«, sagte Hans.

Da wurde der Müller noch zorniger. »Und wär's der Herrgott selber«, schrie er. »Ich dulde kein lichtscheues Gesindel unter meinem Dach.« Dann gab er dem Alten einen Tritt. »Scher dich zum Teufel!«, rief er.

Da kam ein Sturmwind und wurde zum Orkan, das Wasser schwoll und die Wogen brausten wild. Der alte Mann hatte sich erhoben und sprach, während das Wasser ringsum wütete: »Dein Herz ist härter als ein Mühlstein. Ich habe dir das Korn gemahlen, jahraus und jahrein, und nun vergönnst du mir nicht einmal die kurze Rast in deiner Mühle. Dein Undank soll dir Verderben bringen, denn wisse: Ich bin der Alte vom Rhein.«

Die Gestalt des Mannes mit dem silbernen Haar und dem silbernen Bart wuchs zu riesenhafter Größe, als er sprach, und löste sich auf in den Fluten, die nun mit Gewalt durch Türen und Fenster hereinbrachen und gurgelnd und zischend die Mühle in die Tiefe rissen. Den Knecht warf eine Welle ans Ufer. Vom Müller und seiner Mühle fand man keine Spur.

Siegfried und Kriemhild

In der Königsburg zu Worms am Rhein herrschte einst König Gunther über das Reich der Burgunden. Am Hof lebten auch seine Brüder Gernot und Giselher und seine Schwester Kriemhild, von deren Schönheit die Sänger an den Fürstenhöfen und auf den Ritterburgen sangen.

Viele Bewerber kamen und baten um Kriemhilds Hand, doch sie wies alle ab. Ein Traum habe sie davor gewarnt, ihr Herz einem Mann zu schenken, erzählte sie ihrer Mutter Ute. Ein Falke, den sie aufgezogen und lieb gewonnen hatte, sei von zwei Adlern getötet worden. »Wenn auf Liebe Leiden folgt, dann will ich Liebe meiden«, sagte sie.

Damals lebte am Hof zu Xanten am Niederrhein der junge Held Siegfried. Er war der Sohn des Königs Siegmund und der Königin Sieglinde und seine kühnen Taten pries man im ganzen Land. Siegfried hatte den Nebelkönigen den Nibelungenschatz entrissen und er hatte dem Schatzhüter Alberich die Tarnkappe geraubt, die jeden, der sie trug, unsichtbar machte. Mit seinem Wunderschwert Balmung hatte der Held einen Lindwurm erschlagen und danach im Drachenblut gebadet. Dadurch war seine Haut zu Horn geworden. Nur eine Stelle auf seiner Schulter, auf die das Blatt einer Linde gefallen war, hatte das Blut des Drachen nicht benetzt. Dort war er verwundbar.

Die Kunde von der Schönheit Kriemhilds war auch an den Hof zu Xanten gedrungen. Eines Tages machte sich Siegfried auf den Weg nach Worms zur Königsburg, um Herz und Hand der Schwester König Gunthers zu gewinnen. Der junge Held diente dem König ein ganzes Jahr lang, doch Kriemhild sah er nicht. Erst nachdem er Gunther im Kampf gegen die Könige von Sachsen und Dänemark zum Sieg verholfen hatte, sah er sie zum ersten Mal. Kriemhild erschien prächtig gekleidet und geschmückt beim Festmahl und übertraf in ihrem Glanz alle anderen Frauen. Sie war so schön, dass Siegfried auf den ersten Blick in Liebe zu ihr entbrannte. Als Kriemhild den strahlenden Helden sah, dessen Tapferkeit sie rühmen gehört hatte, entflammte ihre Leidenschaft und sie wusste, dass sie nie einen anderen Mann lieben würde als ihn. Ihren Traum vom Falken hatte sie vergessen.

König Gunther wollte Brünhild, die Königin auf Island, zur Gemahlin nehmen. Doch die stolze Jungfrau hatte bisher noch jeden Bewerber abgewiesen. Von einem Mann, dem sie sich ergeben wollte, forderte sie, dass er sie im Kampf, im Sprung und im Steinwurf besiege. Und diese Kraftproben hatte noch keiner bestanden. Gunther, der wusste, dass er Brünhild aus eigener Kraft nie besiegen könnte, wandte sich an Siegfried. »Hilf mir, die Königin von Island zu gewinnen«, bat er.

»Das will ich tun«, sagte Siegfried, »wenn du mir nach der Rückkehr deine Schwester zur Frau gibst.« Gunther versprach es.

Nun brachen die Burgunden auf nach Island. Vom Söller ihrer Burg Isenstein hatte Brünhild den Zug bereits gesehen. Die edle Gestalt Siegfrieds, sein blondes Haar und sein kühnes Antlitz ließen ihr Herz höher schlagen. Obwohl er zu Fuß ging und das Pferd, auf dem der König ritt, am Zaum führte, begrüßte sie ihn zuerst. Sie hatte nur Augen für ihn.

»Gunther ist der König am Rhein, der um deine Hand wirbt. Ich bin bloß sein Dienstmann«, sagte Siegfried und beugte sein Haupt.

»Dann will ich mit ihm kämpfen. Gewinnt der König, werde ich seine Gemahlin. Verliert er, wird er sterben«, sagte die stolze Königin.

Nach einem Festmahl rüstete sich Brünhild zum Kampf. Mit übermenschlicher Kraft schleuderte sie ihren schweren Waffenspeer gegen Gunther und durchbohrte dessen Schild. Siegfried aber, den die Tarnkappe unsichtbar gemacht hatte, nahm den Speer und warf ihn mit solcher Wucht zurück, dass der Aufprall auf Brünhildes Schild die Kämpferin zu Boden schlug. Die erste Probe hatte sie verloren. Als es zum Wettspringen kam, riss der unsichtbare Siegfried Gunther mit sich, sodass der König noch viel weiter sprang als die Königin. Darauf nahm Brünhild einen riesigen Stein, den drei Männer nicht heben konnten, und schleuderte ihn mit gewaltiger Kraft weit von sich. Wieder machte sich Siegfried unsichtbar, führte Gunthers Arm und warf den Felsbrocken noch ein gutes Stück weiter.

Alle drei Proben hatte sie verloren. Die starke und schöne Jungfrau war besiegt. Sie zog mit den Burgunden nach Worms, wo auf der Königsburg Hochzeit gefeiert wurde. Gunther vermählte sich mit Brünhild und Siegfried mit Kriemhild, wie es versprochen war.

Als die Paare beim Hochzeitsmahl saßen, sagte die Königin der Burgunden zu ihrem Gemahl: »Warum hast du Kriemhild, eine Königstochter und eines Königs Schwester, einem Dienstmann zur Frau gegeben? Das ist ihrer nicht würdig.«

»Schweig still«, sagte Gunther. »Siegfried ist in Wahrheit ein mächtiger König, darum habe ich ihm die Hand meiner Schwester gegeben!«

Da war Brünhild still, aber ihr Herz schlug nicht für ihren Gemahl, sondern für Siegfried. In der Brautnacht, als Gunther sie umarmen wollte, stieß sie ihn von sich, fesselte ihn mit seinem Gürtel und hängte ihn ans Fensterkreuz. Die ganze Nacht musste der gedemütigte König so verbringen, bis sie am Morgen die Fessel löste und ihn befreite.

Gunther zog Siegfried ins Vertrauen und erzählte ihm von der Schmach der vergangenen Nacht. Wieder erklärte sich Siegfried bereit, ihm beizustehen. Als es Abend wurde und Gunthers Gemahlin sich zurückgezogen hatte, drang er mithilfe der Tarnkappe an der Seite des Königs in ihr Gemach und bezwang sie. Er raubte Brünhild einen Ring und ihren Gürtel. Dann überließ er sie ihrem Gemahl.

Jahre waren vergangen. Siegfried und Kriemhild hatten Worms verlassen und waren nach Xanten am Niederrhein gezogen, wo der alte König Siegmund seinem Sohn Krone und Reich überlassen hatte. Eines Tages traf am Königshof ein Bote ein und überbrachte dem König und der Königin eine Einladung zu einem Besuch nach Worms. Mit glänzendem Gefolge brachen Siegfried und Kriemhild auf und reisten ins Burgundenland, wo sie von König Gunther und seinen Brüdern festlich empfangen wurden.

Am nächsten Tag gingen die Königinnen zur Messe. Als sie vor dem Tor des Doms standen, sagte Brünhild zu Kriemhild: »Ich trete als Erste ein. Der Frau eines Dienstmannes ziemt es nicht, vor einer Königin zu gehen!«

Diese Worte verletzten Kriemhild zutiefst. In ihrem Stolz getroffen, verriet sie Brünhild, dass nicht Gunther, ihr Gemahl, es gewesen war, der sie in der Brautnacht bezwungen hatte, sondern Siegfried. »Er ist es auch gewesen, der dir Gürtel und Ring geraubt hat«, sagte sie und schritt mit hoch erhobenem

Haupt an der gedemütigten Königin vorbei in den Dom. Es traf Brünhild wie ein Schlag. Von Scham und Schmerz überwältigt sank sie zu Boden.

Hagen von Tronje, König Gunthers treuester Gefolgsmann, hatte den Streit mit angehört. Er konnte es nicht ertragen, dass seiner Königin Leid geschah. »Diese Schmach verlangt nach Rache. Siegfried verdient den Tod!« sagte er.

Mit List gewann Hagen Kriemhilds Vertrauen und brachte sie dazu, ihm die Stelle zu verraten, an der ihr Gemahl verwundbar war. Als bald danach König Gunther zur Jagd in den Odenwald lud, war für seinen Gefolgsmann die Gelegenheit gekommen, seinen teuflischen Plan auszuführen. Es war ein heißer Tag und Siegfried war nach der langen Jagd durstig. Er beugte sich zu einer Quelle, um zu trinken. Da schlich sich Hagen heran und stieß ihm hinterrücks den Speer in den Rücken. Das Blut schoss wie eine Fontäne aus der Wunde und färbte das grüne Gras rot. Es hörte nicht auf zu strömen, bis der Held tot niedersank.

»Räuber haben ihn im Wald erschlagen«, sagte Gunther zu seiner Schwester, als man ihr den toten Gemahl brachte.

An dem Tag, da Siegfried zu Grabe getragen werden sollte und aufgebahrt im Dom lag, traten König Gunther, seine Brüder Gernot und Gieselher und sein Gefolgsmann Hagen von Tronje an den Sarg, um Abschied zu nehmen. Als Hagen sich dem Toten näherte, begann die Wunde erneut zu bluten. Nun wusste Kriemhild, dass er der Mörder war. Wilder Hass entbrannte in ihrem Herzen und sie schwor Rache.

In Trauer um ihren toten Gemahl lebte Königin Kriemhild fortan am Hof zu Worms. Das Gold des Nibelungenschatzes, das nach Siegfrieds Tod ihr gehörte, begann sie zu verteilen. Als Hagen das sah, fürchtete er, sie könnte Anhänger gewinnen und sich für den Mord an Siegfried rächen. »Gold gehört nicht in Weiberhand«, sagte er zu König Gunther, raubte der Königin den Schatz und warf ihn in den Rhein.

Dreizehn Jahre waren vergangen, als eines Tages ein Bote König Etzels aus dem Hunnenland erschien und um Kriemhilds Hand warb. »Mir geziemt es nur zu weinen«, sagte sie und wies ihn ab. Doch dann besann sie sich anders und willigte ein. Mit großem Gefolge brach sie auf und zog in das Land der Hunnen, wo sie König Etzels Gemahlin wurde. Vom Volk geehrt und von ihrem Gemahl geliebt, lebte sie an der Seite des Hunnenkönigs, doch der Tod Siegfrieds hatte ihr das Herz gebrochen. Sie sann immer noch auf Rache.

Eines Tages bat die Königin ihren Gemahl, ihre Brüder einzuladen. »Ich habe sie so lange nicht gesehen und sehne mich nach ihnen«, sagte sie. König Etzel erfüllte ihr den Wunsch und sandte einen Boten mit der Einladung nach

Worms am Rhein. In einem gewaltigen Zug machten sich die Burgunden auf den Weg ins Hunnenland. Es war eine Reise ohne Wiederkehr.

Der König der Hunnen gab zu Ehren der Verwandten seiner Gemahlin ein glanzvolles Fest auf seiner Königsburg. Nun war für Kriemhild die Gelegenheit gekommen, Siegfrieds Tod zu rächen. Mit grausamer List brachte sie Hagen von Tronje dazu, ihrem und Etzels kleinem Sohn Ortlieb den Kopf abzuschlagen. Darauf entbrannte ein furchtbarer Kampf. Hunnen und Burgunden stürmten aufeinander los und metzelten erbarmungslos nieder, wer ihnen vors Schwert kam. Aus dem Kampf wurde ein Schlachten, so grausam und blutig, dass keiner der Krieger überlebte. Zuletzt stand Kriemhild Hagen gegenüber. Gefesselt hatte man ihr den Todfeind gebracht. »Wo ist die Stelle, an der du den Schatz der Nibelungen in den Fluten des Rheins versenkt hast?«, fragte sie drohend. Hagen weigerte sich, sie zu verraten. »Eher will ich den Tod erleiden«, sagte er. Da nahm Kriemhild Siegfrieds Schwert Balmung, das Hagen in der Scheide trug, und schlug ihm das Haupt ab.

Hildebrand, der alte Waffenmeister, hatte es mit angesehen und konnte nicht ertragen, dass ein Mann wie Hagen durch die Hand einer Frau den Tod fand. Er zog sein Schwert und stieß es Kriemhild ins Herz.

Der blinde Mönch von Lorsch

Zwischen Rhein und Odenwald liegt in der Nähe der Stadt Heppenheim das einstige Kloster Lorsch. Kaiser Karl der Große hatte ihm wichtige Rechte zugestanden und es mit Ländereien reich beschenkt.

Einmal, es mag um das Jahr 800 gewesen sein, wollte der Kaiser auf seinem Weg von Italien nach Mainz in Lorsch Rast halten. Auch hatte er den Wunsch, wieder einmal in der Klosterkirche zu beten, in der die Reliquien des heiligen Nazarius aufbewahrt waren. Der Abt und die Mönche empfingen ihren Wohltäter mit großer Ehrfurcht und bereiteten ihm einen würdigen Empfang. Nach dem Besuch der heiligen Messe und einem reichlichen Mahl zog sich der Kaiser zurück. Er war müde von den Anstrengungen der Reise und den Festlichkeiten. Doch Sorgen um sein Reich quälten ihn und der ersehnte Schlaf wollte sich nicht einstellen.

Es war Mitternacht, als sich Kaiser Karl in die Klosterkirche begab. Im Gebet, so hoffte er, würde seine Seele Ruhe finden. Er war aber nicht der Einzige, der in dieser Nacht in der Kirche betete. Vor dem Altar kniete ein Mönch und neben ihm stand ein Jüngling. Als der Mönch sich erhob, stützte ihn der Jüngling und geleitete ihn aus der Kirche. Als die beiden an ihm vorübergingen, merkte der Kaiser, dass der Mönch blind war. Sein Gesicht aber kam ihm merkwürdig bekannt vor. Es schien ihm, als hätte er es schon einmal gesehen, er wusste aber nicht wo.

Am nächsten Tag fragte der Kaiser den Abt, wie der blinde Mönch heiße und von wo er komme. »Wir wissen es nicht«, sagte der Abt. »Er kam eines Tages aus einem fernen Kloster mit einem Brief, in dem geschrieben stand: ›Fragt nicht nach seinem Namen und forscht nie nach seiner Herkunft.‹«

Dem Kaiser ging der geheimnisvolle Mönch nicht aus dem Sinn und er bat den Abt, ihn in dessen Zelle zu führen. Als er ihm gegenüberstand, fiel ein Sonnenstrahl auf das Gesicht des Blinden, in dem Gram und Alter tiefe Spuren hinterlassen hatten. Jetzt erkannte ihn der Kaiser. Der Mönch mit den toten Augen war Tassilo, der einst mächtige Herzog der Baiern aus dem Geschlecht der Agilolfinger. Der stolze Fürst hatte vor Jahren gegen den Kaiser rebelliert und sich mit dessen Feinden verbündet. Für seinen Verrat war er zum Tod verurteilt worden, doch hatte ihn der Kaiser begnadigt. In einem Kloster sollte er lebenslang seinen Treuebruch büßen.

Nun waren sie einander wieder begegnet, der Kaiser und der Mönch, der Sieger und der Besiegte. Kaiser Karl ergriff die Hand des Herzogs, der nun all seiner Macht beraubt war, und sagte: »Mein Bruder, die Hand, die ich Euch reiche, führte einmal das Schwert gegen Euch, nun aber, da unser beider Haar weiß geworden ist und die Last der Jahre unseren Stolz gebrochen hat, wollen wir den alten Hass begraben. Lasst uns Frieden schließen.«

Da zuckte es im Gesicht des Blinden. Er hatte die Stimme erkannt und sank in die Knie. »Mein Herr und Kaiser«, sagte er. »Ich habe schwer gegen Euch gesündigt und will dafür büßen, bis ich sterbe. Jede Nacht bete ich zu Gott um Vergebung meiner Schuld, vergebt auch Ihr mir, damit meine letzte Stunde leichter werde.«

Tief bewegt hob der Kaiser ihn auf. »Gott vergebe uns beiden«, sagte er. Dann nahm er Abschied und ritt weiter nach Mainz. Den blinden Mönch aber fand man am nächsten Morgen tot vor dem Altar der Kirche. Er war in der Nacht gestorben, mit Gott und dem Kaiser versöhnt.

Der gerechte Teufel

In Darmstadt lebte einmal ein Advokat, der zu jeder Schandtat bereit war. Er verdrehte den Leuten das Wort im Mund und die Gesetze in den Büchern. Die Reichen schätzten ihn, weil er für sie zwielichtige Geschäfte abschloss, und die Armen hassten ihn, weil er sie um ihr letztes Hab und Gut brachte.

Eines Tages ging der Advokat von Darmstadt nach Ried im Odenwald. Dort war ein Bauer in Not geraten. Er hatte seinen Hof dem Advokaten verpfändet, weigerte sich aber jetzt, Haus und Hof zu räumen. Das wollte der Advokat erzwingen. Als er so auf der Straße dahinschritt, begegnete er einem Mann, der ihn freundlich ansprach: »Wohin des Wegs?«

»Nach Ried, dort habe ich zu tun.«

»Da will ich auch hin«, sagte der Fremde.

Die beiden gingen gemeinsam weiter und kamen bald ins Gespräch. Der Advokat erzählte von seinen Geschäften und Machenschaften und der Fremde gab seinen Kommentar dazu. Auf alles, was der Advokat sagte, wusste er eine Antwort, und die war so gewitzt und treffend, dass sich der Advokat, der ja auch nicht auf den Mund gefallen war, nur wundern konnte. Manchmal lachte der Fremde hellauf, doch sein Lachen klang so schneidend und höhnisch, dass es den Advokaten schauderte. Er sah sich seinen Weggefährten, der wie ein Jäger aus dem Odenwald gekleidet war, näher an, konnte aber nichts Außergewöhnliches an ihm entdecken. Erst als sein Blick auf dessen Füße fiel, von denen einer ein Bocksfuß war, erkannte er mit Schrecken, mit wem er es zu tun hatte. Es war der Teufel. Der Advokat ließ sich aber seine Furcht nicht anmerken und fragte keck: »Was treibt denn dich hierher in den Odenwald? Hast du etwa in der Hölle nichts zu tun?«

»Doch, doch«, sagte der Teufel. »Aber heute will ich nach Ried, dort hole ich mir einen besonders fetten Brocken.«

Nun erzählten beide von ihren Betrügereien und jeder lachte über die Gaunereien des anderen. Als sie so dahinwanderten, begegnete ihnen ein Metzger, der ein Schwein vor sich hertrieb. Das Schwein wollte aber nicht so, wie der Metzger wollte. Immer wieder blieb es stehen, schnüffelte im Gras oder wälzte sich im Graben. Da wurde der Metzger ungeduldig und schrie: »Du dummes Schwein. Hol dich doch der Teufel!«

Der Advokat stieß den Teufel in die Seite und sagte: »Nun, so hol dir doch das Schwein!«

Der Teufel aber sagte: »Was soll ich denn mit einem Schwein? Der Metzger hat es ja gar nicht ernst gemeint. Er soll es behalten, er lebt immerhin eine ganze Woche davon.« Das wunderte den Advokaten, denn in seiner Gier hätte er sich das Schwein auf jeden Fall genommen.

Sie gingen weiter und kamen in ein kleines Dorf mit ein paar armseligen Hütten. Auf der Straße stand ein kleines Mädchen, das schrie und zeterte, denn ein Hund hatte ihm das Stück Brot, das es in der Hand hielt, weggeschnappt. Die Mutter kam hinzugelaufen und rief zornig: »Halt sofort das Maul oder der Teufel soll dich holen!« Da brüllte das Mädchen noch mehr. Wieder stieß der Advokat den Teufel in die Seite und sagte: »Nun, hast du keine Lust, dir diese Seele zu holen?«

»Ach was«, sagte der Teufel, »die Mutter hat es ja gar nicht ernst gemeint. Das Mädchen ist ihr einziges Kind, wenn ich es mir hole, stirbt sie vor Gram.« Jetzt wunderte sich der Advokat noch mehr. Er hatte sich noch nie von Mitleid bewegen lassen, wenn es gegolten hatte, einen Vorteil zu nutzen. Insgeheim begann er den Teufel zu verachten.

Schließlich waren sie in Ried angekommen und standen vor dem Hof, den der Bauer hätte räumen sollen. Als der Bauer und seine Frau den Advokaten sahen, warfen sie sich vor ihm auf die Knie und baten, sie doch auf dem Hof zu lassen. Sie wären durch Krankheit ins Unglück geraten, sagten sie, und sie würden Tag und Nacht arbeiten, bis sie alle Schulden abbezahlt hätten. Doch der Advokat ließ sich nicht erweichen. Er zog das Schriftstück mit dem Gerichtsbescheid aus der Tasche und hielt es dem Bauern vor die Nase. »Lies!«, befahl er.

»Ich kann nicht lesen«, sagte der Bauer.

»Dann will ich dir sagen, was drinsteht: Du hast den Hof zu räumen, und zwar auf der Stelle!« Als darauf die Frau des Bauern weinend die Füße des Advokaten umschlang und ihn bat, Gnade vor Recht ergehen zu lassen, stieß er sie mit einem Tritt von sich. Da sprang der Bauer rot vor Zorn auf, ballte die Faust und schrie: »Der Teufel soll dich holen!«

Jetzt stieß der Teufel den Advokaten in die Seite und sagte: »Jawohl, das werde ich auch tun. Der Bauer hat es ernst gemeint.« Dann packte er den Advokaten beim Kragen und flog mit ihm fort über dic Dächer und durch die Lüfte, bis man sie nicht mehr sah. Nur der Gestank nach Schwefel erinnerte daran, dass der Teufel in Ried einmal Gerechtigkeit geübt hatte.

Die Teufelsschleppe

Die Stadt Mainz war so reich, dass man sie das Goldene Mainz nannte. Von den Mainzer Bürgerinnen hieß es, dass sie die Hoffart und die Eitelkeit für sich gepachtet hätten. Wenn sie am Sonntag zur Kirche gingen, putzten sie sich heraus, als ginge es zum Tanz. Da war kein Band zu lang, keine Feder zu bunt, kein Ohrgehänge zu schwer und keine Kette zu kostbar. Für die Kleider waren die teuersten Seidenstoffe und Brokate gerade noch gut genug.

Eine reiche Goldschmiedsgattin war besonders eitel. Die Kirche war für sie nicht ein Ort der Demut und der Frömmigkeit, sondern der Platz, wo sie sich am besten in ihrem Sonntagsstaat zur Schau stellen konnte. So stand sie einmal während der heiligen Messe unweit der Kirchentür, denn die Schleppe an ihrem Kleid war so lang und üppig geraten, dass sie in keine Bank passte. Das war ihr auch gar nicht so unrecht, denn so konnte jeder sehen, welch aufwendiger und prächtiger Stoff sich hinter ihr bauschte.

Als der Geistliche durch die Kirche ging, um die Gläubigen mit dem Weihwasser zu besprengen, und auch zu der geputzten Dame kam, wurden die Teufel der Hoffart, die sie mit sich ins Gotteshaus gebracht hatte, plötzlich sichtbar. Da sprangen auf ihrem Kleid die kleinen flinken Teufel der eitlen Wünsche hin und her, die Teufelchen der Selbstgefälligkeit mit ihren dicken Bäuchen bewegten sich etwas langsamer, dafür hüpften die Teufel der Prahlsucht mit den langen Hälsen umso munterer auf der Schleppe. Und die Bösewichter mit den kleinen gelben Augen, die Teufel des Neides, lugten zwischen den Falten des Stoffes hervor. Erschrocken besprengte der Priester die Unholde mit dem geweihten Wasser, die das aber gar nicht gern hatten. Wie verrückt sprangen sie hin und her, damit das Wasser sie nicht benetze, und fanden immer neuen Unterschlupf in den vielen Rüschen und Falten des Kleides. Nun hob der Diener Gottes beschwörend die Stimme, um sie zu verscheuchen, und das tat er so laut, dass die anderen Kirchgänger herbeikamen und nun auch sahen, wie die kleinen Teufel verzweifelt herumsprangen. Sie konnten nämlich nicht vom Kleid hinunterhüpfen, weil ihre Füße den geweihten Boden der Kirche nicht betreten durften.

Die eitle Dame wäre am liebsten in den Erdboden versunken. Mit vor Scham rotem Gesicht raffte sie ihr Kleid, das vom vielen Weihwasser schon ganz nass geworden war, zusammen und rauschte zur Tür hinaus. Aber auch vor der Kirche sprangen die Teufelchen voll Vergnügen vor aller Augen auf der Schleppe herum. Zornig versuchte sie die teuflische Last abzuschütteln, doch es gelang ihr nicht. Unter dem Gelächter der Zuschauer musste sie die Bösewichte hinter sich her- und nach Hause ziehen und wurde sie erst los, als sie Kleid und Schleppe verbrannte.

Dieses Erlebnis war ihr aber eine Lehre. Sie entsagte der Hoffart und der Eitelkeit für immer und ging von nun an nur noch in die Kirche, um dort fromm zu beten.

Der Spielmann von Mainz

Es war ein kalter Wintertag, als ein Spielmann durch die Straßen von Mainz ging. Er war alt, seine Kleider waren zerlumpt und er hatte schon lange kein warmes Essen im Magen gehabt. Kein Wunder, dass seine Lieder nicht fröhlich klangen, wie die Mainzer es gerne gehabt hätten. Es waren schwermütige Melodien, die er auf seiner Geige zum Besten gab, und keiner hörte ihm zu. Selten, dass sich einer erbarmte und ihm einen Groschen in den Hut warf.

Mit schwerem Herzen und leerem Magen ging der Geiger zum Mainzer Dom. Die Frühmesse war vorbei und er war mutterseelenallein im Gotteshaus. Da ging er zum Gnadenbild der Heiligen Jungfrau und kniete nieder. Er nahm seine Geige und begann zu spielen, so süß und so schön, wie er noch nie gespielt hatte. Als er den Blick hob, schien es ihm, als ob die Gottesmutter den Kopf neigte, um zu lauschen. Er spielte weiter und nun klangen seine Lieder heiter und fröhlich. Es waren schwungvolle Weisen, als wäre er noch jung und spielte zum Tanz auf. Wieder blickte er empor und nun sah er es ganz genau – ein Lächeln verklärte das Antlitz der Jungfrau. Er spielte einen Walzer und da hob sie den linken Fuß und ließ ihren goldenen Schuh fallen.

Glücklich und dankbar verließ der Spielmann mit dem Schuh in der einen und der Geige in der anderen Hand den Dom. Er ging zu einem Goldschmied, um den Schuh zu verkaufen. Der Meister warf einen Blick auf das Kleinod, dann auf den Spielmann und rief nach dem Richter. »Der Geiger hat der Madonna den Schuh gestohlen«, behauptete er. Sosehr der Spielmann auch seine Unschuld beteuerte, niemand glaubte ihm. Da man in jenen Zeiten mit Dieben kurzen Prozess machte, sollte dem Alten bald das letzte Stündlein schlagen. Der Galgen war schon aufgerichtet.

Als man ihn auf den Richtplatz führte, sagte der Geiger: »Ich habe einen letzten Wunsch und eine letzte Bitte. Lasst mich noch einmal im Dom zu Ehren der Heiligen Jungfrau spielen.« Diese letzte Bitte wollte man ihm nicht abschlagen und führte ihn in den Dom. Dort nahm man ihm die Fesseln ab und gab ihm Geige und Bogen in die Hand.

Der Spielmann spielte sein Abschiedslied. Es war eine sehr traurige Melodie und alle, die sie hörten, hatten Tränen in den Augen. Doch das Antlitz der Jungfrau lächelte. Dann hob sie den rechten Fuß und ließ ihren zweiten goldenen Schuh fallen. Wieder war ein Wunder geschehen und nun wussten es alle – der Geiger war unschuldig. Das Urteil wurde aufgehoben und der alte Spielmann hoch geehrt. Er hatte sein Lebtag keine Sorgen mehr.

Wie Frankfurt zu seinem Namen kam

Karl der Große, König der Franken und römisch-deutscher Kaiser, musste immer wieder erbitterte Kämpfe gegen die Sachsen führen, die sich hartnäckig weigerten, den heidnischen Göttern abzuschwören und sich zum Christentum zu bekehren.

Einmal, nach einer blutigen Schlacht, in der die Sachsen unter ihrem Anführer Widukind gesiegt hatten, verfolgten sie die Franken und trieben sie bis über den Taunus. Karl konnte nur mit einer kleinen Schar seiner Getreuen fliehen. Sie ritten durch dichte Wälder ohne Weg und Steg, immer auf der Flucht vor den feindlichen Sachsen, die ihnen hart auf den Fersen blieben. Schließlich gelangten sie ans Ufer des Mains. Es gab aber keine Brücke und auch kein Schiff, das Karl und seine Krieger hätte hinüberführen können. Der Strom war breit und tief und die Sachsen jagten hinter ihnen her.

Der Kaiser ritt am Ufer entlang und suchte nach einer Furt, um ans andere Ufer zu gelangen und die Verfolger abzuschütteln. Da sah er eine Hirschkuh mit ihrem Jungen aus dem Wald laufen und in den Main springen. Mühelos überquerten beide den Fluss. Nun wusste Karl, dass es hier eine Furt gab, und setzte mit seinen Franken rasch über den Strom. Kaum waren sie drüben am rettenden Ufer, als dichter Nebel einfiel und sich wie ein schützender Schleier auf die Furt senkte. Die Sachsen, die spähend am anderen Ufer standen, sahen nur eine graue Wand. Sie verloren die Spur und die Franken waren gerettet.

Dankbar stieß Karl der Große seinen Speer in den Boden und sprach: »Hier soll eine Stadt entstehen und sie soll der Franken Furt heißen.« So entstand die Stadt Frankfurt am Main.

Später, als die Sachsen sich zum Christentum bekannten, kamen auch sie an den Main und bauten sich Häuser, jedoch am anderen Ufer. Ihre Siedlung nannten sie Sachsenhausen. Es dauerte jedoch nicht lange und die Siedlungen der Sachsen und der Franken wuchsen zusammen. Die grausamen Kämpfe waren beendet und sind nur noch als dunkles Kapitel der Geschichte in Erinnerung.

Der Schelm von Bergen

»Zu Frankfurt auf dem Römer war heute Königswahl und abends drehn Vermummte sich bei der Fackeln Strahl.« So beginnt die Ballade von dem Henker, der zum Ahnherrn eines edlen Rittergeschlechts wurde.

Es war vor langer Zeit, da erstrahlte der Kaisersaal des Römers, wie die Frankfurter ihr Rathaus nennen, im festlichen Lichterglanz. Ein neuer König war gewählt worden und ihm zu Ehren fand ein großer Maskenball statt. Die Musikanten spielten zum Tanz auf und die Edlen des Reiches, die Fürsten und die Ritter, drehten sich mit den schönen Damen anmutig im Reigen. Im bunten Treiben des Festes fiel unter den prächtig kostümierten Gästen ein Ritter auf, den niemand kannte. Schwarz war sein Kleid und schwarz war seine Maske. Der hohe Wuchs, die edle Gestalt und seine Haltung ließen auf vornehme Abkunft schließen, doch wer mochte er sein?

Der schwarze Ritter ging zur Königin, beugte das Knie und bat um einen Tanz. Die junge Königin lächelte und schenkte ihm den Tanz. Sie tanzte so frei und so leicht, wie sie noch nie getanzt hatte. Da bat er sie um einen zweiten Tanz und um einen dritten. Sie gewährte es gerne.

Als die Stunde nahte, da nach altem Brauch die Masken fielen, bat der schwarze Ritter: »Königin, lasst mich ziehen!« Sie aber hielt ihn fest und sagte: »Erst will ich Euch ins Antlitz schauen, dann dürft Ihr gehen.«

»Königin«, flehte der Ritter, »lasst mich frei. Mein Gesicht verbreitet Grauen und Schrecken.«

Die junge Königin lachte. »Ich fürchte mich nicht!«

Nun war auch der König aufmerksam geworden. Er trat hinzu und befahl dem Unbekannten, die Maske abzunehmen. Der Ritter gehorchte – und ein Aufschrei des Schreckens ging durch den Saal. »Das ist der Scharfrichter von Bergen!«, rief einer. Entsetzt wichen die Fürsten und die Ritter zurück und die

Damen erbleichten. Vor Zorn bebend sprach der König: »Der Henker hat es gewagt, mit seinem Tanz die Königin zu entehren. Der Frevler hat den Tod verdient!«

Da beugte der Henker sein Knie und sagte: »Herr, ich habe gefrevelt. Aber die Schande, die ich Eurer Gemahlin und Euch angetan habe, wäscht mein Blut nicht ab. Die Schmach kann nur getilgt werden, wenn Ihr mich in den Ritterstand erhebt.«

Der König war klug. Er zog sein Schwert aus der Scheide, berührte den Nacken des Ritters, der vor ihm niedergekniet war, und schlug ihn zum Ritter. »Wohlan, erhebe dich als Ritter. Weil deine Tat aber ein Schelmenstück war, soll dein künftiger Name ›Schelm von Bergen‹ sein«, sprach er.

»So ward der Henker ein Edelmann und Ahnherr der Schelme von Bergen. Ein stolzes Geschlecht! Es blühte am Rhein, jetzt schläft es in steinernen Särgen.«

Die Überfahrt

Am Ufer des Mains lebte einmal ein Fährmann, der seinen Beruf von einem Tag auf den anderen aufgab. Obwohl er noch gesund und bei Kräften war, setzte er sich zur Ruhe und rührte sein Lebtag lang kein Ruder mehr an. Einmal erzählte er, wie es dazu gekommen war.

Es war in einer stürmischen Nacht, in der sich Gewitterwolken zusammenballten und die ersten Blitze am Himmel zuckten, als der Fährmann, der schon zu Hause im Bett lag, eine Stimme hörte: »Hol über! Hol über!« Er lauschte und hörte es im Grollen des Donners noch einmal: »Hol über!«

Der Mann hatte keine Lust, bei solch einem Wetter aufzustehen und noch einmal auszufahren, doch seine Frau meinte: »Vielleicht ist jemand in Not. Du musst hinüberrudern!«

Er tat ihr den Willen und ruderte hinüber ans andere Ufer des Mains. Es war finster, nur das trübe Licht seiner Laterne leuchtete ihm. Als er anlegte, verlosch das Licht, als hätte ein Geist es ausgelöscht. Er griff nach Feuerzeug und Zunder, doch beides fiel ihm aus der Hand und in den Fluss. Er rief in die Dunkelheit hinein: »Wer da?« Doch er hörte nur das Brausen des Sturmes und das Rauschen des Wassers. Schon glaubte er, es hätte ihn jemand zum Narren gehalten, und wollte das Boot wenden, um zurückzurudern, als eine schaurige Stimme rief: »Halt, Fährmann! Lass uns einsteigen. Wir sind vier Jäger und haben Wild zu liefern!« Und eine andere Stimme lachte dazu und schrie: »Und eines wollen wir uns holen!« Daraufhin flogen dem Schiffer Flinten, Taschen und Säcke um die Ohren und hinein ins Boot. Vier wüste Kerle sprangen in den Kahn.

Dem Fährmann war es unheimlich. Er ruderte, so rasch er konnte, und als er am Ufer anlegte, sagte er: »Ich brauche keinen Lohn!« Er war froh, die Fahrt heil überstanden zu haben, und wollte so rasch wie möglich nach Hause kommen. Aber die Jäger ließen sich nicht abschütteln und gingen hinter ihm her. »Wir holen uns noch ein Stück Wild«, sagte einer und die anderen brachen in Gelächter aus. Der Fährmann bekam es mit der Angst zu tun. Als er bei seinem Haus war und die Tür öffnete, um hineinzugehen, drängten die vier hinter ihm nach und in die Stube hinein. Sie setzten sich an den Tisch und einer der vier Kerle entzündete eine Fackel. Jetzt sah der Mann die böse blitzenden Augen in ihren derben Gesichtern. Der Anführer hatte einen Jägerhut mit einer feuerroten Feder auf dem Kopf und einen Bocksfuß. Er zog ein Pergament aus der Tasche, hielt es dem Fährmann vor die Nase und sagte: »Unterschreib, sonst geht es dir schlecht!« Die anderen brachen wieder in Gelächter aus.

Zum Glück war jetzt die Frau des Fährmanns in die Stube getreten. Der Lärm hatte sie aufgeschreckt. Die Frau hatte das Herz auf dem rechten Fleck und einen klaren Verstand im Kopf. Sie machte das Kreuzzeichen und begann das Vaterunser zu beten. Da schrien die vier auf, stießen grässliche Flüche aus und sprangen einer nach dem andern zum Fenster hinaus. Nur Gestank nach Schwefel blieb zurück.

Am nächsten Morgen, als der Fährmann zum Fluss ging, kam ein Jäger mit einer feuerroten Feder und einem Bocksfuß auf ihn zu. Er warf ihm vier Goldstücke hin und sagte: »Das ist der Lohn für die vergangene Nacht.« Der Mann bekreuzigte sich und der Jäger verschwand. Nun wusste der Fährmann, wen er über den Fluss gefahren hatte. Es war der Teufel mit seinen Spießgesellen.

Mit dem Gold wollte der Mann nichts zu tun haben. »Ich werde es der Kirche schenken«, dachte er und holte einen Priester. Als die geweihte Hand des Geistlichen die Goldstücke berührte, wurden sie glühend heiß und verbrannten ihm die Finger. Vor Schreck ließ er sie fallen, doch als sie den Boden berührten, waren es gewöhnliche Kieselsteine.

Der Fährmann war nach diesem Erlebnis verändert. Nie mehr stieg er in ein Boot, doch oft saß er in Gedanken versunken am Ufer des Flusses. Es wollte ihm nicht aus dem Sinn, dass der Teufel ihn beinahe in seinen Klauen gehabt hätte. Nach dem Tod seiner Frau zog er sich in das Kloster zurück und lebte in innerer Einkehr bis ans Ende seiner Tage.

Die Rheintochter

Es war in jenen Zeiten, als noch Waldgeister in den Wäldern hausten und in Quellen, Flüssen und Seen Flussgötter, Wasserfeen und Nixen ihr Wesen trieben.

Auch der Rhein hatte einen Flussgott, der am Grunde des Stroms über ein unterirdisches Reich herrschte. Er war den Menschen nicht gut gesinnt. Wenn es ihn danach gelüstete, ließ er den Strom mächtig rauschen und über die Ufer treten. Dann holte sich der Rheingott seine Opfer. Manchmal waren es viele Menschen, die er in die Tiefe riss, dann wieder lockte er ein Kind so nahe ans Ufer, dass er es mit seinen nassen Armen umfangen und mit sich auf den Grund ziehen konnte.

Der Rheingott hatte Töchter, die Rheinnixen. Sie waren noch schöner als die schönsten Mädchen. Ihre Augen strahlten blau und ihre langen grünen Haare umhüllten ihren Körper wie ein Mantel aus Seide. Statt der Beine aber hatten sie einen Fischschwanz. Wenn ihnen auf dem Grund des Stroms langweilig war, tauchten sie auf, setzten sich auf einen Felsen und ließen sich sonnen. Sie sangen gern und ihre Stimmen klangen so süß und betörend, dass mancher Schiffer, der sie hörte, nicht auf die Strömung achtete, sondern wie verzaubert ihrem Gesang lauschte. Dann konnte es geschehen, dass das Boot an einer Klippe zerschellte und der Schiffer ertrank. Manchmal stiegen die Rheintöchter aus den Fluten und mischten sich unter die Menschen. Dann trugen sie ein weißes Kleid, das am Saum immer nass war. Manchmal schlüpften sie auch in die Gestalt einer Schlange oder schwebten als Nebelwesen durch die Wälder.

Else war die jüngste Tochter des Rheingottes. Sie war anders als ihr Vater und liebte die Menschen. Wenn der Flussgott zornig sein wildes Haupt schüttelte, wusste sie, dass Gefahr drohte. Dann schwamm sie ans Ufer und warnte vor Sturmfluten und Überschwemmungen. Manchmal zeigte sie den Fischern, wo sie ihre Netze auswerfen sollten, um einen reichen Fang zu machen.

Einmal war Else in die Gestalt einer Schlange geschlüpft. Sie kroch in eine Mühle, wo ihr die Müllerin eine Schale Milch hingestellt hatte. Dann schlängelte sie sich in den Garten, wo der kleine Sohn der Frau, ihr einziges Kind, spielte. Plötzlich sprang der Kleine auf und rannte hinter einem bunten Schmetterling her, der zum Wasser flog. Er lief ihm nach und war schon nahe am Strom, der jetzt gefährlich zu rauschen begann. Da wusste die Schlange, dass der Rheingott wieder ein Opfer forderte. Sie schoss dem Kind nach und zischte dabei so laut, dass die Müllerin es hörte. Erschrocken stürzte die Mutter hinterher und konnte den Jungen gerade noch zurückreißen. Zum Dank stellte die Müllerin nun jeden Tag eine Schale mit Milch in den Garten.

Wassergeister, Nixen und Feen zeigen sich schon lange nicht mehr auf der Erde. Vielleicht ist es ihnen an den Ufern des Stroms zu laut geworden. Wenn aber das geschäftige Treiben ruht und der Lärm verstummt, dann kann, wer feine Ohren hat, im Rauschen der Wellen eine Melodie hören, die vom Grund herauf zu den Menschen dringt. Es ist der Gesang der Rheintöchter.

Kaiser Karl und der Rüdesheimer Wein

Kaiser Karl stand am Söller seiner Pfalz zu Ingelheim und blickte über den Rhein und das Land zu seinen Füßen. Es war ein grauer und kalter Morgen. Über Nacht war Schnee gefallen und bedeckte die Berge und Höhen. Da brach ein Sonnenstrahl durch die Wolken und der Kaiser sah, dass der Schnee am Hang des Johannisbergs bei Rüdesheim rascher schmolz als ringsum. »Wenn da die Sonne stärker scheint als sonst wo, dann müsste hier wohl auch mehr wachsen als Gras«, dachte der Kaiser.

Er ließ seinen Knappen kommen und befahl ihm, gleich am nächsten Morgen das Ross zu satteln und über den Rhein hinüber nach Frankreich zu reiten. Von Orleans, wo der Kaiser Weingüter besaß, sollte er Weinstöcke holen. Als der Knappe zurückkam, fuhr Kaiser Karl mit dem Schiff nach Rüdesheim und pflanzte eigenhändig einen Rebstock aus Frankreich in die Erde. Den Bauern erklärte er dann, wie sie die Reben pflegen müssten. Der Kaiser zog weiter, doch wo immer er auch weilte, stets ließ er sich genau über den Stand des Weingartens in Rüdesheim berichten.

Als der vierte Herbst ins Land gezogen kam, weilte Kaiser Karl wieder auf seiner Burg zu Ingelheim. Er fuhr auf dem Rhein nach Rüdesheim und sah mit Freude die goldene Pracht der Trauben. »Das wird ein köstlicher Tropfen werden«, sagte er zu den Winzern. Als der erste Wein gekeltert war, kredenzten ihm die Bauern feierlich einen Pokal. Es war ein wahrhaft kaiserlicher Wein, der ihm fruchtig-feurig durch die Kehle rann. Der Wein aus Rüdesheim wurde des Kaisers Lieblingswein.

Seither sind mehr als tausend Jahre vergangen und der Rheinwein schmeckt immer noch so köstlich und würzig wie damals, als Kaiser Karl ihn trank. Im

Rheinland erzählt man sich, dass jedes Jahr im Frühjahr, wenn die Reben blühen, in der Nacht eine schemenhafte Gestalt durch die Weingärten streift. Sie trägt einen Purpurmantel um die Schultern und auf dem Haupt eine Krone. Es ist der Kaiser, den der Duft der Blüten aus seinem Schlaf in der Gruft zu Aachen geweckt hat. Er prüft, ob die Winzer auch jene Sorgfalt üben, wie er es einst gelehrt hat. Beim ersten Hahnenschrei kehrt er dann zurück in seine Gruft und schläft weiter, bis am Rhein wieder die Reben blühn.

Mittelrhein

Vom Binger Loch durch den Rheingau
und das Rheinische Schiefergebirge nach Bonn

Der Mäuseturm von Bingen

Tief gräbt sich der Rhein zwischen Bingen und Bonn in das Gestein. Wo der Strom über die Klippen rauscht und den Schiffen nur eine schmale Durchfahrt lässt – das sogenannte Binger Loch –, ragt auf einer Felseninsel ein altes Gemäuer empor. Es ist der Mäuseturm von Bingen, an den sich eine schaurige Sage knüpft.

Der Mainzer Erzbischof Hatto war ein herzloser, grausamer Mann. Von seinen Untertanen erpresste er so hohe Steuern, dass sie oft Haus und Hof verlassen und in die Fremde ziehen mussten. Erbarmen kannte er nicht. Auch die Kaufleute, die auf dem Rhein ihre Waren transportierten, blieben nicht ungeschoren. Zwischen Rüdesheim und Bingen ließ er auf einer Rheininsel einen Turm erbauen, um die vorbeifahrenden Schiffer zum Anhalten zu zwingen. Erst wenn sie überhöhten Zoll gezahlt hatten, durften sie weiterfahren. Sonst ließ er sie in den Kerker werfen. Der Bischof selbst lebte in Saus und Braus. Die Nöte der geplagten Menschen kümmerten ihn nicht.

Bald nach der Errichtung des Turms, der drohend in den Himmel ragte, kam es in der Gegend um Mainz zu einer Hungersnot. Lang anhaltende Dürre und schwere Gewitter mit Hagel hatten die ohnedies kümmerlichen Saaten vernichtet. Der Bischof hatte das Getreide der letzten Ernte aufgekauft und hortete es in seinem Speicher. Im Winter wollte er es dann zu Wucherpreisen verschachern.

Die Not im Land war so groß, dass die Menschen Hunde und Katzen aßen und viele verhungerten. Vergebens flehten sie den geizigen Erzbischof an, den Speicher zu öffnen und das Getreide zu einem angemessenen Preis zu verkaufen. Selbst seine Ratgeber versuchten ihn dazu zu bewegen, doch er weigerte sich. Das Elend der Armen ließ ihn kalt.

Da rotteten sich eines Tages die hungernden Männer, Frauen und Kinder zusammen, stürmten zum erzbischöflichen Schloss und drangen in den Saal, in dem der Bischof mit seinen Gästen gerade an einer reich gedeckten Tafel beim Mahl saß. Als der hohe Herr die zerlumpten Gestalten mit den hohlwangigen Gesichtern sah, erschrak er und überlegte, wie er die Eindringlinge auf schnellstem Wege loswerden könnte. Ein teuflischer Plan schoss ihm durch den Kopf.

Bischof Hatto heuchelte Mitleid und versprach den Armen Hilfe. Jeder könne sich Getreide holen, so viel er brauche, in einer Scheune vor der Stadt sei es gelagert, sagte er. Da rannten die ausgehungerten Menschen voll Hoffnung beim Stadttor hinaus und in die Scheune hinein, um sich das Getreide zu nehmen. Als alle drinnen waren, ließ Hatto das Tor verschließen und die Scheune anzünden.

Die Todesschreie der Eingeschlossenen drangen bis in das Schloss des Erzbischofs und an sein Ohr. Er aber lachte nur höhnisch und sagte: »Hört mal, wie die Mäuslein pfeifen.«

Da wurde es plötzlich dunkel im Saal. Und dann begann es sich zu regen. Aus allen Winkeln und Ritzen, von den Fenstern und Türen herein und von der Decke herab krochen und huschten Mäuse und drängten pfeifend und piepsend in alle Säle und Gemächer. Entsetzt sprangen die Gäste auf und flohen. Auch die Knechte und Mägde und die Diener des Schlosses rannten davon. Der Erzbischof war mit den Mäusen allein.

Von Angst und Grauen gehetzt sattelte Hatto sein Pferd und jagte es hinunter zum Rhein. Mit einem Schiff fuhr er den Strom hinab zu dem Turm, den er hatte erbauen lassen. Hier wollte er Schutz suchen. Aber die Mäuse waren ihm auf den Fersen. Sie schwammen in Scharen hinter ihm her und krabbelten und krochen mit schrillem Gepfeife durch Gitter, Spalten und Löcher in den Turm. Sie stürzten sich auf den Erzbischof und ließen erst von ihm ab, als nur noch sein Skelett übrig war.

Der Schütze von Sooneck

Die beiden romantischen Rheinburgen Reichenstein und Sooneck waren gefürchtete Raubritternester. Dietrich von Hohenfels, der Herr von Burg Reichenstein, trieb es besonders wild, aber der Ritter von Sooneck war nicht weniger grausam. Sie waren beide wüste Gesellen, scherten sich nicht um Recht und Gesetz, sondern handelten nach dem Faustrecht. Fuhren Schiffe auf dem Rhein, so musste der Schiffer anhalten und unrechtmäßig Zoll zahlen, wenn er weiterkommen wollte. Weigerte er sich, wurde er ins Burgverlies geworfen und das Schiff geplündert. Die Schergen der Ritter lauerten auch den Wanderern und Reisenden auf den Straßen auf, um sie auszurauben. Wenn sich einer der Überfallenen wehrte, machten sie ihn ohne viel Federlesens einen Kopf kürzer. Im ganzen Rheintal erzählte man mit Schrecken von den Untaten der beiden.

Einmal gab Dietrich von Hohenfels auf seiner Burg ein Gelage. Unter seinen Gästen war auch der Ritter von Sooneck. Die Spielleute fiedelten, die Becher kreisten und bald hatte der Wein seine Wirkung getan. Die Ritter grölten mit rauer Stimme schamlose Lieder, und leichtfertige Dirnen, die ihnen Gesellschaft leisteten, kreischten dazu.

Ein junger Spielmann namens Edwin, der zum ersten Mal auf Burg Reichenstein aufspielte, hatte seine Harfe längst zur Seite gestellt. Mit Abscheu beobachtete er die zuchtlosen Zecher. Als einigen der Ritter vor Trunkenheit und Müdigkeit die Augen zufielen, hieb Dietrich von Hohenfels mit der Faust auf den Tisch und schrie: »Jetzt will ich euch ein Kunststück vorführen, dass ihr die Augen aufreißt!«

»Nimm das Maul nicht zu voll«, knurrte der Ritter von Sooneck.

»Wart es ab«, sagte Dietrich. Dann gab er seinem Knappen einen Wink, die Türflügel öffneten sich und von einem Knecht geführt wankte eine zerlumpte Gestalt in den Saal. Aus dem bleichen Gesicht des Gefangenen starrten tote Augen. Es war Hans Veit, der einmal der beste Schütze im ganzen Rheintal gewesen war. Ein Raunen ging durch die Runde, der junge Sänger aber presste die Hand gegen den Mund, um nicht laut aufzuschreien. Der Blinde war sein Vater. Von einer Jagd war er im vorigen Jahr nicht mehr zurückgekehrt. Vergeblich hatte man tagelang in den Wäldern nach ihm gesucht. Hans Veit war spurlos verschwunden. Jetzt sah der Sohn den Vater wieder.

»Warst du es, der den Alten geblendet hat?«, fragte der Ritter von Sooneck den Burgherrn. »Es ist schade um seine Kunst. Im ganzen Rheinland gab es keinen besseren Bogenschützen.«

»Was soll's! Ob ein Licht von selber erlischt oder ausgeblasen wird, kommt auf dasselbe heraus. Aber der Alte schießt noch immer wie der Teufel und trifft sein Ziel auch als Blinder. Das wird er uns jetzt beweisen!«

Dietrich von Hohenfels ließ dem blinden Schützen Pfeil und Bogen reichen und stellte einen silbernen Becher auf den Tisch. »Wenn du den Becher klingen hörst, dann zeig uns, was du kannst. Du sollst den Becher vom Tisch schießen«, sagte er.

»Ich werde mein Ziel treffen«, antwortete Hans Veit.

Der Ritter zog sein Schwert und der Schütze spannte den Bogen. Im selben Augenblick, da der Ritter mit dem Schwert auf den Becher schlug und ein Klirren ertönte, schwirrte der Pfeil. Er traf nicht den Becher, er traf den Ritter mitten ins Herz.

Ein wilder Lärm brach los, die Ritter und die Knappen sprangen auf und schrien durcheinander. Da stürzte Edwin hervor und lief auf den Blinden zu. »Vater, ich bin es, dein Sohn«, rief er und schloss ihn in die Arme. Dann nahm er das Schwert des toten Ritters, hielt es in die Höhe und sprach: »Wer von euch noch einen Funken von Ehre und Recht in seiner Brust verspürt, wird die Tat des Schützen nicht verurteilen. Wer aber glaubt, sie rächen zu müssen, der soll sein Schwert ziehen und mit mir kämpfen!«

Da schwiegen die Ritter und verließen einer nach dem andern stumm die Burg. Der Sänger nahm den blinden Schützen an der Hand und geleitete seinen Vater ungehindert nach Hause.

Hildegard von Hohneck

Die schöne Hildegard von Hohneck hatte früh Vater und Mutter verloren. Die Gräfin war bei der Geburt ihres einzigen Kindes gestorben und bald darauf trug man auch den Grafen zu Grabe. Der Kummer über den Tod seiner Gemahlin hatte ihm Lebenskraft und Lebensfreude geraubt. Das junge Mädchen wurde der Obhut eines Ritters anvertraut, der selbst keine Kinder hatte. Da er sich immer einen Sohn gewünscht hatte, erzog er Hildegard, als wäre sie ein Knabe. Als sie herangewachsen war, ritt keiner so tollkühn wie sie und keiner schoss den Bogen so treffsicher wie die junge Gräfin. Sie war eine leidenschaftliche Jägerin und streifte oft tagelang in den Bergen und im Wald umher.

Eines Tages, als sie neben einer Quelle Rast hielt, kam eine alte Frau, um zu trinken. Als Hildegard sie fragte, woher sie komme und wer sie sei, antwortete die Alte: »Man nennt mich die Waldfrau, denn der Wald ist meine Heimat.«

Das Fräulein hatte schon von der Waldfrau gehört und wusste auch, dass sie wahrsagen konnte. Neugierig streckte sie der Alten ihre Hand entgegen. »Man sagt, dass du die Zukunft lesen kannst. Deute mir doch die Linien meiner Hand!«

Die Waldfrau sah das Mädchen ernst an: »Willst du wirklich erfahren, welches Schicksal dir bestimmt ist? Es ist nicht gut, zu wissen, was die Zeit bereithält. Lass das Verborgene verborgen bleiben.«

Jetzt war Hildegard erst recht neugierig geworden. »Ich fürchte mich nicht«, sagte sie und lachte. »Ich will wissen, was mir blüht!«

Die Alte nahm Hildegards Hand, betrachtete lange die Linien und sagte dann zögernd: »Du trägst einen Pfeil in deinem Köcher, der deinen Liebsten durchbohren wird.«

Nun erschrak das Mädchen, denn heimlich war es mit dem Grafen von

Flörsdorf verlobt. Dann rief es: »Dummes Geschwätz!«, schwang sich aufs Pferd und sprengte davon.

Auf dem Weg zurück nach Hohneck sah Hildegard einen Raben, der hoch oben in der Luft seine Kreise zog. Sie nahm einen Pfeil aus dem Köcher, zielte und der Rabe stürzte tot nieder. Er fiel ins Gebüsch und die Jägerin kümmerte sich nicht weiter um ihn. Sie ritt nach Hause.

Am nächsten Tag erschien auf Hohneck ein Bote und berichtete, der Graf von Flörsdorf liege tot im Wald. Ein Jäger hatte ihn mit einem Pfeil im Rücken gefunden. Als man den toten Grafen auf die Burg brachte, erkannte Hildegard mit Entsetzen, dass es ihr eigener Pfeil war, der den Liebsten durchbohrt hatte.

Der Ritter von Lorch, der in Hildegard verliebt war und ihr schon lange nachstellte, hatte im Wald den toten Raben gefunden und den Pfeil herausgezogen. Als er wenig später den Grafen von Flörsdorf vorbeireiten sah, von dem er wusste, dass ihm Hildegards Herz gehörte, hatte er rasend vor Eifersucht seinen Bogen gespannt und den Pfeil abgeschossen. Tödlich getroffen war der Ritter vom Pferd und zu Boden gesunken. Es war der Pfeil Hildegards, der ihn durchbohrt hatte.

So war geschehen, was die Waldfrau vorhergesagt hatte. Hildegard von Hohneck nahm den Schleier und wurde Nonne. In der Stille des Klosters Enkenbach fand sie Frieden und jenen Trost, den ihr die Welt nicht geben konnte.

Was die Elster erzählt

Drei Augsburger Kaufmannssöhne kamen eines Tages nach Lorch und kehrten in einem Wirtshaus ein. Sie waren lustig und übermütig, denn Geld hatten sie genug. Woher es kam – darüber hatte sich noch keiner der drei den Kopf zerbrechen müssen. Bei gutem Essen und Rheinwein ließen sie es sich wohl sein und lachten über einen Schiffer, der allerlei Seltsames und Unheimliches vom Rhein und seinen Nebenflüssen erzählte. »Im Wispertal ist es nicht geheuer«, sagte der Alte, »von dort ist schon mancher, der den Mund zu voll genommen hat, nicht mehr zurückgekehrt.«

»Da wollen wir hin«, riefen die drei aus Augsburg. »Uns kann man nicht so leicht ins Bockshorn jagen wie Euch!«

Wo die Wisper in den Rhein mündet, ist die Gegend wild und unwegsam. Dichte, dunkle Wälder breiten sich aus, schroff und steil ragen die Felswände empor. Aber die Burschen, die das Wispertal erkunden wollten, ließen sich nicht beirren, pfiffen sich ein Lied und wanderten fröhlich dahin. Als Dickicht und Gestrüpp ihnen den Weg versperrten und sie nicht mehr weiterkonnten, hörten sie von einer Felswand herab drei helle Stimmen. Drei schöne Mädchenköpfe wurden sichtbar und sechs Hände winkten ihnen, hinaufzukommen.

Das ließen sich die drei nicht zweimal sagen. Sie fanden einen Pfad, kletterten den Felsen hinauf und kamen zu einem Gang, der ins Innere des Berges führte. Beherzt gingen sie hinein und gelangten durch eine Tür, deren Flügel sich von selbst geöffnet hatten, in einen hellen Saal. Hunderte Kerzen leuchteten und überall an den Wänden hingen Spiegel aus Kristall. Drei schöne Mädchen saßen in der Mitte, nickten freundlich und streckten ihnen die Hände entgegen. Aber immer wenn einer der Burschen eine Hand fassen wollte, stieß er an einen Spiegel, und dann kicherten die Mädchen. Es klang wie das Klirren von Silber.

Das ging so eine ganze Weile, bis eine dunkle Gestalt in den Saal trat und sagte: »Ich freue mich, dass ihr den Weg herauf gefunden habt, um meine Töchter zu freien. Es wird euer Schaden nicht sein, denn jede bekommt eine reiche Mitgift. Ihr werdet stets Geld im Sack haben, ohne einen Finger rühren zu müssen.« Der Alte ging auf ein Mädchen und auf einen Burschen zu und legte die Hände der beiden ineinander. Mit den anderen machte er es genauso. »Vor der Hochzeit müsst ihr aber noch eine Aufgabe lösen«, fuhr er fort. »Meine Töchter haben drei Lieblingsvögel, einen Star, einen Raben und eine Elster. Der Star weiß ein Rätsel, der Rabe singt ein Lied und die Elster erzählt eine Geschichte. Die drei Vögel sind gestern fortgeflogen und nicht mehr zurückgekommen. Wenn ihr sie einfangt und den Mädchen wiederbringt, steht eurer Hochzeit nichts mehr im Wege.«

Die Burschen dachten, ein sorgenfreies Leben ohne Arbeit wäre genau das, was sie sich immer gewünscht hatten, und machten sich auf den Weg, um die Vögel zu suchen. Unten im Tal sahen sie einen Star auf einer Eiche sitzen. »Weißt du ein Rätsel?«, fragte ihn einer der drei.

»Ja«, sagte der Star. »Was sind die einen vorher und die anderen nachher?«

Der Bursche dachte nicht lange über die Antwort nach. Er streckte die Hand aus, der Star setzte sich darauf und ließ sich forttragen.

Bald danach fanden sie einen Raben auf einer Buche sitzen. Einer der drei ging auf ihn zu und fragte ihn: »Weißt du ein Lied?«

»Ja«, sagte der Rabe und begann zu singen: »Es zogen drei Burschen wohl über den Rhein, die hielten sich für sehr klug. Sie fielen auf Glanz und Flitter herein und merkten nicht den Betrug.« Der Bursche hörte gar nicht hin. Er streckte die Hand aus, der Rabe setzte sich darauf und ließ sich forttragen.

Sie gingen weiter und sahen eine Elster auf einer Erle sitzen. »Weißt du eine Geschichte?«, fragte einer der drei.

»Ja«, sagte die Elster. »Es war einmal eine Elster, die erzählte ihrem Jungen von einer Elster, die erst durch Schaden klug wurde. Doch das Junge glaubte der Mutter nicht und wurde erst durch Schaden klug. Als die junge Elster erwachsen war, erzählte sie ihrem Jungen von einer Elster, die erst durch Schaden klug wurde. Doch das Junge glaubte der Mutter nicht und wurde erst durch Schaden klug. Als die junge Elster ...« Der Bursche hörte nicht weiter zu. Er streckte die Hand aus, die Elster setzte sich darauf und ließ sich forttragen.

Nun machten sich die drei Kaufmannssöhne auf den Weg zurück zum Felsen. Sie kletterten hinauf und kamen auch richtig zu dem Gang, der in den Berg führte. Doch als sich die Türflügel öffneten, sahen sie eine schäbige, düstere Halle mit lauter Spinnweben an den Wänden. Drei hässliche alte Frauen stürzten auf sie zu und riefen: »Endlich seid ihr da! Nun halten wir Hochzeit. Wir haben so lange darauf gewartet, reich zu heiraten. Jetzt geht es uns gut, denn ihr habt Geld genug.« Schon griff eine der Alten nach einem der Burschen und wollte ihn an sich drücken, als er erschrocken rief: »Heilige Jungfrau Maria, hilf!« Im selben Augenblick krachte ein Donnerschlag und die drei saßen auf einer Wiese am Fuß der Felswand. Verwundert rieben sie sich die Augen. Hatten sie geträumt oder waren sie wirklich im Inneren des Berges gewesen? Sie sprangen auf und machten, dass sie aus dem Tal hinauskamen.

Als sie wieder am Ufer des Rheins waren, sahen sie einen Star, einen Raben und eine Elster auf einer Esche sitzen. Der Star sang, der Rabe krächzte und die Elster schwätzte. Ein Bauer schien aufmerksam zu lauschen.

»Wenn du die Sprache der Vögel verstehst, dann verrate uns, was sie sagen«, bat einer der drei.

»Nun, der Star singt ein Lied, in dem es heißt, dass die einen vorher klug sind und die anderen nachher. Der Rabe krächzt, dass man sich besser auf ehrliche Arbeit als auf schönen Schein verlassen soll, und die Elster erzählt mir eben die Geschichte von eurem Abenteuer im Wispertal.«

Da wussten die drei Gesellen, dass sie nicht geträumt hatten. Sie zogen die Köpfe ein und nahmen von nun an den Mund nicht mehr so voll.

Die Teufelsleiter bei Lorch

Vor langer Zeit stand in Lorch am Rhein eine stolze Ritterburg, die dem Ritter Sibo von Lorch gehörte. Der Ritter war immer schon ein finsterer und verschlossener Mann gewesen, aber nach dem Tod seiner Gemahlin war er noch mürrischer und unfreundlicher geworden. Sein einziges Glück war sein Töchterchen Gerlinde. Wenn das Mädchen lachte, war es wie ein Sonnenstrahl, der die düsteren Gemäuer der Burg erhellte.

Es war an einem Tag im Mai, als über dem Rhein ein heftiges Gewitter niederging. Blitze flammten und der Wind jagte schwarze Wolkenfetzen um den Turm. Dann stürzte ein Regen herab und wollte nicht mehr aufhören. Da meldete der Kastellan, dass ein Männchen mit langem grauem Bart und kaum einen Meter groß draußen vor der Burg im Regen stehe und hereinwolle.

»Nichts da! Ich will meine Ruhe haben«, sagte der Ritter und schrie so laut, dass es das Männchen hören musste: »Der Zwerg soll sich zum Teufel scheren. Meinetwegen kann er unter die Zugbrücke kriechen!«

Das Männchen sagte nichts und ging.

Am nächsten Tag leuchtete die Sonne, der Wald und die Wiesen prangten im frischen Grün. Gerlinde lief zum Tor hinaus, um Blumen zu pflücken. Als sie zur Mittagszeit noch nicht zu Hause war, ließ Ritter Sibo sie suchen. Die Knechte suchten das Kind in den Wäldern, sie suchten es am Ufer des Rheins und in jedem Winkel der Gegend, doch es blieb verschwunden. Nach einigen Tagen kam ein Hirte zur Burg und berichtete dem Ritter, dass er ein Mädchen am Fuße des Kedrichs, eines hohen, schroff aufragenden Felsens, gesehen habe. »Es hat mir zugewunken, doch dann sind kleine graue Männchen vom Felsen herabgesprungen, haben das Kind gepackt und sind mit ihm den Kedrich hinaufgelaufen, so rasch und so leicht, als wären sie auf ebener Erde.«

Da wusste der Ritter, dass der Zwerg, den er abgewiesen hatte, ein Berggeist gewesen war. Die Berggeister hatten hoch oben auf dem Felsen ihr Reich. Aus Rache für seine Hartherzigkeit hatten sie ihm die Tochter geraubt.

Ritter Sibo rief seine Knechte und befahl ihnen, das Mädchen zu befreien. Mit Pickeln, Seilen und Leitern ausgerüstet, versuchten die Männer, den Felsen zu erklimmen. Doch da prasselte ein Steinregen auf sie nieder und eine böse Stimme gellte herab: »Das ist der Dank für die Gastfreundschaft des Ritters auf der Burg zu Lorch!« Danach wagte es keiner mehr, den Kedrich zu erklimmen.

Der Sommer verging und auch der Herbst. Schließlich war es Winter und wieder Frühling geworden, doch von dem Mädchen, das in der Gewalt der Berggeister war, gab es noch immer keine Spur. Jahr um Jahr verstrich und Ritter Sibos Haar wurde weiß vor Kummer.

Auf der linken Seite des Rheins, Lorch gegenüber, stand eine Burg, die dem jungen Ritter Ruthelm gehörte. Er war im Dienste des Königs in fernen Ländern gewesen und erst vor Kurzem in die Heimat zurückgekehrt. Kaum hatte er von dem verschwundenen Mädchen gehört, als er sich bereit erklärte, Gerlinde zu suchen.

Schon am nächsten Morgen ging er zum Kedrich. Als er vor dem Felsen stand und überlegte, wie er hinaufgelangen könnte, erschien plötzlich ein kleines graues Männchen. Spöttisch blickte es ihn an und sagte: »Nun, Junker, wenn es Euch gelingen sollte, hinaufzusteigen, dann wollen wir das Mädchen freigeben. Das verspreche ich.« Dann kicherte es höhnisch und verschwand.

Ritter Ruthelm aber ließ sich nicht entmutigen. Er bahnte sich mit dem Schwert einen Weg und begann auf den Felsen hinaufzuklettern. Mehr als einmal strauchelte er und mühsam klomm er von einem Felsvorsprung zum nächsten. Dann kam er auf einem Grat zu stehen, konnte aber weder vor noch zurück. Über ihm kreiste ein Adler und breitete die Schwingen aus. Er sah ihm nach und seufzte: »Ach, wär ich doch ein Vogel und hätte Flügel.«

»Auch ohne Flügel wirst du hinaufgelangen, aber nicht auf diesem Weg!«

Der Ritter wandte den Kopf und sah ein Zwergenweiblein. »Im Tal der Wisper ist ein verfallener Schacht, vor dem eine Eiche und eine Linde stehen, deren Zweige ineinander verschlugen sind«, sagte es. »Dort geh hin und läute mit diesem Glöcklein. Man wird dir helfen!« Das Weiblein gab ihm ein silbernes Glöckchen und zeigte ihm, wie er gefahrlos vom Felsen hinabsteigen konnte.

Schon nach wenigen Stunden stand Ruthelm im Wispertal am Eingang des Schachts und läutete mit dem Glöckchen. Ein graues Männchen erschien und der Ritter erzählte ihm, wer ihn geschickt hatte. »Komm morgen vor Tagesanbruch zum Felsen!«, sagte das Männchen. Dann nahm es ein Pfeifchen und piff. Da wimmelte es plötzlich nur so von Zwergen mit Äxten und Sägen und Hämmern, die alle in eine Richtung davonliefen.

Noch vor der ersten Morgenröte kam Ritter Ruthelm zum Kedrich geritten. Eine hohe Leiter lehnte an dem Felsen. Mutig stieg er hinauf, von Sprosse zu Sprosse, und als die Sonne aufging, stand er oben und war im Reich der Berggeister. Er gelangte in einen wunderschönen blühenden Garten, in dessen Mitte ein Mädchen saß. Es war Gerlinde, mit der er als Knabe oft gespielt hatte. Sein Herz schlug höher, als sie ihm jetzt lächelnd entgegentrat. Nun erschien auch das graue Männchen, das sie entführt hatte, als sie noch ein Kind war.

»Junker, Ihr habt Mut bewiesen, deshalb halte ich mein Versprechen und gebe das Mädchen frei. Ritter Sibo hat lange genug gebüßt. Wir werden Gerlinde durch das Innere des Berges hinabführen. Ihr aber müsst den Abstieg zurück über die Leiter wagen.«

Ritter Ruthelm stieg hinab, Sprosse für Sprosse, und als er am Fuße des Felsens angelangt war, fand er Gerlinde neben der Leiter stehen. In der Hand hielt sie ein Kästchen mit Edelsteinen, das Abschiedsgeschenk der Berggeister. Glücklich hob der junge Ritter das Mädchen auf sein Pferd und ritt mit ihm zur Burg Lorch, wo der Ritter seine Tochter mit Tränen der Freude in die Arme schloss. Bald darauf gaben Ruthelm und Gerlinde einander das Jawort und hielten Hochzeit.

Seither sind viele Jahre vergangen. Von der Leiter auf den Kedrich wusste man später nur, dass es sie einmal gegeben hatte, aber nicht, wie sie dorthin gekommen war. Da erzählten die Menschen, die längst vergessen hatten, dass vor langer Zeit Berggeister am Rhein gelebt hatten, sie wäre mithilfe des Teufels entstanden. Dem steilen Felsen gaben sie dann den Namen Teufelsleiter.

Die Wisperstimme im Wispertal

Im Tal der Wisper, die bei Lorch in den Rhein mündet, stand in der Nähe der Burgen Rheinberg und Kammerburg eine Mühle. Der Müller und die Müllerin hatten ihr Auskommen, denn das Geschäft ging gut. Der Müller war ein redlicher Mann und mit seinem Los zufrieden. Die junge Müllerin aber war es nicht. Allzu gerne wäre sie reich gewesen und genauso fein herausgeputzt zur Kirche gegangen wie die reichen Kaufmannsfrauen in Lorch. Doch so viel warf die Mühle nicht ab.

Einmal, als die Frau gerade die Stube kehrte und mit der Welt und ihrem Schicksal haderte, schien es ihr, als höre sie eine Stimme wispern: »Geh hinauf zur Kammerburg, dort liegt im Gewölbe des Turms eine schwarze Truhe, auf der ein Schlüssel liegt. Mit dem kannst du die Truhe öffnen und einen Schatz heben. Dann brauchst du nie mehr einen Besen oder einen Mehlsack anzurühren.« Die Frau erschrak und sah sich um. Als sie aber niemanden sah, glaubte sie, sich verhört zu haben.

Am nächsten Tag, als sie am Mühlbach Wäsche schwemmte, vernahm sie wieder eine wispernde Stimme: »Geh zum Turm der Kammerburg und hol dir den Schatz. Dann brauchst du nie mehr Wäsche zu waschen.«

Die Müllerin erzählte ihrem Mann, was sie gehört hatte, doch der Müller nannte sie eine dumme Gans. Sein weißes Mehl in der Mühle wäre wohl mehr wert als der Schatz in der schwarzen Truhe, sagte er. Der Frau ging aber nicht aus dem Sinn, was die Stimme geflüstert hatte.

Als nach einigen Tagen der Müller mit einer Fuhre Mehl nach Lorch fuhr, wollte die Müllerin ihr Glück versuchen. Sie nahm ihren jüngsten Sohn auf den Arm und ging hinauf zur Kammerburg. Dort bekam sie es aber mit der Angst zu tun und wollte schon umkehren, als sie wieder die Stimme wispern hörte: »Nur Mut! Es wird dir nichts geschehen, aber du darfst keinen Laut von dir geben. Kein Wort und keine Silbe.«

Nun ging sie mutig weiter. Als sie vor dem Eingang der Burg angekommen war, setzte sie das Kind ins Gras, fasste sich ein Herz und betrat das düstere Gewölbe. Da stand wahrhaftig eine riesige schwarze Truhe und obenauf lag ein schwerer Schlüssel. Sie sperrte auf, hob den Deckel und musste vor dem Glanz die Augen schließen. Drinnen lagen Schätze aus purem Gold, Silberleuchter blitzten, Ringe funkelten und Perlenketten schimmerten. Sie machte die Augen wieder auf und griff mit gierigen Händen danach, als sie von draußen rufen hörte: »Mutter! Mutter!« Ärgerlich wandte sich die Müllerin um und rief: »Was willst du?« Im selben Augenblick wurde es dunkel, ein Donner krachte und eine schaurige Stimme klagte: »Weh mir! Jetzt muss ich wieder hundert Jahre auf Erlösung warten. Weh mir und weh dir!«

Als der Müller am Abend nach Hause kam, rief er vergebens nach seiner Frau. Da erzählte ihm sein Knecht, dass die Müllerin am Morgen mit dem Kind auf dem Arm hinauf zur Kammerburg gegangen war. »Seither ist sie nicht mehr zurückgekommen.«

Jetzt ahnte der Müller Böses und rannte hinauf zur Burg. Dort war alles totenstill. Vor dem Eingang sah er seinen kleinen Sohn sitzen, der spielte und ihm lachend die Arme entgegenstreckte. Der Müller nahm ihn auf den Arm und betrat mit klopfendem Herzen den Turm. Auf dem Boden sah er seine Frau liegen. Die vor Schreck geweiteten Augen blickten starr. Die Müllerin war tot.

Drei Tage stand die Mühle still. Dann trug man die Frau des Müllers auf dem Lorcher Friedhof zu Grabe. Den Schatz auf der Kammerburg hat niemand mehr gesucht.

Stahleck und Rheineck

Majestätisch erhebt sich die Burg Stahleck über der Stadt Bacharach am linken Rheinufer. Sie war einst Sitz der Pfalzgrafen und eine der mächtigsten Burgen am ganzen Rhein. Rund sechzig Kilometer nördlich liegt auf einem Berg die malerische Burg Rheineck mit dem mittelalterlichen Bergfried. Um beide Burgen, deren Besitzer sich immer wieder erbitterte Kämpfe lieferten, ranken sich Sagen und Geschichten. Eine davon erzählt von dem Grafen Otto von Rheineck und der Gräfin Luthilde von Montreul.

Es war im 12. Jahrhundert, als König Konrad III. Hermann von Stahleck die Würde des Pfalzgrafen verlieh, auf die auch Otto von Rheineck Anspruch erhob. Das machte die beiden zu erbitterten Feinden. Der Pfalzgraf Hermann war ein wilder und ungezügelter Geselle, der vor keiner Untat zurückschreckte. Seine fromme Gemahlin Hiltrude hatte er ohne Erbarmen verstoßen und in den Kerker werfen lassen, weil sie kinderlos geblieben war. Den heiß ersehnten Erben sollte ihm die schöne Luthilde schenken, eine Nichte des Erzbischofs von Trier. Die junge Gräfin sollte seine zweite Gemahlin und Mutter eines Sohnes werden.

Luthilde war entsetzt, als sie von diesem Plan erfuhr, denn ihr Herz gehörte längst dem Grafen Otto von Rheineck. Ihm hatte sie Treue geschworen. Das aber war für den Pfalzgrafen Hermann kein Grund, sein Vorhaben aufzugeben. Mit List und Tücke stahl er sich in das Vertrauen des Erzbischofs und verleumdete den Grafen von Rheineck. Der Erzbischof schenkte dem Verleumder Glauben und ließ Graf Otto auf der bischöflichen Burg zu Koblenz gefangen nehmen. Schon wollte er die Erlaubnis zur Heirat seiner Nichte mit dem ehrlosen Pfalzgrafen erteilen, als Gräfin Luthilde ihr Schicksal selbst in die Hand nahm. Sie zog einen Knappen ins Vertrauen und ließ dem gefangenen Grafen Otto eine geheime Botschaft zukommen. Es war der Plan einer Flucht. Wo die Mosel in den Rhein fließt, wolle sie an einer versteckten Stelle auf ihn warten, dort, wo sie einander einst Liebe und Treue geschworen hatten, ließ sie ihm ausrichten.

Graf Otto von Rheineck gelang es, aus der Burg zu fliehen und sich bis zu der verabredeten Stelle durchzuschlagen, doch der argwöhnische Hermann von Stahleck hatte seine Häscher überall. Als Otto und Luthilde einander glücklich in die Arme fielen, sprangen seine Kriegsknechte aus dem Gebüsch, rissen Luthilde aus den Armen des Geliebten und schleppten sie auf ein bereits wartendes Schiff. Der Pfalzgraf ließ sie auf seine Burg Stahleck bringen und im Kerker verstecken.

Otto von Rheineck hatte sich gegen den Überfall mit aller Kraft gewehrt, doch der bewaffneten Übermacht der Knechte musste er sich geschlagen geben. Mit dem Ruf »Wenn ich nicht frei leben kann, so kann ich doch frei sterben!« stürzte er sich in die Fluten des Rheins. Ein Fischer, der ihn dahintreiben sah, zog ihn in sein Boot und brachte ihn an Land.

Auf geheimen Pfaden und durch dunkle Wälder suchte Graf Otto den Weg nach Worms. Dort, am Königshof, wollte er vom König Hilfe erbitten. Als er in der Nähe der Burg Stahleck in einer Felshöhle Rast hielt, sah er eine Schar Krieger vorbeimarschieren. Es waren die Kriegsknechte des Pfalzgrafen, die Luthilde entführt und ihm nach dem Leben getrachtet hatten. Heimlich folgte er ihren Spuren und gelangte zu einem Geheimgang. Er ahnte nicht, dass der Gang in den Kerker der Burg Stahleck führte. Er schlich sich hinein, tastete sich im Dunkel vorwärts und gelangte in das Verlies. Er schrie auf, als er dort die Geliebte fand. »Wenn wir nicht zusammen leben können, so wollen wir zusammen sterben«, sagte er und schloss sie in die Arme. Nun waren beide gefangen.

Der Erzischof von Trier hatte indes von dem falschen Spiel des Pfalzgrafen und der Gefangennahme seiner Nichte erfahren und beschlossen, sie zu befreien. Als seine Getreuen gegen die Burg Stahleck vorrückten, wollte der Pfalzgraf Luthilde an einen anderen Platz bringen. Er traute seinen Augen nicht, als er im Kerker nicht nur die Gräfin, sondern auch seinen verhassten Rivalen, den Grafen Otto, sah. Luthilde nahm allen Mut zusammen, trat vor ihren Widersacher und sprach: »Graf Hermann, ich appelliere an Eure Ritterehre. Lasst Graf Otto von Rheineck frei und behaltet mich als Eure Geisel. Es wird nicht zu Eurem Nachteil sein!« In seiner Bedrängnis, denn Burg Stahleck war bereits umzingelt, willigte der Pfalzgraf ein.

Als die Liebenden im Kerker allein waren, nahm Graf Otto Helm und Rüstung ab und sagte zu Luthilde: »Leg du sie an, nimm auch mein Schwert und verlasse du die Burg. Niemand wird dich erkennen. Ich will ausharren und mich meinem Schicksal fügen, was immer es bereithält.«

Luthilde weigerte sich, aber als Graf Otto sie um ihrer Liebe willen flehentlich darum bat, verließ sie unerkannt in der Rüstung des Grafen die Burg und gelangte zu den Getreuen des Bischofs. Der Jubel war groß, als sie sich zu erkennen gab, und die Belagerer kämpften mit neuem Mut. Graf Hermann von Stahleck und die Seinen wehrten sich heftig, schließlich aber mussten sie sich geschlagen geben. Die Anhänger des Bischofs stürmten in die eroberte Burg und suchten nach dem Burgherrn. Der Pfalzgraf jedoch hatte sich, als seine Niederlage besiegelt war, in seinen eigenen Kerker geflüchtet. Mit Luthilde als Geisel wäre er in Sicherheit, so dachte er. Er war wie vom Blitz getroffen, als er dort nicht die Gräfin, sondern den Grafen Otto von Rheineck fand. In rasender Wut griff er zum Schwert und tötete den Wehrlosen.

Lange schien es, als würde die Untat des Pfalzgrafen ungestraft bleiben. Erst unter Kaiser Friedrich Barbarossa wurde Hermann von Stahleck am Reichstag zu Worms zur Rechenschaft gezogen. Nach altem fränkischem Recht wurde er zu der schimpflichen Strafe verurteilt, auf den Schultern einen räudigen Hund zu tragen. Der Graf trug ihn von Kaiserslautern bis Enkenbach, barfuß durch Eis und Schnee. Im nächsten Jahr starb er, mit sich und der Welt im Unfrieden.

Die sieben Jungfrauen von Oberwesel

Bei der romantischen Stadt Oberwesel ragen sieben Felsklippen aus dem Rhein, an denen in alter Zeit schon so manches Schiff zerschellt ist. Die Schiffer nennen sie die »Sieben Jungfrauen«. Zu Stein erstarrt stehen sie im Strom und büßen für Hoffart und Hochmut. Eine Sage erzählt, wie es dazu gekommen ist.

Auf einer Anhöhe über der Stadt liegt die Schönburg, wo vor Zeiten sieben Schwestern lebten. Die Mutter war früh gestorben und bald danach auch der Vater. Landauf und landab pries man die Schönheit und die Anmut der Ritterfräulein, hinter vorgehaltener Hand aber wusste man auch so manches von ihrer Eitelkeit und ihrem Hochmut zu berichten. Sie kümmerten sich nicht um Sitte und Anstand und hatten nur ihr Vergnügen und schöne Kleider im Sinn. Ihren Lehrer, den alten Burgkaplan, lachten sie aus, wenn er sie bat, sich so zu benehmen, wie es ihrem Stand geziemte. Die jüngste der Schwestern hatte ihm sogar einmal ein Buch an den Kopf geworfen, als er sie ermahnte, den Sonntag mit dem Besuch der heiligen Messe zu ehren und nicht wie an Wochentagen zur Jagd zu reiten.

Die Mädchen waren nicht nur schön, sie waren auch sehr reich. Sie besaßen Ländereien, etliche Gutshöfe und dazu noch eine stolze Ritterburg am Niederrhein. Kein Wunder, dass sich zahlreiche Bewerber einfanden, die Herz und Hand einer der sieben Schwestern gewinnen wollten. Doch die stolzen Fräulein dachten nicht daran, sich einem Gemahl zu unterwerfen. Sie waren tollkühne Reiterinnen, mit denen kaum ein Knappe Schritt halten konnte, sie waren Meisterinnen der Falkenjagd und sie konnten ein Schiff steuern wie ein Fährmann. Ihre Freiheit ging ihnen über alles.

Kam ein Ritter auf die Burg zu Besuch, wurde er freundlich empfangen und gastlich bewirtet, wie es der Brauch war. Wenn er aber dann den Zweck seines Besuches verriet, nämlich eine der sieben Schwestern um ihre Hand zu bitten, erntete er nur Spott und Hohn. So mancher Edelmann hatte die Burg mit einem Fluch auf den Lippen verlassen. Trotzdem fanden sich immer wieder neue Bewerber.

Als einmal sieben Ritter, die ihr Glück versuchen wollten, auf der Burg zu Gast waren, gaben die Schwestern ein großes Festgelage. Bei Gesang und Saitenspiel wurde gegessen und getrunken und die Ritterfräulein benahmen sich so artig und liebenswürdig, dass sich die Edelleute beinahe am Ziel ihrer Wünsche sahen. Doch als der Wein seine Wirkung tat, gerieten zwei Ritter aus Eifersucht in einen Streit, der in einen blutigen Zweikampf auszuarten drohte. Da trat einer der Ritter auf die Schwestern zu und bat sie, das grausame Spiel zu beenden. »Entscheidet euch für einen von uns und gebt uns eure Wahl bekannt. Wir werden uns fügen«, sagte er. Die Mädchen erklärten sich einverstanden und versprachen es. Am nächsten Tag wollten sie mitteilen, wer der Auserwählte sei.

Zur festgesetzten Stunde fanden sich die sieben Ritter mit klopfendem Herzen im Festsaal der Burg ein. Doch statt der Burgherrinnen erschien eine Kammerfrau und überbrachte die Nachricht, dass die Fräulein am Ufer des Rheins ihre Entscheidung bekannt geben würden. Da rannten die sieben Ritter hinunter zum Strom, aber die sieben Mädchen saßen lachend in einem Boot, das sich langsam vom Ufer entfernte. »Wir lieben unsere Freiheit viel zu sehr, als dass wir sie einem von euch Hampelmännern opferten«, rief die älteste der Schwestern. »Es hat uns großen Spaß gemacht, euch zum Narren zu halten. Jetzt fahren wir zu unserer Burg am Niederrhein. Auch dort gibt es Dummköpfe, die uns zur Frau begehren.« Dann lachte sie höhnisch und die anderen lachten mit.

Die Betrogenen standen am Ufer, sprachlos vor Zorn und Scham. Sie starrten dem Boot nach, das nun von der Strömung erfasst wurde und rasch davontrieb. Da erhob sich plötzlich ein gewaltiger Sturm, der die Segel des Schiffes zerfetzte und es gegen eine Klippe warf. Aus dem Gelächter der Schwestern wurde ein Schreien, das im Gebrüll der Wogen erstickte. Ein Strudel erfasste die Mädchen und riss sie in die Tiefe.

Am nächsten Tag erhoben sich an jener Stelle, an der die Mädchen verschwunden waren, sieben spitze Felsen aus den Fluten. Es sind die zu Stein verwandelten sieben Schwestern. Die Rheinschiffer erzählen, dass sie erlöst werden könnten, aber dazu müsste ein Mann kommen, der so stark ist, dass er die sieben Felsen aus dem Strom heben kann. Wenn er sie zu sieben Säulen einer Kapelle macht, sind die Mädchen erlöst und dürfen auf die Schönburg zurück. Seit jener Zeit ist viel Wasser den Rhein hinabgeflossen, aber ein Mann, der die sieben Jungfrauen erlösen könnte, ist noch nicht gekommen.

Loreley

Wo sich bei Sankt Goarshausen der Rhein auf seine schmalste und tiefste Stelle verengt, ragt fast senkrecht ein Schieferfelsen aus dem Strom empor, der sagenumwobene Felsen Loreley. Schnell schießt dort die Flut und laut brausen die Wogen, die an den Felswänden abprallen und schäumende Wirbel bilden.

Wer in alten Zeiten mit dem Schiff dort fuhr, der konnte am Abend, wenn die Schatten länger werden und die Wiesen grüngolden leuchten, vom Felsen herab eine Stimme hören, die jeden verzauberte, der sie vernahm. Es war der Gesang der schönen Nixe Loreley, die auf einem Felsvorsprung saß und ihr langes goldenes Haar kämmte. Sie kämmte es, bis die Sonne hinter den Bergen versank und die Dämmerung den Strom in ihr geheimnisvolles Licht tauchte. Mancher Schiffer, der dann selbstvergessen den Melodien lauschte, achtete nicht auf die Stromschnellen und Klippen, sein Schiff zerschellte und er versank in den Fluten. Dann flüsterte man an den Ufern des Rheins: »Die Loreley hat sich wieder ein Opfer geholt.«

Außer ein paar jungen Fischern hatte niemand die Nixe aus der Nähe gesehen. Zu ihnen schwamm sie manchmal ans Ufer und verriet ihnen, wo sie ihre Netze auswerfen sollten, um einen reichen Fang zu machen. Es hieß, dass sie junge Männer gern hatte.

Der einzige Sohn des Pfalzgrafen hatte von der Nixe und ihrem Gesang gehört und das Zauberwesen ging ihm nicht aus dem Sinn. Im Traum sah er ihre schlanke weiße Gestalt, das lange goldene Haar und die blauen Augen, die so tiefgründig schimmerten wie der Rhein, wenn sich der Himmel darin spiegelt. Was immer er tat, ob er jagte, ritt oder beim Turnier mit anderen Rittern seine Kräfte maß, das Bild der Loreley stand stets vor seinen Augen. Nun wollte er sie wirklich sehen und ihrem Gesang lauschen, koste es, was es wolle. Man warnte ihn vor ihrer Zauberkraft, doch er schlug alle Mahnungen in den Wind.

Eines Abends ließ der junge Ritter sich von zwei erfahrenen Schiffern zum Felsen fahren. Als das Boot näher kam, hörte er die verführerische Melodie.

Oben auf dem Felsen sah er die Nixe, die mit einem goldenen Kamm ihr goldenes Haar kämmte.

»Wir müssen umkehren!«, rief der eine Schiffer. »Sonst sind wir verloren!«, schrie der andere.

Aber der Ritter hatte nur Augen und Ohren für die schöne Verführerin und zwang die Schiffer, näher an den Felsen heranzufahren. Er wollte ans Ufer springen, die Felswand erklimmen und die Nixe in die Arme schließen. Er sprang, doch den Felsvorsprung, den er hatte erreichen wollen, erreichte er nicht. Mit einem Schrei versank er im Strom. Als der alte Pfalzgraf vom Tod seines einzigen Sohnes erfuhr, schwor er Rache. Auch die Nixe sollte den Tod finden. Er sandte seine Kriegsknechte aus, um sie gefangen zu nehmen.

Die schöne Loreley saß auf ihrem Felsen, als die Männer, die mühsam hinaufgeklettert waren, sie drohend umzingelten. Sie spielte mit einer schimmernden Perlenkette und sang ein Lied dabei. Schon starrten die Männer sie verzaubert an und lauschten ihrem Gesang, als der Anführer schrie: »Los! Packt die Hexe! Werft sie hinunter!« Da erhob sich die Loreley, warf ihre Perlenkette in den Rhein und rief: »Vater, Vater, geschwind, geschwind, die weißen Rosse schick deinem Kind! Es will reiten mit Wogen und Wind.«

Ein Sturm erhob sich und ein gewaltiges Brausen entstand. Zwei ungeheure, mit weißem Schaum gekrönte Wogen schossen vom Grunde des Stroms empor, bäumten sich auf wie zwei Rosse, umbrandeten die Nixe und trugen sie sanft hinab in die Tiefe. Dann war es totenstill.

Seither hat keiner mehr die Zauberin gesehen. Aber manch einer glaubt, wenn sich die Nacht über den Strom senkt und der Mond sein Licht auf den Wellen spielen lässt, einen süßen Gesang zu vernehmen. Dann kann es sein, dass es ihm seltsam weh ums Herz wird. Es ist das Lied der Loreley, das ihm in den Sinn kommt.

Die feindlichen Brüder

Am rechten Rheinufer thront auf einem hohen Felsen die Burg Sterrenberg, eine der ältesten Burgen am Rhein. Ihr gegenüber liegt die Burg Liebenstein. Man nennt sie »die feindlichen Brüder«, und heute noch kann man zwischen ihnen die Mauer sehen, die ihre Herren errichten ließen, nachdem sie sich auf Leben und Tod bekriegt hatten.

Der Burgherr von Sterrenberg hatte zwei Söhne, die in ihrem Wesen so verschieden waren, dass man sie nie für Brüder gehalten hätte. Der ältere der beiden, Heinrich, war still und in sich gekehrt. Er war ein tapferer Ritter und ein ausgezeichneter Schütze, aber viel lieber, als zu jagen, saß er im Wald, sah den Vögeln zu, die in den Lüften kreisten, freute sich an ihrem Gesang und beobachtete die Tiere, die sich ihm ohne Scheu näherten. Sein Bruder Konrad indes war ein Feuergeist, ein wilder Streiter und ein leidenschaftlicher Jäger. Wenn er auf seinem Rappen dahinsprengte, blickten ihm die Frauen bewundernd nach.

Eines Tages kam ein Ritterfräulein auf die Burg. Angela, so hieß das Mädchen, hatte früh Vater und Mutter verloren und war der Obhut des Grafen von Sterrenberg anvertraut worden. Sie wuchs mit seinen Söhnen auf wie eine Schwester und alle drei waren einander von Herzen zugetan. Doch als das Mädchen herangewachsen und eine junge Frau geworden war, wurde aus der freundschaftlichen Zuneigung Liebe. Beide Brüder hatten sich leidenschaftlich in das Mädchen verliebt.

Der ernste und besonnene Heinrich wagte es nicht, Angela zu gestehen, was er für sie empfand. Er schwieg und verbarg seine Liebe in seinem Inneren. Ganz anders sein heißblütiger Bruder Konrad. In den schönsten Worten schilderte er der Angebeteten, dass er ohne sie nicht leben könne und nichts sehnlicher wünsche, als sie zur Frau zu nehmen. Angela lauschte ihm und strahlte vor Glück, denn ihr Herz gehörte ihm längst. Dem alten Grafen wäre es zwar lieber gewesen, wenn Angela und Heinrich ein Paar geworden wären, aber er gab dem Verlöbnis mit seinem jüngeren Sohn Zustimmung und Segen. Seiner Stammburg Sterrenberg gegenüber ließ er für das junge Paar die Burg Liebenstein erbauen. Bald sollte dort Hochzeit gefeiert werden. Doch es kam anders.

In jener Zeit war der streitbare Mönch Bernhard von Clairvaux aus Frankreich an den Rhein gekommen und hatte zu einem Kreuzzug gegen die Ungläubigen aufgerufen, um die Stätten der Christenheit zu schützen. Diesem Ruf leisteten auch die jungen Ritter von Sterrenberg Folge. Heinrich zog es ins Heilige Land, weil er im Kampfgetümmel seine unglückliche Liebe zu Angela vergessen wollte, Konrad zog es in die Ferne, weil ihn das Abenteuer lockte. Vergebens bat der alte Vater, dass wenigstens einer der Söhne auf der Burg bleiben sollte. Aber beide hatten ihre Gründe, fortzuziehen, und der Graf sollte sie nicht mehr wiedersehen. Er starb, kurz nachdem sie ins Morgenland aufgebrochen waren, und Angela blieb allein auf der Burg zurück.

Nach drei Jahren kehrte Heinrich in die Heimat zurück. Er hatte viel und tapfer gekämpft, aber wo immer er auch gewesen war und was er getan hatte, nichts konnte Angelas Bild in seinem Herzen verdrängen. Auch Konrad hatte tapfer gekämpft, wenn auch nicht mit dem verzweifelten Mut seines Bruders. Als er sich für die Heimreise rüstete und in Konstantinopel einschiffte, lernte er eine junge Griechin kennen. Sein leidenschaftliches Herz fing Feuer und er vermählte sich mit ihr. An seine Verlobte, die auf Burg Sterrenberg am Rhein voll Sehnsucht auf ihn wartete, dachte er nicht.

Eines Tages blickte Angela vom Söller der Burg auf den Strom. Da sah sie am Bug eines Schiffes einen Ritter in glänzender Rüstung und neben ihm eine schöne junge Frau. Es war Ritter Konrad, der seine griechische Gemahlin heimführte. Es wurde ein glänzendes Fest, als er mit ihr auf der Burg Liebenstein Einzug und Hochzeit hielt. Burgherrin war jetzt die Griechin und Angela musste es hinnehmen. Heinrich aber, der Angela immer noch liebte, nahm es nicht hin. Er wollte die Schmach, die ihr angetan wurde, rächen und forderte den treulosen Konrad zum Zweikampf.

Bei Sonnenaufgang standen die feindlichen Brüder auf dem schmalen Grund, der beide Burgen trennt, einander gegenüber. Sie kämpften auf Leben und Tod. Immer wilder wurde der Streit und das Blut strömte aus ihren Wunden, als eine verschleierte Gestalt zu den Kämpfenden trat und sagte: »Im Namen Gottes beendet den Kampf, damit nicht der Bruder den Bruder tötet. Dir, Ritter Konrad, verzeihe ich deinen Treubruch, und für deine Seele, Ritter Heinrich, will ich in einem Kloster beten.« Es war Angela, die diese Worte gesprochen hatte.

Die Brüder senkten die Schwerter, doch ihre Herzen versöhnten sich nicht. Zwischen den Burgen Sterrenberg und Liebenstein wurde eine Mauer errichtet, deren Reste heute noch von ihrer Feindschaft künden.

Jahre vergingen, doch Ritter Heinrichs Herz schlug immer noch für Angela. Sie hatte ihr Versprechen wahr gemacht und war Nonne geworden. Heinrich, dem sie auf immer verloren war, zog sich von der Welt zurück. Am Fuße des Burgfelsens ließ er ein Kloster errichten, wurde Mönch und fand letztlich Trost und Frieden. Seinem Bruder hatte er schon lange vergeben.

Das Glück Konrads an der Seite seiner Gemahlin war nicht von langer Dauer. Das Leben auf der Ritterburg am Rhein wurde der schönen Griechin bald langweilig. Eines Tages verließ sie ihren Gemahl und zog mit einem Knappen in die Fremde. Ritter Konrad, der vermeinte, diese Schmach nicht ertragen zu können, stürzte sich von den Zinnen seiner Burg in die Tiefe.

Graf Konrad Bayer von Boppard

An der Rheinschleife, wo sich der mächtige Strom fast im Kreis dreht, liegt die alte Stadt Boppard. Dort lebte vor Zeiten Graf Konrad Bayer auf seiner Burg. Der Graf war jung und reich, ein tollkühner Reiter, der die Jagd und das Abenteuer liebte. Er war auch ein gewaltiger Zecher, der oft mit seinen Kumpanen bis spät in die Nacht beim Würfelspiel saß, wobei viel getrunken und viel geflucht wurde.

Dieser wilde Graf verliebte sich in ein bezauberndes Ritterfräulein, das mit seinem Vater auf einer Burg in der Nachbarschaft lebte. Ausgerechnet Maria, die so sanft und liebenswürdig war und der nie ein böses Wort über die Lippen kam, hatte es ihm angetan. Der ungezügelte Ritter Konrad mit seinem schwarzen Haar und Bart und den dunklen Augen, die so feurig blickten, gefiel dem Mädchen und bald liebte Maria ihn, wie man nur einmal lieben kann. Als Graf Konrad bei ihrem Vater um ihre Hand anhielt, gab dieser gerne seine Einwilligung. Im Mai sollte Hochzeit sein.

Den Jagdfreunden und Zechgenossen des Grafen, die fühlten, dass es mit dem tollen Junkerleben auf Burg Boppard bald ein Ende haben würde, war die bevorstehende Heirat ein Dorn im Auge. Wortreich schilderten sie dem Ritter, welch drückende Fesseln ihm der Ehestand auferlegen würde und welch goldene Freiheit er aufgeben müsse. Anfangs lachte Konrad darüber und beachtete die Sticheleien nicht. Das Bild der geliebten Braut verdrängte alle Schreckgespenster, die seine angeblichen Freunde ihm ausmalten. Nach und nach aber tat das Gift des Spottes seine Wirkung.

Eines Tages, es war am Sonntag vor der geplanten Hochzeit, saß Maria in ihrem Gemach und wartete auf ihren Bräutigam. Doch er kam nicht. Statt ihm kam ein Knappe und überreichte einen Brief. Mit klopfendem Herzen öffnete sie ihn, las, was darin geschrieben stand, und erblasste. Konrad teilte ihr mit, dass er sich für eine Ehe nicht reif genug fühle und das Verlöbnis lösen wolle. »Ich gebe dir dein Wort zurück«, lautete der letzte Satz. Maria schwanden die Sinne und sie brach ohnmächtig zusammen.

Auf den Frühling war der Sommer gefolgt und dann ein trüber Herbst. In Gedanken versunken ritt Graf Konrad durch den Wald. Er war nicht mehr der wilde Reiter und Jäger von einst. Düstere Gedanken bedrückten ihn und ließen sich nicht verscheuchen. Die Erinnerung an die verlassene Braut quälte ihn und er bereute bitter, was er getan hatte. Sein Stolz aber hinderte ihn, Maria um Vergebung und nochmals um ihre Hand zu bitten. Da sprengte ihm ein Ritter mit geschlossenem Visier entgegen und versperrte ihm den Weg. Überrascht hielt Konrad an und fragte nach Namen und Begehr.

»Mein Schild wird die Antwort geben«, sagte der Fremde mit seltsamer Stimme. »Ich räche Marias Schmerz und die Schmach, die du ihr zugefügt hast.«

Nun erkannte Graf Konrad das Wappen des Schildes. Es war das Wappen des Geschlechts seiner einstigen Verlobten. »Vielleicht ist es Marias Bruder, der mich zum Zweikampf fordert«, dachte er. Doch da hatte sein Gegner auch schon das Schwert gezogen. Der Kampf war kurz. Ein einziger Hieb Konrads hatte genügt, um den fremden Ritter zu Boden zu strecken. Rot färbte sich das Gras mit seinem Blut. Als der Graf das Visier des Geschlagenen öffnete, prallte er entsetzt zurück. Was er sah, war das Gesicht Marias.

»Ich wollte von deiner Hand sterben«, sagte sie mit erlöschender Stimme.

Von Reue gepeinigt, ließ der Graf an der Stelle im Wald, wo Maria von seiner Hand den Tod gefunden hatte, ein Kloster errichten und nannte es ihr zu Ehren Marienberg. Er zog aus der Heimat fort ins Heilige Land und suchte im Kampf gegen die Heiden Vergessen. Ein tödlicher Pfeil, der ihn bei der Erstürmung von Ptolomais traf, erlöste ihn von seinem Schmerz. Heimkehrende Kreuzfahrer berichteten später, Graf Konrad Bayer sei so tollkühn gewesen, dass er es verschmäht habe, beim Kampf eine Rüstung zu tragen. Sie wussten nicht, dass der Graf seinen Tod gesucht hatte.

Das Glück zu Koblenz auf der Brück

»Zu Koblenz auf der Brück blüht dir ein großes Glück!« Dieses Versprechen hörte ein Bauer aus Alt-Rinzenberg im Hunsrück im Traum. Als er seine Frau weckte und ihr davon erzählte, schalt sie ihn einen Dummkopf, drehte sich um und schlief weiter.

In der folgenden Nacht träumte der Bauer abermals, dass ihn in Koblenz auf der Balduinbrücke das große Glück erwarte. Und dasselbe geschah auch in der nächsten Nacht. Nun stand sein Entschluss fest – er musste nach Koblenz, um jeden Preis. Weil der Bauer wusste, dass die Bäuerin Träume für Schäume und ihn für einen Narren hielt, machte er sich heimlich ihm Dunkel der Nacht davon und wanderte, bis er am Abend des vierten Tages in Koblenz war. Am nächsten Morgen stand er in aller Frühe auf der Balduinbrücke.

Langsam zog der Fluss dahin, Leute gingen geschäftig über die Brücke, die

Schildwachen versahen ihren Dienst. Der Bauer stand da vom Morgen bis zum Abend und wartete, doch vom Glück war keine Spur. »Vielleicht hat meine Frau doch Recht gehabt«, dachte er und wollte schon enttäuscht umkehren und nach Hause gehen, als ein Soldat der Schildwache an ihn herantrat und sagte: »Den ganzen Tag stehst du da und hältst Maulaffen feil! Was willst du hier? Wartest du auf jemanden?«

»Du hast recht«, sagte der Bauer. »Ich warte auf etwas, das nicht kommt. Ich warte auf das Glück.« Und dann erzählte er dem Soldaten von seinem Traum.

Der Soldat lachte und sagte: »Wer träumt denn nicht vom Glück? Auch ich hatte einmal einen solchen Traum. Mir träumte, dass in dem Dorf Alt-Rinzenberg in einer verfallenen Zisterne ein Kessel versteckt ist, der von unten bis oben voll mit Golddukaten ist. Dabei habe ich keine Ahnung, ob es das Dorf überhaupt gibt. Kennst du einen Ort, der so heißt?«

Der Bauer stutzte, aber weil er ein schlauer Kopf war, sagte er: »Nein, den Ort kenne ich nicht. Diesen Namen habe ich noch nie gehört. Wahrscheinlich gibt es ihn gar nicht. Aber was soll's, Glück und Glas, wie bald bricht das!«

Dann machte er sich eilig auf die Beine und ging nach Hause. Sogleich suchte er nach der Zisterne mit dem Kessel. Er fand sie und auch den Kessel mit den Golddukaten. Nun war der Bauer mit einem Schlag ein reicher Mann. Er baute sich drei große Häuser und gründete den Ort Neu-Rinzenberg, den es unter dem Namen Rinzenberg bis heute gibt.

Die Geister in Ehrenbreitstein

Die Philippsburg zu Ehrenbreitstein war in alten Zeiten die Residenz der Kurfürsten von Trier. Dort war es nie ganz geheuer. Wenn einer der Kurfürsten oder einer seiner Verwandten dem Tod nahe war, spukte es im Schloss. Vielleicht waren die Gespenster auch ein Grund, weshalb der letzte Kurfürst, Clemens Wenzeslaus, seine Residenz nach Koblenz verlegte. Heute steht die Philippsburg nicht mehr, ebenso wenig wie die Schlosskirche, in der Johann Hugo, der Kurfürst und Erzbischof von Trier, ein schauriges Erlebnis hatte.

Es war am Dreikönigstag des Jahres 1701. Nach damaligem Brauch hatten die Feierlichkeiten zu Ehren der Heiligen Drei Könige am Nachmittag begonnen, doch wichtige Amtsgeschäfte hinderten den Kurfürsten, gleich zu Beginn zu erscheinen. Erst um Mitternacht betrat er die Kirche. Sie war festlich geschmückt und hell erleuchtet, am Altar brannten die Kerzen. Er ging zu seinem Stuhl, als sich lautlos die Tür zur Sakristei öffnete und drei Priester heraustraten. Sie trugen kostbare Gewänder und schritten zum Altar. Der Erzbischof konnte sich nicht erinnern, sie schon einmal gesehen zu haben. Sie beugten die Knie und setzten sich dann stumm nieder. Als der Kurfürst ihnen das Zeichen gab, mit den Gebeten zu beginnen, sagte einer der drei: »Wir warten noch auf einen Mitbruder.«

Das wunderte den Erzbischof. Auf wen sollte noch gewartet werden, wenn er anwesend war? Jetzt erst bemerkte er den leeren Betstuhl vor dem Altar. Neugierig ging er in die Sakristei, um zu erkunden, auf wen die drei Geistlichen warteten. Da erblickte er eine Gestalt, die ihm in Größe und Gesichtszügen so ähnlich war, dass er glaubte, sein Spiegelbild zu sehen. Auch glich ihre Kleidung ganz der seinen. Durch eine Tür, zu der nur er, der Erzbischof, den Schlüssel hatte, ging die Gestalt jetzt in die Kirche. Er folgte ihr, doch als er zu der Tür kam, war sie verschlossen. Er konnte sie mit seinem Schlüssel nicht öffnen. Nun stieg er hinauf auf die Empore über dem Chor, um sich von dort aus die drei Priester näher anzusehen. Jetzt erkannte er sie und ein Schaudern überkam ihn. Es waren die drei Bischöfe, die ihn selbst vor fünfundzwanzig Jahren zum Bischof geweiht hatten und schon lange im Grabe ruhten. Daraufhin nahm er die Gläubigen in den Kirchenbänken näher in Augenschein und blickte in die Gesichter alter Freunde und Verwandter, die längst verstorben waren. Dann erschienen seine toten Eltern und seine Geschwister. Sie schritten zum Altar, wo auf dem Betstuhl jetzt sein Ebenbild kniete. Die drei Bischöfe erhoben sich und weihten die Erscheinung zum Bischof, wie sie ihn einst zum Bischof geweiht hatten. Doch kaum war die Zeremonie beendet, als die Lichter erloschen. In der Kirche wurde es düster, die Wände waren schwarz ausgeschlagen. Nur zwei Kerzen brannten. Es waren Totenkerzen. Sie standen neben einem offenen Sarg, in dem er selbst, der Kurfürst und Erzbischof von Trier, lag. Ein schauriges Requiem erklang. Als es zu Ende war, waren alle Erscheinungen verschwunden. Johann Hugo war in der Kirche allein. Gott hatte ihm in dieser Dreikönigsnacht ein Zeichen gegeben, dass alle weltliche und geistliche Macht auf Erden begrenzt ist.

Zehn Jahre später, am Tag der Heiligen Drei Könige des Jahres 1711, starb er. Der Kurfürst wurde in der Domkirche zu Trier bestattet, vor dem Dreikönigsaltar, den er selbst hatte errichten lassen.

Genoveva

Über den Marktplatz von Mayen erhebt sich ein hoher Turm, der Golo-Turm. An diesen Turm und die dazugehörende Genoveva-Burg knüpft sich eine Sage von Liebe und Treue, von Verleumdung und Verrat. Die Geschichte von der unglücklichen Gräfin Genoveva rührte die Herzen und verbreitete sich weit über die Grenzen des Rheinlandes hinaus.

Genoveva, die Herzogin von Brabant, war jung und schön und mit dem Pfalzgrafen Siegfried vermählt. Das Paar lebte auf seiner Burg zu Mayen, als der Ruf des Kaisers an alle Edlen des Reiches erging, in den Kampf zu ziehen. Es galt, das Reich der Franken gegen die Araber, die bereits Spanien erobert hatten, zu verteidigen.

Dem Pfalzgrafen war das Herz schwer, als er von seiner geliebten Gemahlin Abschied nehmen und in die Fremde ziehen musste. Er ließ seinen Hofmeister Golo rufen und sagte zu ihm: »Ich vertraue dir mein höchstes Gut an, meine Gemahlin. Beschütze die Pfalzgräfin, bis Gott mir die Gnade der Heimkehr gewährt.«

»Ich gelobe es bei allem, was mir heilig ist«, sagte Golo.

Graf Siegfried zog mit dem Heer des Kaisers ins Feld und Genoveva blieb in der Obhut des Hofmeisters zurück. Die Abwesenheit des Grafen war für Golo, der schon lange ein Auge auf seine schöne Herrin geworfen hatte, die willkommene Gelegenheit, um sich ihr zu nähern.

»Ich liebe und verehre Euch seit Langem«, gestand er der Gräfin. »Ihr seid jung und schön, wollt Ihr Eure Jugend vertrauern? Wer weiß, ob Euer Gemahl noch am Leben ist.« Er wollte sie an sich reißen, doch Genoveva stieß ihn zurück. Flammend vor Zorn rief sie: »Ich bin die Gemahlin des Pfalzgrafen. Ihm habe ich ewige Treue gelobt und ich werde sie ihm halten bis in den Tod.«

Voll Wut über die Zurückweisung sann Golo auf Rache. Da fügte es sich, dass die Kammerfrau der Gräfin ihm zuflüsterte, dass Genoveva ein Kind erwartete. Der Schurke Golo streute nun das Gerücht aus, nicht der Pfalzgraf sei der Vater des noch ungeborenen Kindes, sondern ein Knappe. Unter dem Vorwand, die Ehre seines Herrn gebiete es ihm, die Ehebrecherin zu bestrafen, ließ er Genoveva in einen Turm sperren. Die unglückliche Gräfin brachte im Verlies einen Sohn zur Welt, dem sie den Namen »Schmerzensreich« gab.

»Ein Kind der Sünde«, nannte ihn der Hofmeister.

Kurz nach der Geburt des Knaben traf auf der Burg die Nachricht ein, dass der Pfalzgraf bereits auf dem Weg nach Hause war. Hofmeister Golo sattelte sein Pferd und ritt seinem Herrn entgegen.

»Graf, es widerstrebt mir, Euch etwas mitteilen zu müssen, was Euch und mich zutiefst schmerzt«, sagte er. »Aber um Eurer Ehre willen darf ich nicht schweigen. Eure Gemahlin hat Euch schändlich betrogen, während Ihr im Felde wart. Vor wenigen Tagen hat sie ein Kind geboren, dessen Vater ein Knappe ist.«

Der Pfalzgraf war wie betäubt, als er das vernahm. Dann schrie er rasend vor Zorn und Wut: »Die Ehebrecherin verdient den Tod!«

Golo ritt nach Mayen, so schnell, wie er noch nie geritten war. Er ließ zwei Jäger rufen und befahl ihnen, die Gräfin und ihr Kind in den Wald zu führen und zu töten. Als Beweis, dass sie den Befehl ausgeführt hatten, sollten sie ihm Genovevas Zunge bringen.

Die Jäger mussten schweren Herzens die unglückliche Mutter und ihr Kind in den Wald führen. Doch sie konnten nicht glauben, dass die edle Frau ihren Gemahl so schmählich hintergangen hatte, wie Golo es behauptete. Sie hatten Mitleid mit der Gräfin und dem Knaben und ließen sie frei. Dann töteten sie einen Hund, schnitten ihm die Zunge heraus und überbrachten sie dem Hofmeister. »Das ist die Zunge der Pfalzgräfin«, sagten sie.

Genoveva und ihr Sohn waren in der Wildnis allein. Ratlos irrte die Ausgestoßene umher, fand weder Weg noch Steg, keine Hütte und auch keinen Menschen, der ihr hätte helfen können. In ihrer Not kniete sie nieder und betete zur Heiligen Jungfrau: »Heilige Maria, du kennst die Schmerzen einer Mutter. Ich flehe dich an, erbarme dich. Nicht für mich bitte ich, sondern für mein armes Kind. Sei ihm gnädig!«

Da fiel ein Sonnenstrahl durch die Zweige und beleuchtete eine Höhle, die vorher verborgen gewesen war. Dort richtete sich Genoveva für sich und das Kind ein Lager. Sie wollte Schmerzensreich in den Schlaf wiegen, doch das Kind weinte vor Hunger. Der Mutter schien es das Herz zu zerreißen und wieder bat sie die Gottesmutter um Erbarmen. Da kam eine weiße Hirschkuh mit prallem Euter in die Höhle gesprungen und gab dem Kind zu trinken. Die Hirschkuh kam nun jeden Tag und stillte mit ihrer Milch den Hunger des Knaben. Schmerzensreich wuchs und wurde stark und spielte mit den Tieren. Genoveva nährte sich von Beeren und Pilzen, Nüssen und Kräutern.

Sechs Jahre und drei Monate waren so ins Land gezogen. Pfalzgraf Siegfried hatte längst bitter bereut, was er in seinem Zorn befohlen hatte. Er suchte Zerstreuung und wollte die Qualen seines Gewissens betäuben, doch es gelang ihm nicht. Die Schuld, die er auf sich geladen hatte, lastete schwer auf ihm.

Am Dreikönigstag wurde nach altem Brauch eine große Jagd abgehalten. Dem Grafen, der ein kühner Jäger war, lief im Wald eine weiße Hirschkuh vor das Pferd. Er jagte hinter ihr her, das verfolgte Tier floh und war plötzlich in einer Höhle verschwunden. Als der Graf sein Pferd anhielt, trat eine Frau aus der Höhle und schritt ihm entgegen. Graf Siegfried fiel mit einem Aufschrei auf die Knie. Es war Genoveva, seine Gemahlin.

Nun war auch der falsche Hofmeister hinzugekommen und musste zitternd gestehen, dass er die Gräfin verleumdet hatte. Wutentbrannt sprang der Graf auf und zog sein Schwert. Doch Genoveva berührte den Arm ihres Gemahls und bat für den Verleumder um Gnade. »Verzeihe ihm, wie ich es getan habe.« Da steckte Graf Siegfried das Schwert wieder in die Scheide und sagte: »Um deinetwillen will ich es tun. Ein höherer Richter, als ich es bin, wird ihn und seine Tat richten!« Dann hob er Genoveva und den Knaben zu sich aufs Pferd und ritt nach Mayen auf die Burg.

Das Glück, das Siegfried und Genoveva noch vergönnt war, währte nicht lange. Schon im nächsten Frühjahr läuteten die Totenglocken. Man trug die Gemahlin des Pfalzgrafen zu Grabe.

Die Bäckerjungen von Andernach

Die beiden Rheinstädte Linz und Andernach waren Rivalen. Die Leute in Linz hielten sich für besser und klüger als die Leute in Andernach und die in Andernach meinten, sie wären besser und klüger als die in Linz. Darüber gab es oft heftigen Streit, der zuweilen in einen richtigen Kampf ausartete.

Eines Tages, es war früh am Morgen, zogen die Linzer gegen Andernach. Sie wollten ihre Feinde überfallen, solange diese noch im Bett lagen und schliefen. Es war nämlich bekannt, dass die Andernacher gern lange schliefen, man nannte sie nicht umsonst »Andernacher Siebenschläfer«.

Sie lagen auch wirklich noch im Bett, als die Linzer heranrückten, aber die Bäckerjungen waren schon unterwegs, um den Kunden Brot und Gebäck vor die Haustür zu legen. Zwei Lehrlinge hatten ihre Ware bereits geliefert und stiegen zur Abwechslung auf den Turm am Rheinufer, bevor sie in die heiße Backstube zurückkehrten. Als sie von oben hinunterschauten, sahen sie die Linzer heranschleichen. Da packten die Burschen rasch die Bienenkörbe, die auf der Mauerbrüstung standen, und warfen sie hinunter und den anrückenden Linzern auf die Köpfe. Dann zogen sie mit aller Kraft am Strang der Sturmglocke und rissen die Bürger aus dem Schlaf.

Jetzt sprangen die Andernacher aus den Betten und rüsteten sich zum Kampf. Der war aber nicht mehr notwendig. Die Bienen hatten ihn bereits aufgenommen. Gereizt fielen sie in Schwärmen über die Linzer her, umsurrten sie wütend und stachen zu. Den Angreifern blieb nichts anderes übrig, als davonzulaufen. Von Schmerzen gepeinigt und wild um sich schlagend, rannten sie zum Rhein. Die Andernacher sahen ihnen von der Stadtmauer aus zu und lachten sich eins.

Zum Andenken an die klugen Bäckerjungen wurden zwei mehr als lebensgroße Steinfiguren geschaffen und am Stadttor angebracht. Dort sind die Andernacher Bäckerjungen heute noch zu sehen.

Das versunkene Schloss

Nicht weit von der Stadt Andernach liegt auf dem Grund eines erloschenen Vulkans der Laacher See. Bisweilen steigen Blasen aus der Tiefe an die Oberfläche und künden von seinem geheimnisvollen Ursprung.

Vor vielen Jahren stand auf einer Felsinsel gegenüber dem Kloster Maria Laach ein prächtiges Schloss mit hohen Türmen, festen Mauern und Zinnen. Der Schlossherr war ein Raubritter, ein Schrecken für die Kaufleute, deren Schiffe auf dem Rhein fuhren. Er presste ihnen hohe Zölle ab und warf sie ins Burgverlies, wenn sie nicht bezahlen konnten. Dort schmachteten sie bei Wasser und Brot, bis Freunde und Verwandte sie freikauften. Fand sich niemand bereit, Lösegeld zu zahlen, ließ er sie verhungern.

Auf dem Schloss ging es oft hoch her. Dann hörte man laute Musik, das Klirren von Bechern und das Lachen der Mädchen, die sich mit dem Ritter und seinen Kumpanen im Kreis drehten. Wenn Wein und Bier ihre Wirkung taten, gerieten sich die Ritter des Öfteren in die Haare. Dann drang wüster Lärm aus den Mauern und grässliche Flüche ließen jeden Vorübergehenden erschaudern. Es war ein gottloses Treiben.

Am Ufer des Sees lebte damals ein frommer Mann, ein Einsiedler, der seine Tage mit Gebet und in innerer Einkehr verbrachte. Wenn das Grölen der betrunkenen Zecher vom Schloss ihn in seiner stillen Klause aufschreckte, betete er für das Seelenheil des sündigen Ritters. Manchmal stellte er sich ihm auch in den Weg und flehte ihn an, seine Missetaten zu bereuen und ein gottgefälliges Leben zu führen. Der Raubritter aber hatte für den Alten nur Spott und Hohn übrig. Der Einsiedler konnte von Glück reden, wenn der Schlossherr ihn nicht über den Haufen ritt.

Eines Abends, als die Mauern des Schlosses von Gelächter und Getöse widerhallten, öffneten sich die Türflügel zum Prunksaal und ein alter Mann im Silberhaar stand auf der Schwelle. Es war der Einsiedler. Die Stimmen im Saal verstummten, als er zu sprechen begann: »Gott schickt mich zu Euch, Herr Ritter, um Euch zu warnen. Im Traum sah ich Furchtbares, das über Euch und Euresgleichen kommen wird, wenn ihr nicht Buße tut!« Darauf erhob sich ein Gemurmel und ein Stimmengewirr und einer der Betrunkenen schrie: »Werft den Alten hinaus!« Doch furchtlos trat der Einsiedler vor, ging auf den Ritter zu und sagte noch einmal: »Tut Buße, damit das Furchtbare nicht geschehe!«

Der Ritter wurde zornig. »Elender, du wagst es, mir zu drohen?«, schrie er. Als der Alte noch einmal sprechen wollte, packte den Grafen die blanke Wut. Er zog sein Schwert und stieß es dem Alten in die Brust.

Schweigen senkte sich über den Saal. Entsetzt starrten die Freunde des Ritters auf den Ermordeten und auf den Mörder. Dann krachte ein Donnerschlag, ein gewaltiger Sturm peitschte die Wogen des Sees und grellrote Blitze durchzuckten wie Feuer das Dunkel der Nacht. Danach war es still. Kein Blatt regte sich, kein Vogel sang. Am nächsten Morgen waren Schloss und Felsen verschwunden, als ob es sie nie gegeben hätte.

Jahre vergingen und auf den Burgen und Schlössern am Rhein gab es längst keine Ritter mehr. Aber immer noch erzählte man sich am Ufer des Laacher Sees Geschichten von dem versunkenen Schloss. Der Sohn eines Fischers wollte einmal sein Geheimnis ergründen. In einer sternklaren Nacht setzte er sich in das Boot seines Vaters und ruderte hinaus in die Mitte des Sees. Auf einmal durchbrach Lachen, Musik und fröhlicher Becherklang die Stille. Er beugte sich über den Rand des Bootes und sah auf dem Grund des Sees ein prächtiges Schloss mit hohen Türmen, festen Mauern und Zinnen. Hinter den hell erleuchteten Fenstern schwebten tanzende Paare. Neugierig beugte sich der Junge weiter vor.

Am nächsten Morgen fand der Fischer sein leeres Boot, das die Wellen ans Ufer getrieben hatten. Seinen Sohn sah er nie mehr wieder.

Das Wunder von Remagen

Es war im 12. Jahrhundert, als Graf Reinald von Dassel, ein frommer und hoch angesehener Mann, das Amt des Erzbischofs von Köln ausübte. Eines Tages unternahm er eine Wallfahrt nach Rom. Er wollte den Segen des Heiligen Vaters empfangen und ihn um die Erlaubnis bitten, die Reliquien der Heiligen Drei Könige aus Mailand und das Haupt des heiligen Apollinaris aus Ravenna mit nach Köln zu nehmen. Köln sollte zu einer heiligen Stadt werden, ein Wallfahrtsort für alle Christen.

Der Papst erlaubte es dem Bischof und gab ihm seinen Segen.

Dankbar trat Graf Reinald mit der kostbaren Fracht die Heimreise an. Nachdem er die Alpen überquert hatte, fuhr er mit dem Schiff auf dem Rhein von Basel nach Straßburg und weiter durch das gefährliche Binger Loch nach Koblenz, wo ihn der Erzbischof von Trier erwartete. Dieser lud ihn ein, länger in Koblenz zu verweilen, doch Reinald wollte noch am selben Abend weiterfahren. Er konnte es kaum erwarten, die heiligen Reliquien nach Köln zu bringen. Den Schiffern versprach er dreifachen Lohn, wenn sie so schnell ruderten, dass sie noch vor Einbruch der Nacht den Hafen erreichten.

Es war ein wolkenloser Himmel und klar stieg der Mond auf. Die Schiffer ruderten eifrig und schnell fuhr das Schiff den Rhein hinab. Die ersten Sterne standen schon am Firmament, als Graf Reinald in der Ferne die Höhen des Siebengebirges emporragen sah. Am linken Ufer des Stroms tauchte jetzt der Turm der Martinskirche der Stadt Remagen auf, doch plötzlich stand das Schiff still. Es war an keinen Felsen gestreift, es war auf keiner Sandbank aufgelaufen, es stand mitten im Strom und war nicht von der Stelle zu bewegen.

Den Schiffern, die den Rhein und seine Klippen so gut kannten wie ihre Westentasche, war es ein Rätsel. Sie setzten Segel und ruderten mit voller Kraft, vergebens. Das Schiff stand still. Nun wurde ihnen unheimlich zumute. Sollten doch Wassermänner und Nixen im Strom hausen, die sich über die fromme Fracht ärgerten? »Unsere Anstrengung nützt uns nichts«, sagte der Steuermann, »es sind Zauberkräfte im Spiel. Dagegen sind wir machtlos.«

Dem Erzbischof, dem solche heidnischen Gedanken ein Gräuel waren, tadelte den Irrglauben der Männer. »Wenn das Schiff stillsteht, dann ist das ein Zeichen Gottes. Der Allmächtige will uns damit etwas sagen.« Er kniete nieder, um im Gebet den Willen des Herrn zu erkunden. »Vater im Himmel«, flehte er, »gib mir ein Zeichen, was ich tun soll. Ich werde gehorchen!«

Kaum hatte sich Graf Reinald von den Knien erhoben, als die Glocken der

Kirche von Sankt Martin in Remagen zu läuten begannen. Wie von ihnen gerufen, begann sich das Schiff plötzlich zu bewegen. Es drehte sich zum Ufer und hielt von keines Menschen Hand gesteuert genau Kurs auf den Berg, auf dem die Martinskirche stand. Es war Gottes Wille, dass auch in der Kirche von Remagen Reliquien verehrt werden sollten.

Das Schiff legte an, der Erzbischof stieg aus und schritt mit dem Schrein, in dem das Haupt des heiligen Apollinaris aufbewahrt war, hinauf zur Martinskirche. In einem festlichen Zug unter Glockenklang folgten ihm die Männer und Frauen der Stadt Remagen. Das Geläute zu ungewohnter Stunde hatte sie geweckt. Niemand, so erzählten sie, hatte die Glocke in Bewegung gesetzt.

Als Graf Reinald den Schrein mit der kostbaren Reliquie auf dem Altar niederstellte, begannen die Kerzen von selbst zu brennen und wieder ertönte die Kirchenglocke. Nun stimmten alle Glocken der Stadt mit ein, ohne dass eine Hand ihr Läutwerk berührt hätte. Der Erzbischof stimmte ein Loblied an und alle sangen mit.

Rasch verbreitete sich die Kunde von dem Wunder im ganzen Rheinland und viele Menschen kamen nach Remagen, um vor dem Haupt des Heiligen zu beten. Später nannte man den Berg, auf dem die Kirche stand, Apollinarisberg und die Kirche Apollinariskirche. Die silberne Reliquienbüste, die nun in einem Sarkophag in der Krypta ruht, wird jedes Jahr zur Wallfahrtszeit ausgestellt – zum Segen der Stadt Remagen und aller Gläubigen, die sie vertrauensvoll verehren.

Die Überfahrt der Zwerge

In Erpel hatte sich der Fährmann bereits zur Ruhe gelegt, als es an die Tür seines Hauses klopfte. »Wer da?«, rief er mürrisch und wollte erst gar nicht aufstehen. Doch dann besann er sich anders. »Wer in der Nacht über den Rhein will, wird wohl seine Gründe haben«, dachte er, nahm seine Kappe und eine Laterne und trat vors Haus. Dort sah er aber keine Menschenseele. »Irgendein Schurke hat mir einen Streich gespielt«, murmelte er und wollte wieder ins Haus gehen. Da vernahm er vom Ufer her, wo sein Boot lag, ein ungeduldiges Rufen. Er ging hin, konnte aber auch dort niemanden sehen. Er hörte jedoch ein Gekribbel und ein Gekrabbel, als würden tausend Mäuse durch den Sand laufen. Und dann rief eine Stimme zornig: »Mach das Boot los und setz uns hinüber nach Remagen!«

Nun war der Schiffer neugierig geworden. Er zog das Boot ans Ufer und stieg hinein. Kaum war er drinnen, als der Kahn schwankte und bebte, als sprängen viele kleine Füße hinein. Er wurde schwerer und senkte sich tiefer ins Wasser. Wieder rief eine Stimme: »Jetzt kannst du zu fahren beginnen!«

Der Fährmann steuerte mit ganzer Kraft, doch er konnte nicht verhindern, dass sein Schiff mit den unsichtbaren Fahrgästen abgetrieben wurde. Als er mit der Stange gegensteuern wollte, vernahm er dieselbe Stimme wie vorhin: »Du brauchst nicht in Remagen zu landen. Dort sind die Menschen wohl auch nicht besser als in Ohlenberg, von wo wir kommen. Leg dort bei dem Weidenbusch an und lass uns aussteigen. In den Bergen werden wir uns eine neue Heimat suchen!«

Der Schiffer legte bei einer Weide an und wieder schwankte das Boot von dem Gekribbel und dem Gekrabbel vieler kleiner Füße. Dann spürte er, wie der Kahn leichter wurde und sich ein Stück aus dem Wasser hob. Schon wollte der Fährmann umkehren, als er ein Klingen hörte. Da sah er im Mondlicht, wie eine Silbermünze nach der anderen in seine Kappe fiel, die er im Boot liegen hatte. Das Klingen hörte erst auf, als sie voll war. Das war der Lohn der Zwerge von Ohlenberg, die der Fährmann über den Rhein geführt hatte.

Der Geiger von Honnef

In Honnef, dem heutigen Bad Honnef, lebte einmal ein Geiger, der seiner Geige so wunderbare Töne entlockte, dass keiner, der ihn je gehört hatte, nach einer anderen Musik tanzen wollte. Wann immer es am Rhein ein Fest gab, musste er aufspielen. Wenn Geld glücklich machte, so wäre er der glücklichste Mensch auf Erden gewesen, denn die Leute am Rhein tanzten in den alten Zeiten genauso gerne wie heute und entlohnten ihn reichlich. Doch den Geiger drückte ein schwerer Kummer. Er hatte einen großen Buckel.

Er war noch jung, und wenn er den Paaren zusah, die sich vergnügt im Tanz wiegten, hätte er für sein Leben gern mitgetanzt. Einmal hatte er sich ein Herz gefasst und sich unter die Tanzenden gemischt, aber die Mädchen hatten gekreischt und der Spott der Burschen hatte ihm so wehgetan, dass er nie mehr spielen wollte. Er brauchte aber das Geld für seine alte Mutter. Daher besann er sich anders und zog weit über das Land. Dort, wo ihn niemand kannte, wollte er spielen.

In einem fremden Dorf spielte er zum Tanz auf und es klang so schön, dass die Augen der Burschen noch feuriger blickten, wenn sie die Mädchen im Arm hielten, und die Mädchen gar nicht mehr aufhören wollten zu tanzen. Nun wagte es der Bucklige noch einmal und drehte sich mit im Kreis. Doch die Mädchen lachten ihn aus und einer der Burschen riss ihm die Geige aus der Hand. Er hieb ihm damit auf den Buckel und warf sie ihm dann vor die Füße.

Der Geiger nahm seine Geige und schlich davon. An einem einsamen Ort nahm er ein Messer und schnitt die Saiten durch. Nie mehr wollte er spielen. Er wollte auch nicht mehr leben. Er ging, bis er in die Sieben Berge kam. Dort wollte er seinem Leben ein Ende machen. Als ihm aber seine Mutter einfiel, die nun niemanden mehr haben würde, der für sie sorgte, drehte er um und ging nach Hause.

Auf seinem Weg kam er durch das Nachtigallental am Fuße der Eifel, wo die Nachtigallen so süß schlagen, dass man darüber alles Weh der Welt vergisst. Als sich die Dämmerung herniedersenkte und er so dahinschritt, erschien am Waldrand eine Fee. Sie war von kleiner und zarter Gestalt, trug ein feines weißes Kleid und hatte auf dem Kopf ein zierliches Krönchen. »Ich kenne dich«, sagte sie mit glockenheller Stimme zum Geiger, »du bist der, der so schön spielt wie sonst keiner. Wenn die Wiese im Mondlicht schimmert, wollen meine Gespielinnen und ich tanzen. Spiel uns zum Tanz auf!«

Der Geiger schüttelte traurig den Kopf und zeigte der Fee seine Geige, die keine Saiten mehr hatte. Da griff sie nach dem Mondlicht, kämmte es mit einem silbernen Kamm zu Strahlen und legte sie als Saiten über den Steg. Der Bucklige nahm seinen Bogen, strich darüber und begann zu spielen. Es klang so hell und silbern, als schicke der Mond selbst ein Lied auf die Erde. Die anderen Feen waren aus dem Wald getreten und begannen zu tanzen. Leicht und anmutig schwebten die Zauberwesen auf der Wiese und der Geiger spielte die ganze Nacht. Als der Mond verblasste, nahm die Feenkönigin einen Stab und schlug ihm damit so heftig auf den Rücken, dass der Stab zerbrach. Sie winkte ihren Gespielinnen und die Feen entschwanden im Morgennebel. Nur ein klingendes Lachen aus der Ferne erinnerte an den Zauber der Nacht.

Für den Geiger war der Schlag auf den Rücken wie ein Schlag ins Gesicht gewesen. »Auch sie verspotten mich«, dachte er und ging mit Bitternis im Herzen nach Hause. Am Dorfteich sah er seine Mutter stehen, die eben Wäsche schwemmte. Als sie ihren Sohn erblickte, schrie sie auf. Dem Buckligen schnitt es ins Herz und er hasste sich und seine Geige. Schon wollte er sie in den Teich werfen, als ihn die Mutter am Arm packte und zum Wasser zog. Darin sah der Geiger sein Spiegelbild. Es war eine schöne schlanke Gestalt.

Wie das Siebengebirge entstanden ist

Bevor der Rhein in die Niederrheinische Tiefebene strömt, fließt er dicht an bewaldeten Kuppen vorbei. Es ist das märchen- und sagenumwobene Siebengebirge am rechten Rheinufer.

Vor langer Zeit erstreckte sich dort, wo heute die Berge aufragen, ein riesiger See. Wenn im Frühjahr der Schnee schmolz und die Flüsse das Schmelzwasser dem See zuführten, trat er oft über die Ufer und richtete bösen Schaden an. Die Menschen, die dort ihre Häuser errichtet hatten, ihr Vieh weideten und das Land bebauten, wollten den See ableiten. Wie aber hätten sie das machen können? Sie waren viel zu schwach für so ein gewaltiges Werk. Zum Glück hausten damals noch Riesen auf den Bergen und in den Wäldern, die den Menschen gut gesinnt waren. In ihrer Not wandten sich die Menschen an die Riesen: »Helft uns, das Wasser des Sees zu bändigen, es wird euer Schaden nicht sein. Wir werden euch belohnen.«

Sieben Riesen ließen sich nicht lange bitten. Sie kamen mit riesigen Schaufeln auf ihren breiten Schultern und machten sich eifrig an die Arbeit. Schon nach ein paar Tagen hatten sie am Nordrand des Sees einen tiefen Einschnitt gegraben, in den das Wasser abfließen konnte. Jetzt war der See kein See mehr, sondern ein mächtiger Fluss, der als Rhein nach Norden strömte und ins Meer mündete.

Die Menschen waren dankbar, und was sie versprochen hatten, hielten sie auch. Als Lohn brachten sie den Riesen Gold und Silber, das sie aus den Bergen geschürft hatten. Die sieben Riesen teilten sich die Schätze und jeder packte ein Siebtel davon in seinen Reisesack. Bevor sie aber den Sack mit ihren Schaufeln auf die Schulter nahmen, schüttelten sie das Erdreich und das Gestein ab, das noch an den Spaten klebte. Auf diese Weise entstanden die Sieben Berge, das Siebengebirge am Ufer des Rheins.

Drachenfels

Vor langer Zeit, als die Bewohner des Siebengebirges noch Heiden waren, hauste unterhalb des Felsens, auf dem die Burgruine Drachenfels steht, ein furchtbarer Drache. Gierig hockte das Ungeheuer in seiner Höhle und lauerte auf Beute. Wenn sich ein Mensch oder ein Tier in der Nähe zeigte, schoss es wie der Blitz hervor, packte das Opfer mit seinen Pranken und verschlang es. Immer wieder hatten beherzte Männer versucht es zu erlegen, ihren Mut aber mit dem Leben bezahlt.

Als der Drache wieder einmal einen Menschen verschlungen hatte, versammelte der heidnische Priester das Volk um sich und sagte: »Der Drache ist eine Gottheit, die erzürnt ist und die wir versöhnen müssen. Wir werden ihr einen Menschen opfern, dann wird sie zufrieden sein und uns verschonen. Wenn wir im nächsten Kampf unsere Feinde besiegen, werden wir dem Drachen einen Gefangenen zum Fraß vorwerfen.«

Von den Versammelten wagte keiner zu widersprechen.

Bald darauf entbrannte ein heftiger Streit zwischen den Heiden und den Christen, die am Ufer des Rheins lebten. Die Heiden siegten, machten viele Gefangene und schleppten sie mit sich ins Gebirge. Unter den gefesselten Männern und Frauen befand sich auch ein junges Mädchen aus edlem Geschlecht. Bertha war so schön, dass zwei Anführer des Heeres in Liebe zu ihr entflammten. Jeder der beiden meinte, sie wäre seine Beute, und wollte sie zur Gemahlin. Darüber gerieten sie so sehr in Streit, dass sie zum Schwert griffen. Es wäre ein Kampf auf Leben und Tod geworden, wenn nicht der Priester dazwischengetreten wäre. Zornig sprach er: »Es geht nicht an, dass unsere besten Heerführer wegen einer Gefangenen ihr Blut vergießen. Das Mädchen soll das Opfer sein, das wir dem Drachen zum Fraß vorwerfen.«

Die beiden Krieger hörten es mit Grauen. Nun wollten sie auf das Mädchen verzichten, um ihm das Leben zu retten. Doch sie waren machtlos. Das Wort des Priesters war heilig.

Am nächsten Morgen wurde Bertha unter feierlichem Geleit zur Drachenhöhle geführt. Ruhig und gelassen schritt sie dahin, in weißem Kleid und mit Blumen im Haar. In den Händen hielt sie ein Kreuz, denn Bertha war Christin. Als das Ungeheuer mit weit aufgerissenem Rachen und Feuer speiend aus dem finsteren Schlund gekrochen kam, hielt ihm Bertha betend das Kreuz entgegen. Da zuckte der Drache mit schrecklichem Gezische zurück und stürzte sich aufheulend in den nahen Abgrund. Zerschmettert blieb er liegen.

Mit Staunen hatten der Priester und das Volk das Wunder wahrgenommen. »Welche Macht hat dich gerettet?«, fragte der Priester.

»Mein Vertrauen auf Gott und den Erlöser«, sagte Bertha und wies auf das Kreuz. Nun erkannten die Menschen, dass der Gott der Christen gewaltiger und mächtiger war als ihre heidnischen Götter. Sie bekehrten sich und ließen sich taufen. So kam das Christentum in das Siebengebirge.

Ritter Roland und Hildegund

Unter den Bergen des Siebengebirges ragt hoch über dem Rheintal der Drachenfels mit seiner mächtigen Ruine empor. Hier stand in alten Zeiten eine Ritterburg, auf der Graf Heribert und seine Tochter Hildegund lebten. Auf der anderen Seite des Rheins liegt Rolandswerth mit dem efeuumrankten Rolandsbogen, dem Rest der einst stolzen Burg Rolandseck.

Die Burgen sind längst zerfallen, doch der Name Roland lebt weiter in Sage und Dichtung und kündet von der Liebe eines Ritters, die so lange währte wie der Schlag seines Herzens.

Ritter Roland war ein Neffe Kaiser Karls des Großen und sein getreuester Gefolgsmann. Der Ruhm, den er sich im Kampf gegen die Feinde des Kaisers erworben hatte, war im ganzen Reich verbreitet, und jeder Edelmann rechnete es sich zur Ehre an, Roland als Gast zu bewirten. So war es auch auf Burg Drachenfels. Graf Heribert hatte den Ritter festlich empfangen und lud ihn zum Mahl ein. Als Hildegund, die einzige Tochter des Grafen, dem Gast den Becher reichte und sich die Augen der beiden trafen, war Roland vom Zauber ihrer Schönheit gefesselt. Bis jetzt hatte ihn die Gunst der Frauen gleichgültig gelassen, doch nun, als er den Becher hob, um dem Mädchen zuzutrinken, zitterte seine Hand, die im härtesten Kampf nicht gezittert hatte. Der Blick seiner Augen hatte aber auch Hildegund ins Herz getroffen. Sie fühlte, dass sie ihn lieben würde, ihr ganzes Leben lang.

Graf Heribert hatte sehr wohl bemerkt, wie es um die beiden jungen Menschen stand, und als Ritter Roland nach kurzer Zeit um die Hand Hildegunds bat, willigte er gerne ein. Bald sollten die beiden vor den Traualtar treten. Es waren selige Tage, die den Liebenden nun beschert waren, doch ihr Glück war nicht von langer Dauer. Der Ruf des Kaisers erreichte den Ritter und befahl ihm, nach Spanien zu ziehen und dort gegen die Araber zu kämpfen. Statt

Hochzeit zu halten, zog Ritter Roland in den Krieg. Hildegund war untröstlich und nur die Hoffnung auf die baldige Wiederkehr des Geliebten hielt sie aufrecht.

Ritter Roland kämpfte im fernen Spanien und die Kunde von seiner Tapferkeit und seinem Mut drang bis ins Rheintal und hinauf zur Burg Drachenfels. Groß war die Freude, als ein Bote eintraf und die Nachricht vom Sieg des kaiserlichen Heeres überbrachte. Hildegund fieberte dem Tag entgegen, an dem Roland zurückkehren würde. Doch eines Morgens ritt ein schwarz gekleideter Mann hinauf zur Burg. Die Botschaft, die er überbringen musste, war traurig. »Ritter Roland ist tot«, berichtete er. »Im Tal von Roncevalles in den Pyrenäen hat ein Maure dem edlen Ritter das Schwert in die Brust gestoßen.«

Als Hildegund das hörte, war ihr, als hätte ein Schwert auch sie durchbohrt. Ihr ganzes Glück war mit einem Schlag zunichtegemacht. »Irdisches Glück ist mir auf dieser Welt nicht mehr beschieden, daher will ich ihr entsagen«, gestand sie ihrem Vater. »Als Braut des Himmels will ich fortan Gott dienen.«

Graf Heribert wollte sie trösten und von ihrem Entschluss abbringen, doch es gelang ihm nicht. Hildegund wurde Nonne im Kloster Nonnenwerth auf der Rheininsel.

Monate waren vergangen, da sprengte eines Tages eine Schar Reiter hinauf auf den Drachenfels. Der glänzendste von allen war einer, den die Sehnsucht anfeuerte. Es war Ritter Roland. Er war im Tal von Roncevalles durch einen Schwertstreich schwer verwundet worden, doch hatte ihn sein getreuer Knappe gerettet und gesund gepflegt. Nun gab er seinem Ross die Sporen, um die geliebte Braut endlich wieder in die Arme zu schließen.

Der Burgherr wurde bleich, als Roland nach dem Verbleib Hildegunds fragte. »Wir haben dem Gerücht von Eurem Tod im Tal von Roncevalles Glauben geschenkt und Hildegund hat der Welt entsagt«, sagte er stockend.

Ritter Roland stöhnte auf, als er das vernahm, und barg das Gesicht in den Händen. Auch sein Glück war mit einem Schlag zunichtegeworden.

Bald darauf erbaute er über der Rheininsel, auf der sich das Kloster Nonnenwerth befindet, die Burg Rolandseck. Jeden Tag, wenn die Nonnen sich im Garten erfreuten, stand Roland am Fenster seiner Burg und starrte hinunter. Er suchte mit den Augen seine Braut, die ihm so nahe und doch so unerreichbar fern war. Eines Tages hörte der Ritter die Totenglocken läuten. Als man ihm die Nachricht überbrachte, wer gestorben war, sank er zu Boden. Sein Herz hatte aufgehört zu schlagen, als man den Sarg Hildegunds in das Grab senkte.

Der Mönch von Heisterbach

Es war im Jahre 1189, als zwölf weiß gekleidete Mönche in der Waldeinsamkeit des Siebengebirges einen Platz suchten, um ein Kloster zu gründen. Zuerst ließen sie sich auf dem Petersberg nieder, dann hielten sie einen Ort im Tal für geeigneter und suchten weiter. Der Abt betete um Erleuchtung, wo sie das Kloster errichten sollten, schlief aber bald erschöpft ein. Da erschien ihm im Traum die Muttergottes und sagte ihm, ein blühender Rosenbusch werde den Ort anzeigen, an dem das Kloster erbaut werden sollte.

Obwohl noch Schnee auf den Bergen und in den Tälern des Siebengebirges lag, fanden die Mönche einen Rosenbusch, der in voller Blüte stand. Es war an einem Bach, der durch einen Buchenwald floss. Nun errichteten sie an dieser Stelle das Kloster und gaben ihm den Namen Heisterbach, nach den Buchen, die man früher »Heister« nannte. Dort lebten und beteten sie nach den strengen Regeln der Zisterzienser und bald war das Kloster ein Zentrum des Glaubens und der Wissenschaft.

Ein junger Mönch war im ganzen Land wegen seiner Gelehrsamkeit berühmt. Keiner war so belesen in der Heiligen Schrift wie er. Aber auch die anderen Wissenschaften beschäftigten ihn. Er wollte alles erfahren und erforschen, was Gott geschaffen und geoffenbart hat. Doch oft, wenn er über den gelehrten Büchern saß und studierte, suchten ihn quälende Gedanken und Zweifel heim.

Einmal ermahnte ihn der Abt, der sich um seinen jungen Mitbruder Sorgen machte, zu mehr Gottvertrauen und sagte zu ihm: »Wissen macht noch längst nicht weise.« Doch der junge Mönch schlug die Worte in den Wind und forschte und grübelte weiter. Wohl wusste er, dass jenen das Himmelreich gehört, die arm im Geiste sind, doch sein Drang, alles verstehen zu wollen, war stärker als seine Demut. Eines Tages las er in der Schrift: »Vor Gott sind tausend Jahre wie ein Tag« – und dieser Satz ließ ihm von nun an keine Ruhe mehr. Doch sosehr er auch darüber nachdachte, der Sinn blieb ihm verborgen.

In Gedanken verloren ging er aus seiner Zelle hinaus in den Klostergarten. Er schritt auf und ab und grübelte über das Wesen von Raum und Zeit und wie sich beides zu Gottes eigenem Wesen verhielt. Da hörte er einen Vogel singen, dessen Gesang so süß und verlockend war, dass er den Tönen folgte und vergaß, worüber er sich eben noch den Kopf zerbrochen hatte. Längst hatte er den Garten verlassen und war dem Zaubervogel gefolgt, der ihn immer tiefer in den Wald lockte. Schon senkte sich die Dämmerung hernieder, als er sich müde neben einer Quelle niederließ, um sich auszuruhen. Als die Nacht kam, hatte der Vogel aufgehört zu singen und der Mönch war eingeschlafen. Als er aufwachte und den verblassenden Mond sah, erschrak er. »Es ist Zeit, zurückzugehen«, sagte er sich, sprang auf und beeilte sich. Er wollte rechtzeitig zur gemeinsamen Morgenandacht erscheinen.

Als ihm der Pförtner des Klosters öffnete, erkannte der Mönch ihn nicht. Als er in die Kirche trat, erkannte er keinen der Brüder, und auf seinem Platz im Chor kniete ein Fremder. Nun trat der Abt auf ihn zu und fragte nach seinem Begehr. Der Mönch erkannte auch ihn nicht. Als er seinen Namen nannte, schüttelte der Abt den Kopf. »Diesen Namen habe ich noch nie gehört«, sagte er. Auch den anderen Mönchen war er fremd. Daraufhin holte der Bibliothekar die alte Klosterchronik und begann darin zu blättern. Er blätterte lange und er blätterte weit zurück. Schließlich fand er den Namen, den der Fremde genannt hatte. Vor dreihundert Jahren hatte ein junger Mönch das Kloster verlassen und war nie mehr zurückgekehrt.

Nun erkannte der Mönch, dass Gott ihm ein Zeichen gegeben hatte. Der Allmächtige, der über aller Zeit steht, hatte ihm gezeigt, dass der Verstand der Menschen nicht ausreicht, um alle Weisheit zu erfassen, die in der Heiligen Schrift geoffenbart ist. »Vor Gott sind tausend Jahre wie ein Tag und seine Wege sind nicht unsere Wege«, stammelte er. Dann sank er leblos zu Boden. Als sich die Brüder über ihn beugten, sahen sie, dass auf seinem Gesicht Friede lag. Im Tod hatte er jene Erkenntnis gefunden, die ihm auf Erden nicht beschieden war.

Der Pestfänger von Bonn

Als der schwarze Tod umging und im Rheintal das große Sterben begann, flackerte in den Nächten jeweils ein blaues Flämmchen vor den Häusern, in denen bald darauf ein Toter lag. Manchmal huschte es vor die Haustür, dann wieder flammte es vor dem Hoftor, tanzte auf dem Giebel oder hüpfte vor den Fenstern herum.

Auch in der Stadt Bonn am Rhein erschien das Totenlicht, und wo es sich zeigte, starben die Menschen. Bald gab es in der ganzen Stadt kein Haus, in dem nicht ein oder zwei Tote zu beklagen waren. Die Not war groß, und niemand wusste, wie man der Pest Einhalt gebieten könnte. Kaum einer wagte sich noch auf die Straße und die Totengräber kamen mit der Arbeit nicht nach. Nur ein alter Mann war ohne Furcht. »Ich bin so alt geworden, da kommt es auf ein Jahr mehr oder weniger nicht an«, sagte er. »Wann immer es Gott gefällt, mich zu sich zu rufen – ich bin bereit.«

Eines Tages machte er sich auf, das unheimliche Flämmchen zu fangen. Er dachte, wenn es einmal gefangen ist, dann wüsste die Pest nicht mehr, wo sie einkehren sollte, und die Menschen blieben verschont. Als es dämmerte, ging der Alte suchend und spähend durch die ausgestorbenen Straßen. Plötzlich tauchte das blaue Licht vor ihm auf, sprang vor ihm her und huschte dann von einem Haus zum andern und flammte bisweilen grell auf. Der Mann folgte ihm durch die ganze Stadt bis zum Stadttor. Dort schlüpfte das Flämmchen in ein Mauerloch. Geschwind nahm er einen Klumpen Lehm aus dem Graben vor der Stadtmauer und presste ihn in das Loch. Dann suchte er einen passenden Stein und drückte ihn hinein – das Totenlicht war gefangen.

Sieben Jahre lang starb in Bonn niemand an der Pest, und die Menschen hatten beinahe vergessen, wie furchtbar sie gewütet hatte. Da ritt den Alten eines Tages der Teufel. Nachts schlich er sich zur Stadtmauer, nahm den Stein aus dem Loch und kratzte den Lehm weg. Sogleich sprang das blaue Flämmchen heraus, hüpfte über die Mauer und tanzte wie verrückt auf der Straße. Jetzt sah der Mann, was er angestellt hatte. Er rannte hinter dem Licht her, so rasch ihn seine Beine trugen. Doch so schnell er auch lief, er hätte es nicht einholen können, wenn es nicht zu einer Kirche gekommen wäre, vor der ein Kreuz stand. Als das Flämmchen um das Kreuz herumlief, gelang es dem Mann, es zu fangen. Weil er nichts anderes fand, nahm er in seiner Not einen der Nägel, mit denen der Heiland ans Kreuz geschlagen war, und nagelte das Totenlicht ans Holz. Da war es plötzlich erloschen. Seither war die Pest für immer aus der Stadt verschwunden.

Niederrhein

Durch das Niederrheinische Tiefland in die Niederlande

Der starke Hermel

Es geschah in jener fernen Zeit, als es noch Riesen auf der Welt gab. Auf großen Schiffen waren sie den Rhein stromabwärts gefahren und hatten sich die Menschen, die am Ufer lebten, unterworfen. Die fremden Herren zwangen sie, wie Leibeigene zu schuften. Sie mussten für die Riesen pflügen, säen, ernten und dreschen.

Am Niederrhein lebte damals ein Bursche, der so groß und so stark war, dass er es mit den Riesen aufnehmen konnte. Die Leute nannten ihn den starken Hermel und sagten, er sei nur deshalb so stark geworden, weil seine Mutter ihn sieben Jahre lang gestillt hatte. Er war ein fröhlicher und gutmütiger Bursche und ließ sich die schwersten Arbeiten aufbürden, ohne zu murren.

Eines Tages schickten ihn die Riesen in die Scheune zum Dreschen. Doch statt mit der Arbeit zu beginnen, legte sich der starke Hermel in eine Ecke und schlief. Bald hörte man ihn laut schnarchen und das ärgerte die Riesen. Als sie ihn aufweckten, hob er bloß den Kopf, sah sich um, was die anderen Knechte schon gedroschen hatten, und sagte: »Das bisschen Arbeit bringe ich leicht noch vor Mittag fertig. Aber als Lohn möchte ich Brot und Fleisch zum Mittagessen und Stroh für mein Lager.«

Die Riesen versprachen es und Hermel schnarchte weiter. Als er ausgeschlafen war, ging er eine Stunde vor dem Mittagläuten in den Wald und riss die stärkste Eiche aus, die er finden konnte. Danach suchte er sich die längste Tanne und band sie mit einem Schiffstau an die Eiche. So machte er sich einen Dreschflegel. Er begann damit zu dreschen, dass das Stroh nur so herumwirbelte. In einer halben Stunde war er fertig. Dann hob er von der Scheune das Dach ab und verwendete es als Schwinge. Er schwang und schüttelte damit, dass die Spreu nur so davonflog und sich vom Weizen trennte. Er füllte den Weizen in Säcke und trug ihn auf den Speicher.

»Jetzt hole ich mir meinen Lohn«, sagte er, nahm sich zwei starke Ochsen und einen Wagen. Den belud er so hoch mit Stroh, dass ihn die Ochsen nicht von der Stelle bekamen. Da gab er ihnen einen Schlag ins Genick und sie fielen tot um. Der starke Hermel zog den Wagen selbst. Er suchte sich ein lauschiges Plätzchen und machte sich aus dem Stroh ein Lager. »Das Fleisch habe ich schon, jetzt fehlt mir nur noch das Brot dazu!«, sagte er zu den Riesen. Die machten lange Gesichter, gaben ihm aber einen Wagen voll Mehl. Hermel begann Brot zu backen, und als er hundert Laibe gebacken hatte, aß er es mit den Ochsen zusammen auf. »Vielen Dank, ihr Herren, für das Essen«, sagte er artig, legte sich zurück aufs Stroh und hielt sein Mittagsschläfchen.

Jetzt war der starke Hermel den Riesen unheimlich geworden und sie überlegten, wie sie ihn loswerden könnten. Vor so viel Kraft fürchteten sogar sie sich. Sie trugen ihm auf, einen Brunnen zu reinigen, der so tief war wie ein Kirchturm.

»Mach ich gerne«, sagte der starke Hermel, stieg lustig pfeifend in den Brunnenschacht und begann mit seiner Arbeit. Nun warfen die Riesen Felsblöcke in den Brunnen und Hermel auf den Kopf. Als sie glaubten, er wäre tot, hörten sie aus der Tiefe seine Stimme: »Jagt doch die Hühner weg vom Brunnenrand. Sie scharren mit den Füßen und mir fällt der Kies in die Augen. Ich kann schon fast nichts mehr sehen.«

Jetzt ließen die Riesen von zehn Männern einen riesigen Mühlstein zum Brunnen schleppen und in den Schacht rollen. Als sie hinunterschauten, ob der Mühlstein dem starken Hermel den Kopf zerschmettert hätte, sahen sie, dass er den Mühlstein wie einen Kragen um den Hals trug und ruhig weiterarbeitete. Sie erschraken und überlegten hin und her, wie sie ihm endlich den Garaus machen könnten. Sie ließen acht Pferde vor einen riesigen Wagen spannen, eine große schwere Glocke aufladen und zogen damit zum Brunnen. Die Glocke warfen sie über den Rand des Brunnens in die Tiefe. Als sie von Hermel keinen Laut hörten, freuten sie sich. Sie glaubten, jetzt wäre er tot. Doch sie hatten sich zu früh gefreut.

»Vielen Dank für den hübschen Hut«, rief der starke Hermel, nachdem er sich von der Überraschung erholt hatte. Mit dem Mühlstein als Kragen und der Glocke als Hut auf dem Kopf stieg er fröhlich lachend aus dem Brunnenschacht.

Die Riesen bekamen es mit der Angst zu tun. Sie wollten davonlaufen, doch der Bursche fasste sie am Ärmel und sagte: »Habt ihr denn keine Arbeit mehr für mich?«

Im Tal stand eine Mühle, die keinen Müller hatte, denn dort trieb sich der Teufel herum. Keiner, der die Mühle betreten hatte, war lebend wieder herausgekommen. Dorthin schickten die Herren den starken Hermel mit einigen Säcken Roggen. »Mahl uns das Korn«, sagten sie und hofften, der Teufel würde ihn holen.

Der Bursche begann den Roggen zu mahlen und pfiff sich ein Lied dabei. Als die Mühle lustig klapperte, kroch hinter einem Mehlsack der Teufel hervor. Doch bevor er seine Klauen nach dem starken Hermel ausstrecken konnte, hatte der ihn schon gepackt und auf den Mahlstein gesetzt. Der Stein drehte sich und schliff dem Leibhaftigen das Hinterteil ab, als wäre der Mahlstein ein Schleifstein. Der Teufel jammerte und brüllte so laut, dass dem starken Hermel fast das Trommelfell platzte. Nun ließ er ihn frei. Da war dem Teufel aber schon das halbe Hinterteil abgeschliffen. Hermel mahlte den Roggen fertig, dann nahm er die Säcke auf die Schulter und ging zu den Riesen. »Ein lästiger Besucher wollte mich bei der Arbeit stören«, erzählte er ihnen, »aber das ist ihm schlecht bekommen. Ich habe ihn aus der Mühle vertrieben.«

Nun dachten sich die Riesen einen Plan aus, wie sie den Burschen endgültig aus dem Weg räumen könnten. Sie schickten ihn in den Wald, wo er Holz fällen sollte. Der starke Hermel suchte sich zunächst ein schattiges Plätzchen und legte sich aufs Ohr. Diese Gelegenheit nützten die Riesen. Sie rissen Bäume aus und schichteten sie in Stößen rund um den Wald. Dann zündeten sie die Holzstöße an und bald brannte der ganze Wald lichterloh. Da wurde es dem starken Hermel unter seinem Glockenhut zu heiß und er wachte auf. Der Rauch stieg ihm in die Nase und kitzelte ihn, sodass er kräftig niesen musste. Sofort erlosch das Feuer. Jetzt aber hatte er den teuflischen Plan der Riesen durchschaut. Wütend knickte er einen Eichenstamm und stürzte sich auf seine Feinde. Er schlug sie alle tot und seither gibt es am Rhein keine Riesen mehr.

Der Münsterbau in Aachen

Als Kaiser Karl einmal von seiner Pfalz zu Aachen in den Wald zur Jagd ritt, stand sein Pferd plötzlich still. Mit lautem Wiehern hatte es rasch seinen Fuß zurückgezogen, denn es war in eine heiße Quelle gestiegen. Der fromme Kaiser deutete es als ein Zeichen Gottes und beschloss, an dieser Stelle eine prächtige Kirche zu bauen. Er selbst wählte die Baumeister aus und ließ die schönsten Bausteine herbeischaffen, denn Aachen war seine Lieblingsstadt. Der neue Dom sollte der schönste und größte im ganzen Reich werden.

Der Bau ging rasch voran, doch dann musste der Kaiser in den Krieg ziehen. Er zog gegen die Sachsen ins Feld, die er zum Christentum bekehren wollte.

Da man zum Kriegführen viel Geld braucht, fehlte es jetzt beim Kirchenbau. Auch der Rat der Stadt Aachen, dem der Weiterbau aufgetragen war, hatte nicht genug Geld, um all die Baumeister und Steinmetzen, die vielen Maurer, die Bildhauer und die Maler zu bezahlen. Die Ratsherren überlegten hin und her, wo sie die nötigen Mittel auftreiben könnten, und kamen aber auf keinen grünen Zweig. Da erschien, als sie wieder einmal beratschlagten, ein vornehm gekleideter Fremder im Rathaus. Er habe ein wichtiges Anliegen vorzubringen, ließ er die Herren wissen. Sie luden ihn ein zu sprechen.

»Hohe Herren«, begann der Fremde höflich seine Rede, »ich kenne eure Not und will euch helfen. Ich habe Geld genug und kann jede beliebige Summe zur Verfügung stellen und – wohlgemerkt – ich verlange keine Rückzahlung!«

»Hört, hört!«, riefen da die Ratsherren und spitzten die Ohren. Einer, dem die Sache verdächtig vorkam, fragte: »Wie soll denn das gehen?«

»Ich verlange nur Leib und Seele dessen, der als Erster den Dom betritt, wenn er vollendet ist«, sagte der Fremde.

Die Ratsherren erschraken, denn nun wussten sie, dass nur der Teufel selbst einen solchen Handel vorschlagen konnte. Ein Gemurmel setzte ein, denn die einen waren dafür und die anderen dagegen, aber alle runzelten die Stirn. Fast wäre es zum Streit gekommen, wenn sich der Teufel nicht eingeschaltet hätte.

»Warum das Zögern, edle Herren«, sagte er mit samtweicher Stimme. »Es ist doch nur eine einzige Seele, die ich verlange. Das ist für ein so gewaltiges Werk, wie der Bau des Münsters es ist, wohl kein zu hoher Preis!«

Die Herren der Stadt schauderten und zauderten, denn ein Kirchenbau mithilfe des Teufels war in jeder Hinsicht eine bedenkliche Sache. Aber in ihrer Bedrängnis stimmten sie letztendlich zu, wenn der Pakt geheim blieb.

Nun arbeiteten die Baumeister und die Maurer, die Handwerker, die Steinmetzen und die Bildhauer, und alles ging ganz leicht und rasch voran, weil der Teufel selbst die Hand im Spiel hatte. Bald war der Dom vollendet und der Tag der Einweihung nahe.

Bei Trompetengeschmetter und Trommelwirbel zogen die geistlichen und weltlichen Herren, gefolgt von den festlich gekleideten Bürgern, zum Münster. An der Spitze, noch vor dem Bischof, der die Einweihung vornehmen sollte, marschierten vier Landsknechte, die eine Kiste schleppten. Als der Festzug vor dem Dom angelangt war, machten die vier halt und öffneten die Kiste – da sprang ein wilder Wolf heraus. Die Knechte jagten ihn beim Tor hinein.

Im Münster wartete der Teufel voll Gier auf die versprochene Seele. Er schoss aus seinem Versteck hervor und packte den Wolf beim Genick. Als er aber bemerkte, dass er ein Tier und keinen Menschen in den Klauen hielt, brüllte er los und fuhr mit Wutgeheul zur Hölle. Die Tür des Münsters hatte er im Zorn so heftig zugeschlagen, dass er sich den rechten Daumen abriss. Er soll heute noch darin stecken.

Beim Festgottesdienst stimmte niemand freudiger und dankbarer in das Lob Gottes ein als die Herren vom Stadtrat. Ihnen war ein Stein vom Herzen gefallen, als der Plan glückte, den ein schlauer Mönch ausgeheckt hatte. Zum Andenken an das gute Ende der Sache mit dem Teufel ließen sie aus Bronze einen Wolf und einen Pinienzapfen gießen. Der Pinienzapfen, so meinten sie, wäre die Seele des Wolfs. Beide Figuren sind heute noch in der Vorhalle des Münsters zu sehen.

Aachener Printen

Man sagt, wer in Aachen gewesen ist und keine Printen mitgebracht hat, war gar nicht in Aachen oder er hat keine Lieben zu Hause. Die Printen sind ganz besonders fein gewürzte Lebkuchen, eine Spezialität, die man nicht nur in Aachen gerne isst, sondern überall in der Welt. Dabei wäre die Kunst, sie fachgerecht herzustellen, beinahe verloren gegangen, hätte nicht ein beherzter Bäckerjunge das Rezept wiederbeschafft.

Es war im Jahre 1656, als in Aachen ein Feuer ausbrach, das noch heute als der große Stadtbrand bekannt ist. Dabei war auch der Bäckermeister, der genau wusste, wie man den Teig der Aachener Printen würzt und wie man sie bäckt, in den Flammen umgekommen. Das Rezept war zwar in einem alten Kochbuch aufgezeichnet gewesen, aber auch das war verbrannt.

Die Bäcker versuchten nun, die Printen zu backen, wie sie es eben verstanden, aber so recht schmeckten sie den Leuten nicht. Da erinnerte sich ein Lehrling, dass ihm seine Großmutter einmal erzählt hatte, Kaiser Karl hätte die Printen so gerne gegessen, dass man ihm nach seinem Tod das Rezept dazu in die Gruft mitgegeben hatte. Nun wollte der Bäckerjunge das Rezept holen. Er wusste jedoch nicht, wo genau der Sarg des Kaisers lag. Der Teufel aber wusste es, und wie so oft, wenn ein Mensch in Verlegenheit ist, trat er auf den Plan. »Ich zeige dir, wo der große Kaiser schläft«, sagte er zu dem Jungen, »wenn du mir dafür verrätst, wo der Schlüssel zur Stadtkasse liegt.«

Nun hatte der Bäckerjunge keine Ahnung, wo die Ratsherren den Schlüssel aufbewahrten, dachte sich aber, bis dahin würde ihm schon etwas einfallen, und ging auf den Handel ein.

In der nächsten Nacht führte der Teufel den Jungen in die Gruft des Kaisers. Schlag zwölf wurde sie von einem überirdischen Licht erhellt und der Deckel des Sarges öffnete sich. Kaiser Karl schlug die Augen auf. »Warum störst du meine Totenruhe?«, fragte er streng.

Nun schilderte der Junge den schrecklichen Brand, der die Stadt heimgesucht hatte, und bat den Kaiser um das Rezept für die Printen.

»Aachen war meine Lieblingsstadt«, sagte der Kaiser und seufzte. »Ich will seinen Bürgern helfen.« Er reichte dem Jungen eine vergilbte Pergamentrolle, schloss die Augen und schlief weiter.

Nun lief der Lehrling mit dem Rezept in die Backstube und buk die köstlichsten Printen. Er wurde Geselle und Meister und war bald sehr reich.

Als der Bäcker schon nicht mehr an ihn dachte, erschien eines Morgens der Teufel in der Backstube und verlangte seinen Lohn. »Wo ist der Schlüssel zur Stadtkasse?«, fragte er.

Der Bäcker, der gerade ein Backblech mit frisch gebackenen Printen aus dem Ofen geholt hatte, wollte Zeit zum Überlegen gewinnen und bot dem Teufel an, erst einmal von den verlockend duftenden Lebkuchen zu kosten. Gierig stürzte sich der Teufel auf die frisch gebackenen Printen und schlang sie hinunter. Als der Bäcker ein zweites und ein drittes Blech aus dem Ofen holte, verschlang der Teufel alles, was darauf lag. Da bekam er so heftiges Bauchweh, dass er sich fluchend auf dem Boden krümmte. »Dieses Teufelszeug bringt selbst den Teufel um!«, brüllte er und fuhr schleunigst zur Hölle.

Der wilde Graf von Jülich

In Jülich herrschte einst ein Graf, der weder göttliches noch menschliches Recht achtete und für Land und Leute ein wahrer Schrecken war. Die Nächte verbrachte er mit seinen nicht minder üblen Freunden bei Saufgelagen und Würfelspiel, wobei so gotteslästerlich geflucht wurde, dass selbst die Hunde im Zwinger aufjaulten. Bei Tag ritt er mit seinem Tross zur Jagd und lachte nur, wenn die Bauern erschrocken zur Seite sprangen. Wenn sie klagten, dass die Hufe der Rosse die Saaten und die Frucht niedertrampelten, holte er mit der Reitpeitsche aus. Die Bauern konnten sich nicht wehren und wünschten ihn zum Teufel.

An einem Tag zur Erntezeit war eine alte Frau auf ihr kleines Feld zwischen Jülich und Altenburg gegangen, um das Korn zu schneiden. Sie war arm und der Ertrag des Feldes war ihr einziges Brot für den langen Winter. Es dunkelte bereits und die Frau beeilte sich. Sie wollte noch vor Sonnenuntergang einen

Großteil schneiden. Plötzlich hörte sie ein Galoppieren und Traben und sah mit Entsetzen die wilde Jagdgesellschaft des Grafen von Jülich heranreiten. Vor Schreck fiel ihr die Sichel aus der Hand. Mit erhobenen Armen trat sie dem Grafen in den Weg und bat ihn flehentlich, einen kleinen Umweg zu machen und nicht über ihr Feld zu reiten. Doch der Graf brüllte sie an: »Halt den Mund und verschwinde!« Als sie sich nicht von der Stelle rührte, schrie er: »Aus dem Weg oder du kommst eher in den Himmel, als dir lieb ist.« Wie gelähmt blieb die Alte stehen. Da stieß er voll Zorn seinem Ross die Sporen in die Weichen und ritt sie nieder. Hinterdrein kamen die Jäger und galoppierten mit Gejohle über die tödlich verletzte Frau hinweg. Ihr Ziel war das Jagdschloss des Grafen im Wald bei Altenburg.

Mit letzter Kraft richtete sich die Sterbende noch einmal auf und rief: »Verflucht sollt ihr sein, ihr Mörder und Frevler! Als wilde Jäger sollt ihr jagen müssen in alle Ewigkeit!« Dann versagte ihr die Stimme und sie sank zurück.

Der Himmel hatte den Fluch vernommen, den der Graf und seine Jäger nicht mehr gehört hatten. Sie saßen längst im Schloss bei Altenburg, zechten und würfelten, wie sie es gewohnt waren, und keiner dachte mehr an die ruchlose Tat. Doch Gottes Mühlen mahlten schnell. Bald danach wurde der Graf aus dem Hinterhalt erschlagen. Dasselbe Schicksal erlitten die Jäger, einer nach dem anderen. Als das Jahr um war, lebte von ihnen keiner mehr.

Nun ging der Fluch der Sterbenden in Erfüllung. Der wilde Graf von Jülich und seine Spießgesellen fanden im Grab keine Ruhe. In den Raunächten erschallt das Jagdhorn, dann steigen sie aus ihren Grüften. Auf gespenstischschwarzen Rossen brausen sie als Wilde Jagd durch die Wälder, begleitet vom Kläffen der Hunde, von Pferdegewieher und dem Gekrächze von Raben. Ein Wanderer, der nicht sogleich ausweicht und ein Vaterunser betet, ist verloren. Besonders schaurig soll das Treiben in den Wäldern von Alsdorf sein. So mancher, der dort der Wilden Jagd begegnet ist, hat sich sein Lebtag nicht von dem Schrecken erholt.

Die Heiligen Drei Könige von Köln

Kaiser Friedrich Barbarossa war im Jahre 1158 gegen Mailand in den Krieg gezogen. Er ließ die Stadt belagern, doch die Bürger wehrten sich tapfer und ergaben sich nicht. Da schwor der Kaiser in seinem Zorn Rache. Der Bürgermeister der aufsässigen Mailänder sollte am Galgen enden, sobald die Stadt besiegt wäre.

1162 verstärkte Kaiser Friedrich die Angriffe und ließ immer mehr Geschosse und Brandfackeln über die Mauern schleudern, bis die Dächer Feuer fingen und die Häuser lichterloh brannten. Als auch die Vorratshäuser in Flammen standen, erkannten die Bürger, dass weiterer Widerstand zwecklos war. Sie ließen dem Kaiser die Botschaft überbringen, dass sie bereit waren, sich zu ergeben.

Die Schwester des Mailänder Bürgermeisters, die Äbtissin in einem Nonnenkloster war, fürchtete nach der Niederlage die Rache des Kaisers und bangte um das Leben ihres Bruders. Sie wandte sich an den Kanzler Kaiser Friedrichs, den Kölner Erzbischof Graf Reinald von Dassel, der auch an dem Feldzug teilgenommen hatte, und bat um Gnade. Graf Reinald versprach, sich beim Kaiser für den Bürgermeister einzusetzen, stellte aber eine Bedingung: »Dafür müsst Ihr mir die Reliquien der Heiligen Drei Könige übergeben, die der heilige Eustorgius aus Konstantinopel nach Mailand gebracht hat.«

Die Äbtissin, die ihren Bruder retten wollte, ging auf den Handel ein. Nun ging der Erzbischof zum Kaiser. »Mein Herr und Kaiser«, begann er, »ich habe Euch auf diesen Feldzug begleitet und alle Beschwernisse auf mich genommen. Daher wage ich es, eine Bitte an Euch zu richten.«

»Sie sei Euch gewährt«, sprach der Kaiser. »Was begehrt Ihr?«

»Ich wünsche mir nur das, was die Äbtissin, die Schwester des Bürgermeisters, auf ihrem Rücken tragen kann.«

Friedrich Barbarossa lachte über diese seltsame Bitte. »Dieser Wunsch soll erfüllt werden«, sagte er. »Wahrscheinlich will sie dem Bischof kostbare Kelche, Kreuze oder Monstranzen zum Geschenk machen«, dachte er. Als der Kaiser jedoch sah, was die Äbtissin wirklich auf ihrem Rücken trug, ergrimmte er. Schwankend kam die fromme Frau daher und schleppte auf dem Rücken seinen Todfeind, den Mailänder Bürgermeister. Doch ein Wort ist ein Wort und daran musste sich auch der Kaiser halten. Die listige Nonne hatte mit ihrer Schlauheit dem Bruder das Leben gerettet.

Nun hielt auch sie ihr Versprechen und übergab die sterblichen Überreste der Heiligen Drei Könige dem Grafen Reinald, der die Reliquien auf geheimen Pfaden über die Alpen schaffen ließ. Das Vorhaben wäre fast missglückt, denn trotz aller Heimlichkeit war bekannt geworden, welche Kostbarkeit auf dem Weg nach Köln war. Etliche Fürsten rüsteten sich, um sie dem Erzbischof abzujagen. Der Graf aber war ein schlauer Kopf. Er befahl, die Gebeine der Heiligen in drei Särge zu verteilen und als Leichen dreier vor Mailand gefallener Ritter auszugeben. So gelangten sie nach Köln, wo sie begeistert und mit großem Jubel empfangen wurden. In einer feierlichen Prozession geleiteten die Kölner den Erzbischof und die heiligen Reliquien durch die Stadt in den Dom. Das Tor, das sie durchschritten, hieß von da an »Dreikönigspförtchen«. Seither ruhen die Reliquien in einem kostbaren Goldschrein im Kölner Dom.

Der Ruhm der Stadt verbreitete sich bald über die ganze Christenheit und Köln wurde ein bedeutender Wallfahrtsort. Zu Ehren der Heiligen Drei Könige wurden drei Kronen in das Wappen der Stadt aufgenommen.

Die Heinzelmännchen

Es gab einmal eine Zeit, da lebte es sich in Köln sehr bequem. In der Nacht nämlich, wenn die Kölner in ihren Betten schliefen, kamen die Heinzelmännchen und nahmen ihnen die Arbeit ab. Am Morgen, beim ersten Hahnenschrei, waren sie wieder verschwunden. Es sollen kleine Wichtel von unterschiedlicher Größe gewesen sein, aber wie sie wirklich aussahen, wusste niemand.

Den Bäckern kneteten sie den Teig und backten ihnen Brot und Gebäck, sodass die Bäckerjungen es am Morgen rechtzeitig zu den Kunden tragen konnten. Die Schneider brauchten abends nur die zugeschnittenen Stoffteile zurechtzulegen und am nächsten Tag waren Kleider, Röcke, Jacken und Hosen genäht. Wenn ein Schuster die zerrissenen Schuhe am Abend in einer Reihe aufstellte, dann konnte er sicher sein, dass er sie am Morgen geflickt und geputzt vorfand. Die Männchen halfen den Zimmerleuten und den Dachdeckern, den Tischlern und den Schreinern, den Schmieden und den Sattlern. Auch in den Wirtshäusern arbeiteten sie fleißig. Die Heinzelmännchen hielten die Stuben blitzblank und keine Magd musste mehr Fenster putzen oder den Fußboden schrubben. Am liebsten halfen sie den Hausfrauen. Wenn sie im Bett lagen, wuschen die Heinzelmännchen das schmutzige Geschirr, putzten Zinn und Kupfer, dass es nur so blitzte, kümmerten sich um die Wäsche und hängten sie nach dem Schwemmen zum Trocknen auf. Nur Bügeln wollten sie nicht. Das war ihnen zu heiß.

Nun gab es in Köln eine Schneidersfrau, die besonders neugierig war. Sie wollte unbedingt wissen, wie die Männchen aussahen, und hätte sie allzu gerne einmal gesehen. Sie streute daher an einem Abend Erbsen auf den Fußboden, damit die Heinzelmännchen hinfielen und nicht so rasch aufstehen und davonlaufen konnten. Dann wollte sie sich die kleinen Helfer ansehen.

Das erste Männchen, das in der Nacht kam, fiel gleich einmal der Länge nach hin. Als es sich aufrappeln wollte, glitt es erneut aus und fiel wieder hin. Genauso erging es den anderen, die in dieser Nacht gekommen waren, um dem Schneider zu helfen. Nun aber wurden sie zornig über so viel Undank. Als sie mühsam wieder auf die Beine gekommen waren, liefen sie aus dem Haus und verschwanden. Niemand weiß wohin.

Seither gibt es keine Heinzelmännchen mehr und die Kölner müssen sich wieder selber anstrengen. An die schöne Zeit, als die Männchen ihnen die Arbeit abnahmen, erinnert nur noch der Heinzelmännchenbrunnen.

Die Hand aus dem Grab

Es war einmal eine Tochter, die ihre Mutter geschlagen hatte. Als die Tochter gestorben und begraben war, wuchs ihre Hand aus dem Grab. Wo sonst Blumen blühten, war alles grau und kahl. Nur eine Birke stand da und warf ihren Schatten auf den Hügel. Jeden Tag kam die Mutter auf den Friedhof, pflanzte Büsche und Blumen, doch was immer sie pflanzte und begoss, alles verdorrte. Einzig die Hand wuchs aus der Erde, eine weiße Totenhand.

Die Mutter, die der Tochter längst verziehen hatte, nahm eine Schaufel und grub ihr totes Kind tiefer in die Erde. Doch der Arm wuchs und die Hand ragte wieder aus dem Grab. Nun grub die unglückliche Mutter noch tiefer, aber die Hand wollte nicht verschwinden.

Jeden, der vorüberging, überkam ein Grauen, und die Menschen begannen die Mutter zu meiden. Sie wurde sehr einsam, aber nichts konnte sie davon abhalten, an das Grab zu gehen. Sie liebte ihr Kind über den Tod hinaus. Eines Tages bat sie den Pfarrer, ihr zu sagen, wie der Fluch von ihrer Tochter genommen werden könne, damit die arme Seele Ruhe finde.

»Deine Tochter hat sich versündigt, gegen Gott und gegen dich, als sie die Hand gegen die eigene Mutter erhob«, sagte der Pfarrer. »Wenn du sie erlösen willst, musst du sie strafen. Nimm Zweige von der Birke, deren Wurzeln bis dorthin reichen, wo sie liegt, und schlag sie damit auf die Hand. Dann hat sie gebüßt und wird Ruhe finden.«

Als die Mutter Zweige von der Birke brach, die auf dem Hügel wuchs, regte es sich tief in der Erde. Ein Spalt tat sich auf und aus dem Grab drang eine dumpfe Stimme: »O Mutter, ich habe dir schweres Leid angetan. Schlag mich und nimm die Schuld von mir. Dann wirst auch du Frieden finden.«

Als die Mutter das vernahm, schrie sie auf: »Meine Tochter lebt!,« und warf sich schluchzend auf das Grab. Doch in diesem Augenblick hörte ihr Herz zu schlagen auf. Man begrub die Frau im selben Grab, in dem auch die Tochter lag.

Als der Pfarrer drei Tage nach dem Begräbnis auf den Friedhof kam, da grünten und blühten auf dem Hügel, unter dem nun Mutter und Tochter vereint ruhten, Nelken und Reseden und Hunderte Sommerblumen. Die Birke aber, deren Wurzeln bis in jene Tiefe reichten, wo die beiden schliefen, war verzaubert. Ihre Zweige trugen weiße Rosen.

Der Wechselbalg von Schalken

In Schalken lebte einmal ein junger Bauer, dessen Frau bald nach der Geburt einer Tochter gestorben war. Sein Schmerz war so groß, dass er darüber vergaß, sich um das Kind zu kümmern. Hin und wieder kamen Nachbarinnen und gaben dem kleinen Mädchen zu essen und zu trinken, manchmal erbarmte sich eine Magd oder eine Verwandte und schaute nach ihm, aber es war kein Verlass darauf.

Davon erfuhren die Erdmännchen und das Kind tat ihnen leid. Eines Tages schlichen sie sich in die Stube, holten das Kind aus der Wiege und nahmen es mit. An seine Stelle legten sie eine Zwergenfrau in die Wiege.

Zuerst fiel der Tausch niemandem auf. Die Zwergenfrau war sehr still, noch ruhiger, als es das kleine Mädchen gewesen war, und schlief fast den ganzen Tag. Nur wenn eine der Nachbarinnen dem vermeintlichen Kind das Kreuzzeichen auf die Stirn machte, begann es vor sich hin zu weinen, und wenn man es mit Weihwasser besprengte, wimmerte es. Schließlich merkte der Bauer doch, dass mit der Kleinen etwas nicht stimmte. Auch sah er, dass sie nicht recht gedeihen wollte. Das Kind wuchs nicht und nahm auch nicht zu. Nun machte er sich Sorgen und ging nach Lindlar, zu einer weisen Frau, von der man sagte, dass sie mehr sah und wusste als andere Menschen. Er zeigte ihr ein paar Kopfhaare des Kindes und fragte sie um Rat.

»Das ist kein Kind, das ist ein Wechselbalg!«, rief die Frau, als sie die Haare sah. »Dein Kind haben die Erdmännchen geholt und in die Wiege eine Zwergin gelegt. Die bleibt, wie sie ist, und wächst nicht mehr.« Und dann sagte sie ihm ganz genau, was er tun müsse, um sein Kind wiederzubekommen.

Am nächsten Tag, als der Bauer mit dem Gesinde beim Mittagessen saß, klagte er laut, dass die Kleine nicht wachse und nicht zunehme, und meinte, dass er etwas dagegen unternehmen werde. »Der Pfarrer soll sie am Abend ein zweites Mal taufen.« Dann schickte er das Gesinde hinaus und richtete alles für die Taufe her. Als er damit fertig war, holte er sämtliche Töpfe aus dem Schrank und stellte sie um den Herd herum. Dazwischen legte er Eierschalen, die durchgeschnitten waren. Er tat so, als würde er die Stube verlassen, versteckte sich aber im Rauchfang und wartete.

Es dauerte nicht lange, und er hörte, wie die Zwergenfrau aus der Wiege stieg und zur Tür hin trippelte. Sie hatte alles mit angehört und wollte sich auf keinen Fall taufen lassen. Als sie beim Vorbeigehen die vielen Töpfe und die Eierschalen sah, blieb sie erstaunt stehen, zählte sie und rief: »Ich bin so alt wie der Duisburger Wald, hab aber mein Lebtag nie gesehn so viele Töpfe beim Herde stehn!« Dann lief sie bei der Tür hinaus.

Der Bauer kroch aus dem Rauchfang, wusch sich und ging vors Haus, um auf den Pfarrer zu warten. Als beide die Stube betraten, hörten sie in der Wiege ein Kind weinen. Schnell trat der Bauer näher und sah, dass es sein Töchterchen war. Es war gesund und schon ein gutes Stück gewachsen. Die Erdmännchen hatten es sorgfältig betreut und gepflegt. Der Vater war überglücklich, dass alles ein gutes Ende genommen hatte, und kümmerte sich von nun an selbst um sein Kind.

Die Klingen von Solingen

In Solingen hatte es immer schon tüchtige Waffenschmiede gegeben, aber die Kunst, so scharfe und harte Klingen zu schmieden wie die weltberühmten Damaszener, die aus dem fernen Damaskus stammten, kannte man nicht. Die Schmiede gaben sich jede Mühe und versuchten es immer wieder, aber es wollte ihnen nicht gelingen. Entweder war das Eisen der Schwerter zu hart und zu spröd, dann konnten sie im Kampf plötzlich brechen. Oder das Eisen war weicher und zäh, dann brachen die Schwerter zwar nicht, aber sie verbogen sich leicht und trugen bei jedem Schlag tiefe Kerben davon.

Meister Ruthard aus Solingen hatte sein ganzes Leben mit Versuchen und Experimenten zugebracht, wie man die Eigenschaften der beiden Eisensorten verbinden könnte. Gelungen war es ihm nicht. Nur sein gesamtes Vermögen war mit der Zeit dahingeschmolzen.

Der Meister hatte eine Tochter, die er über alles liebte. Martha war sein einziges Kind, und er wollte, dass sie glücklich werde. Sie sollte einen reichen Mann heiraten, einen Kaufmann, dessen Schiffe auf dem Rhein fuhren, oder einen vornehmen Ratsherrn. Sie aber hatte ihr Herz bereits verloren. Wilhelm, sein tüchtigster Geselle, war ihr Liebster. Davon wollte der Waffenschmied jedoch nichts wissen. Ein Schmied, der sich vom Ruß geschwärzt an der Esse abmühte wie er selbst, war ihm für seine Tochter nicht gut genug.

Wilhelm wagte es dennoch, den Meister um die Hand seiner Tochter zu bitten. Der Alte hörte es sich an, ging dann zu einem Schrank und nahm eine Klinge mit seltsam geädertem Muster heraus. »Erst wenn es dir gelingt, eine solche Klinge als Meisterstück zu schmieden, lege ich eurer Hochzeit nichts in den Weg. Gelingt es dir nicht, schlag dir Martha aus dem Kopf«, sagte er. Dann spaltete er mit der Klinge einen Nagel und hielt sie Wilhelm vor die Nase. Sie war unverändert geblieben und hatte keine Scharte. »In Damaskus kannst du die Kunst erlernen, so zu schmieden. Ich habe zeit meines Lebens versucht, hinter das Geheimnis der Damaszener zu kommen. Es war vergebens.«

Betrübt erzählte der Geselle Martha von der Unterredung mit ihrem Vater und sagte, dass er auf Wanderschaft gehen müsse, nach Damaskus im Morgenland, um dort in die Lehre zu gehen. Martha weinte sehr, als er sie zum Abschied in die Arme nahm.

Zehn Tage war Wilhelm gewandert, als er in den Spessart gelangte. Es war Abend geworden und die riesigen Fichten und Buchen warfen ihre Schatten auf seinen Weg. Dem Burschen war es unheimlich zumute. Wenn der Wind in den Bäumen rauschte, glaubte er Tritte hinter sich zu hören, und im Gebüsch vermeinte er Gesichter zu sehen. Geschichten von Räuberbanden und Gespenstern, die im Spessart ihr Unwesen trieben, fielen ihm ein. Es war bereits finster, als er durch die Zweige einen fahlen Lichtschein erblickte. Er ging ihm nach und kam zu einer einsamen Hütte. Er klopfte an die Tür und eine hässliche alte Frau mit zahnlosem Mund öffnete ihm. »Was willst du?«, fragte sie mit krächzender Stimme. Wilhelm bat um ein Nachtlager.

»Das kannst du haben!«, sagte die Alte, »wenn es dich nicht stört, dass heute Nacht noch ein Gast kommt.« Und dabei kicherte sie, dass es Wilhelm schaurig über den Rücken lief.

Der Geselle lag auf dem Stroh in einer Kammer, als ihn um Mitternacht ein

Donnerschlag aus dem Schlaf riss. Durch einen Spalt in der Tür sah er ein Licht flackern, dann hörte er ein Rasseln, als würde etwas Schweres durch den Rauchfang fallen. Nun schlich er sich heran und lugte durch den Spalt in die Stube. Ein Feuer loderte auf dem Herd und darüber hing ein riesiger Kessel, aus dem hin und wieder blaue Flämmchen flackerten. Davor saß ein Mann in der grünen Tracht eines Jägers mit einer feuerroten Feder auf dem Hut. Der Mann murmelte einen Spruch, den Wilhelm nicht verstand, dann redete er mit der Alten, aber auch das konnte er nicht verstehen. Er sah nur, wie sich über dem Gesicht der Alten ein Grinsen ausbreitete. Dann ging sie zur Tür, hinter der Wilhelm stand, riss sie auf und sagte zu dem erschrockenen Burschen: »Du kannst jemanden kennenlernen, der dir die Reise ins Morgenland erspart. Er kann dich lehren, was du lernen willst!«

Der Mann sah Wilhelm mit stechendem Blick an. »Ich weiß, was du zu wissen begehrst«, sagte er. »Doch alles hat seinen Preis. Wenn ich dir das Geheimnis der Damaszener verrate, dann kannst du sieben Jahre und sieben Monate diese Kunst ausüben und reich werden. Sind die sieben Jahre und die Monate vorbei, bist du mir verfallen. Dann gehört deine Seele mir.«

Wilhelm schauderte es. Jetzt wusste er, mit wem er es zu tun hatte. Es war der Teufel. Im Herzen des jungen Mannes aber brannte die Liebe zur Tochter seines Meisters heißer denn je und so ging er auf den Handel ein. Der grüne Jäger zog ein Pergament aus der Tasche und reichte es ihm. »Unterschreib!«, sagte er. Dann gab er ihm einen versiegelten Brief. Wilhelm nahm den Brief, hörte ein schauriges Gelächter und das boshafte Kichern der Alten und wankte wie betäubt auf sein Lager zurück.

Er fiel in einen unruhigen, fiebrigen Schlaf, in dem ihn Alpträume quälten. Als er erwachte, stand die Sonne hoch am Himmel. Der unheimliche Gast und die Alte waren verschwunden. Er war in der Hütte allein.

Meister Ruthard war erstaunt, als er seinen Gesellen so bald wiedersah. Er glaubte, Wilhelm wäre unterwegs nach Damaskus. Noch mehr aber staunte er, als er hörte, was sich in der Nacht im Spessart zugetragen hatte. Als ihm der Geselle den Brief überreichte, auf dessen dunklem Siegel eine Flammenzunge und ein Schwert zu sehen waren, sagte er: »Gott möge verhüten, dass dich die Liebe zu meiner Tochter um dein Seelenheil bringt. So viel ist die Kunst der Damaszener nicht wert. Wir wollen den Brief versiegelt lassen und unsere Schwerter schmieden, wie wir es bisher getan haben. Wenn irgendwer einmal den Brief findet, dann mag er damit verfahren, wie er will. Ich habe meinen Hochmut längst bereut. Am nächsten Sonntag soll Hochzeit sein.«

Und so geschah es auch. Wilhelm und Martha heirateten und wurden ein glückliches Paar. An den versiegelten Brief, der in einem Schrank verborgen war, dachten sie nicht mehr.

Erst nach vielen Jahren, als Meister Ruthard und Wilhelm schon längst unter der Erde waren, fand einer ihrer Nachkommen den Brief. Als er ihn öffnete, fand er darin die Anweisung, wie man hartes mit zähem Eisen verbinden muss, damit eine Klinge entsteht, die genauso hart und scharf ist wie eine Damaszener Klinge. Er versuchte es und der Versuch gelang. Seither werden in Solingen die besten Klingen geschmiedet und die Stadt trägt den Namen »Klingenstadt«.

Jan Wellem von Düsseldorf

Im Herzen Düsseldorfs, auf dem Marktplatz, steht das Reiterstandbild des Kurfürsten Johann Wilhelm, den die Düsseldorfer Jan Wellem nannten.

Der Kurfürst war ein kluger und umsichtiger Mann, der seinen eigenen Augen und Ohren mehr traute als dem, was ihm seine Höflinge erzählten. Um sich selbst zu überzeugen, wo seine Untertanen der Schuh drückte, verkleidete er sich oft als Jäger, als Kaufmann oder als Bauer und mischte sich auf den Märkten und Straßen unter seine Landsleute. Er unterhielt sich und plauderte mit ihnen, bis er herausbekam, wo es Klagen gab und wie man helfen konnte. So mancher Schurke unter seinen Beamten war auf diese Weise entdeckt worden. Auch machte es dem Kurfürsten sichtlich mehr Spaß, den Bürgern, Bauern und Handwerkern zuzuhören, die redeten, wie ihnen der Schnabel gewachsen war, als dem Wortgeklingel seiner Hofschranzen.

Eines Tages wanderte er als Jäger verkleidet beim Stadttor hinaus und kam zu einem Roggenfeld, wo ein Bauer eben die Ernte einbrachte. Johann Wilhelm grüßte ihn freundlich und fragte ihn, wie es denn so gehe.

»Es ist eine arge Schinderei«, sagte der Bauer. »Unsereins muss im Sommer ordentlich schwitzen, wenn er es im Winter warm haben will. Die Zeit ist schlecht und wird nicht besser.«

Bald hatte Johann Wilhelm das Gespräch dorthin gelenkt, wo er es haben wollte. Er redete mit dem Bauern über den Kurfürsten, der so viel Geld für seine prunkvolle Hofhaltung ausgab, und über die hohen Steuern. Aber sosehr sich der vermeintliche Jäger auch bemühte, dem Kurfürsten eins auszuwischen, der Bauer ließ nichts über seinen Landesherrn kommen.

»Der ist schon in Ordnung, der Jan Wellem«, sagte er. »Freilich, die Steuern sind hoch, doch das muss wohl so sein. Aber dass ich auch dafür noch Abgaben zahlen soll, das verstehe ich nicht!«, fuhr der Bauer fort und zeigte dabei zornig auf eine breite Bahn in seinem Feld, wo der Roggen von Pferden niedergetrampelt war.

»Das ist das Werk der Rutsch-Anne, der Anna Maria, die sich der Jan Wellem aus Italien zur Frau geholt hat. Die schert sich den Teufel um unser Brot. Wie die Wilde Jagd reitet sie mit ihrem Tross mitten durch unsere Felder.«

»Soso, die Rutsch-Anne«, wiederholte der verkappte Jäger und bemühte sich, nicht zu schmunzeln. Dann sagte er dem Bauern Ade und ging seines Weges.

Als die Kurfürstin am nächsten Morgen ausritt, rief ihr der Kurfürst nach: »Viel Spaß, Rutsch-Anne!« Verwundert fragte sie ihn, wie er denn auf diesen Namen komme, und er erzählte, dass die Bauern sie so nannten, wenn sie unter sich waren.

»Das will ich mit eigenen Ohren hören«, sagte die Kurfürstin.

Nun wurde der Bauer ausfindig gemacht und an den Hof zu Düsseldorf geladen.

Von der Pracht des Saals im kurfürstlichen Schloss ganz verwirrt, stand der Bauer vor Johann Wilhelm und seiner Gemahlin und wusste nicht, was man von ihm wollte. Da fragte ihn der Kurfürst freundlich: »Sag einmal, wie nennt ihr Bauern denn die Kurfürstin, wenn ihr so unter euch über sie redet?«

Der arme Mann, der in dem prächtig gekleideten Fürsten den Jäger nicht wiedererkannte, kratzte sich am Kopf und stotterte verlegen: »Das weiß ich nicht.«

»Hast du sie denn neulich nicht Rutsch-Anne genannt?«

Da erschrak der Bauer, fasste sich aber gleich und sagte: »Das hat euch wohl der Jäger erzählt, der neulich auf dem Feld mit mir geschwätzt hat. Der mit der langen Nase, er hat sie so genannt, ich nicht. Der Lügner ist auch über Euch, Herr Kurfürst, hergezogen und hat kein gutes Haar an Euch gelassen!«

Nun lachte der Kurfürst und die Kurfürstin lachte mit. Denn dass Johann Wilhelm eine lange Nase hatte, konnte jeder sehen. Als dann der Fürst verschwand und kurz darauf in der Tracht eines Jägers wiederkam, erschrak der Bauer noch mehr. Jetzt wusste er, mit wem er es auf dem Feld zu tun gehabt hatte. Doch der kluge Fürst streckte ihm freundlich die Hand entgegen und forderte ihn auf, seine Beschwerde ohne Scheu der Fürstin Anna Maria selbst zu sagen. Der Bauer tat es und die Kurfürstin hörte ihm zu. Als er geendet hatte, versprach sie, die Felder in Hinkunft zu schonen und den erlittenen Schaden wieder gutzumachen.

Reich beschenkt ging der Bauer nach Hause und erzählte seiner Frau, was er erlebt hatte. Sie erzählte es weiter und so blieb die Geschichte vom langnasigen Jäger und der Rutsch-Anne bis zum heutigen Tag in Erinnerung.

Der Müllerbursche und die Katzen

In der Nähe von Dönberg lebte einmal ein reicher und vornehmer Ritter, der eine große Mühle besaß. Da er mit Schild und Schwert besser umgehen konnte als mit einem Mühlenrad und es für einen Edelmann auch nicht schicklich war, sich mit einem Handwerk abzugeben, verpachtete er die Mühle.

Der Pächter sollte in der Mühle auch wohnen. Doch am Morgen, nachdem er eingezogen war, fand man den Müller mit zerkratztem Gesicht tot auf. Der Ritter verpachtete die Mühle nun aufs Neue und wieder fand man den Müller am Morgen nach seinem Einzug tot in der Stube. Er verpachtete die Mühle ein drittes Mal und alles geschah wie zuvor. Nun wurde die Mühle geschlossen. Der Ritter wollte es nicht verantworten, dass noch mehr Menschen ums Leben kamen.

Die Mühle stand schon einige Monate still, als ein Müllerbursche in die Gegend kam. Als er die geschlossene Mühle sah und von den Nachbarn erfuhr, warum sie nicht in Betrieb war, ging er zum Ritter und bat um Arbeit.

»Es tut mir leid«, sagte der Mühlenbesitzer, »aber ich kann deine Dienste nicht annehmen. Jeder meiner Pächter musste sein Leben lassen. Ich verpachte sie nicht mehr. In der Mühle ist es nicht geheuer.«

»Ich fürchte mich nicht«, sagte der Bursche keck. »Ich wette, ich komme mit dem Leben davon. Lasst es mich doch versuchen!«

Der Ritter wollte es ihm ausreden, aber der Bursche schlug alle Warnungen in den Wind. Da gab der Ritter nach. »Meinetwegen, wie du willst. Aber wenn dir etwas zustößt – mich trifft keine Schuld.«

Der Müllerbursche schloss nun die Mühle auf, setzte das Getriebe in Bewegung und bald klapperte die Mühle, dass es eine Freude war. Dazu pfiff er sich fröhlich ein Lied. Als es Abend wurde, ging er in die Stube, holte sich ein paar Schöpflöffel voll Öl, goss das Öl in einen Topf und stellte ihn auf den Ofen. Bald begann das Öl zu sieden und zu zischen. Als es Mitternacht wurde, nahm er den Schöpflöffel und setzte sich zum Ofen. Schlag zwölf spazierte eine große schwarze Katze bei der Tür herein.

»Guten Abend«, grüßte die Katze.

»Guten Abend«, grüßte der Bursche. »Setz dich vor den Ofen und wärm dich ein wenig!« Das tat die Katze denn auch.

Bald danach kam eine zweite Katze herein. »Guten Abend!«, grüßte sie.

»Guten Abend!«, grüßte der Bursche. »Setz dich vor den Ofen und wärm dich ein wenig!« Die Katze tat es.

Es kam noch eine dritte Katze und dann noch eine vierte. Sie grüßten genauso freundlich und setzten sich auf Einladung des Burschen vor den Ofen. Vier schwarze Katzen mit rot glühenden Augen saßen da. Die, die zuletzt gekommen und von allen die größte war, sprach: »Greif an! Greif an!«

Darauf hatte der Müllerbursche nur gewartet. Er sprang auf, lief zum Ofen und schüttete mit dem Schöpflöffel das siedend heiße Öl auf die Katzen. Die schrien auf und rannten mit ohrenbetäubendem Geheul davon.

Am nächsten Morgen setzte der Müller die Mühle wieder in Gang. Der Ritter, der wissen wollte, wie es dem Burschen ergangen war, ritt von seiner Burg hinunter zur Mühle. »Wie war die Nacht und wie geht es dir?«, fragte er.

»Mir geht es gut und die Nacht war ruhig, bis auf das Geschrei von ein paar Katzen, die ich davongejagt habe.« Dann erzählte der Müller, was sich ereignet hatte.

Der Ritter war froh über den glücklichen Ausgang der Sache und ritt zurück auf seine Burg, um seiner Frau die gute Nachricht zu überbringen.

»Die Herrin fühlt sich nicht ganz wohl, sie ruht noch«, sagte ihm die Kammerfrau, als er vor dem Gemach seiner Gemahlin stand, und wollte ihn nicht zu ihr lassen. Doch der Ritter ließ sich nicht abhalten und ging hinein. Da fand er zu seinem Entsetzen, dass seine Frau über und über mit Brandwunden bedeckt war. Nun wusste er, dass sie eine Hexe war.

Der Schatzgräber von Düssel

In Düssel lebte einmal ein Mann, der war sehr arm. Seine Frau war früh verstorben und er lebte allein mit seinem kleinen Sohn. Eines Tages wurde der Junge schwer krank. Der Vater, der ihm weder Medizin kaufen noch ausreichend zu essen geben konnte, ging in seiner Not zu seinem reichen Nachbarn und bat um ein wenig Getreide. Der reiche Bauer aber lachte ihn aus, nannte ihn einen Habenichts, mit dem er nichts zu tun haben wolle, und wies ihm die Tür. Da dachte der Arme: »Gott wird mir wohl verzeihen, wenn ich dem Geizhals ein wenig Getreide stehle«, und schlich sich in der Nacht in die Scheune des Reichen.

Kaum war der Arme in der Scheune, als er Schritte hörte. Rasch versteckte er sich in einem Winkel – und das war sein Glück. Herein kam nämlich der reiche Bauer mit einem schweren Kessel, der bis an den Rand mit Gold gefüllt war. Er schleppte ihn bis zur Mitte, hob dann ein Brett vom Boden und grub ein Loch, in das er den Kessel senkte. Dabei sprach er: »Teufel, hier ist mein Gold. Ich vertraue es dir an. Verwahre es gut, bis einer es holt, der zwölf Monate nur vom Betteln gelebt hat und auf einem schwarzen Ziegenbock geritten kommt.« Der Reiche verschwand und der Arme suchte das Weite.

Der Arme dachte, er hätte nichts weiter zu verlieren, und legte sich einen Plan zurecht. Er bat eine Verwandte, auf den kranken Jungen zu achten, besorgte sich einen schwarzen Ziegenbock und ritt mit ihm übers Land. Ein ganzes Jahr lang bettelte er um Brot. Als das Jahr um war, fand er sich wieder auf dem Hof des reichen Nachbarn ein. Der war aber mittlerweile gestorben. Er hatte seinen Besitz verprasst und die Äcker verkauft. Seinem Sohn und Erben hatte er nichts hinterlassen als bittere Armut. Als nun der Arme auf dem schwarzen Ziegebock dahergeritten kam und um ein Nachtlager bat, sagte der junge Bauer: »Ein Nachtlager kannst du haben, aber zu trinken und zu beißen habe ich selber nichts. Und den Ziegenbock dulde ich nicht unter meinem Dach.«

Der Arme bat so flehentlich, auch dem Ziegenbock ein Plätzchen zum Ausruhen zu gönnen, dass der Bauer schließlich nachgab und sagte: »Meinethalben, geht in die Scheune!« Der Bettler freute sich und versprach dem jungen Bauern reiche Belohnung. »Aber nur, wenn du das Scheunentor offen lässt!« Der Bauer wunderte sich, ließ aber das Tor offen.

Kurz vor Mitternacht setzte sich der Arme auf den schwarzen Ziegenbock und ritt in die Scheune. Schlag zwölf brach ein furchtbarer Lärm los. Es rumpelte und pumperte, und an der Stelle, wo der geizige Bauer seinen Goldschatz versenkt hatte, züngelten und hüpften gespenstische blaue Flämmchen. Der Arme ließ sich aber nicht aus der Ruhe bringen und ritt mitten hinein. Da krachte ein Donner, ein gewaltiger Ruck folgte und der Ziegenbock war verschwunden. Nur sein Gestank und der Geruch nach Schwefel erinnerten an ihn. Aus der Tiefe aber stieg der Kessel empor, bis an den Rand voll mit funkelndem Gold.

Der Mann teilte den Schatz mit dem Sohn des geizigen Bauern und war nun selbst ein reicher Mann. Er vergaß aber nie, wie es gewesen war, als er ein ganzes Jahr um Brot betteln musste. Sein größter Schatz jedoch, sein kleiner Sohn, war gesund geworden. In dem Augenblick, als der Ziegenbock zur Hölle fuhr, sank das Fieber und der Junge war geheilt.

Der Zwergenkönig und die Grafentochter

In der Gegend um Krefeld am linken Rheinufer gab es noch Zwerge und Heinzelmännchen, als sie in Köln schon lange verschwunden waren. Vielleicht, weil die Krefelder keine Erbsen gestreut hatten wie die neugierige Schneidersfrau aus Köln. Eines Tages aber verschwanden sie auch dort. Und das kam so:

In der Nähe von Krefeld lebte einmal ein Graf von Krakauen, der eine einzige Tochter hatte. Das Mädchen war nicht nur anmutig und von besonderem Liebreiz, es hatte auch ein gutes Herz. Viele Ritter und Grafen kamen und baten um die Hand der jungen Gräfin, doch sie wies alle ab.

Nicht weit von der Stadt hatte ein Zwergenkönig sein Reich. Er war klein von Gestalt, aber ebenmäßig gewachsen und hatte ein männlich schönes Gesicht. Der König und das Zwergenvolk lebten damals mit den Menschen im guten Einvernehmen. Die Zwerge gingen in der Nacht in die Häuser, setzten sich ans Spinnrad und an den Webstuhl, und wenn die Frauen am Morgen aufstanden, war alles fertig gesponnen und fertig gewebt. Sie halfen auch den Schmieden bei der Arbeit, den Schustern und den Schneidern.

Der Zwergenkönig hatte von der Schönheit der Grafentochter gehört und wollte sie sehen. »Ob sie wirklich so schön ist, wie man sagt?«, fragte er sich. Er ritt zum Schloss des Grafen von Krakauen, doch der Wassergraben, der es umgab, war tief und so breit, dass sein Pferd nicht darüberspringen konnte. Da rief der König: »Feschke, feschke Timpatee, hol mech rasch wohl öwer de See!«*

Sogleich kam ein riesiger Karpfen geschwommen, der König setzte sich auf seinen Rücken und ließ sich hinübertragen. Im Schlosspark sah er die Grafen-

* Fischchen, Fischchen Timpatee, hol mich rasch wohl übern See.

tochter und verliebte sich auf den ersten Blick in sie. Sie war so bezaubernd, wie er es sich nie hätte träumen lassen. Aber nicht nur der Zwerg verliebte sich, auch die junge Gräfin verlor ihr Herz an den kleinen König, und sie sahen einander täglich.

Jedes Mal, wenn der Zwergenkönig seinen Spruch sagte, kam der Karpfen geschwommen und trug ihn hinüber und wieder herüber. Das aber entdeckte eines Tages der Graf von Krakauen. Er war wütend, weil er meinte, es mache seinem Namen Schande, wenn seine Tochter einen Zwerg liebte. Zornig griff er zu Pfeil und Bogen und schoss zuerst den Karpfen tot und dann den König. Der jungen Gräfin, die es mit ansehen musste, brach das Herz. Es heißt, dass sie seither niemals mehr lachte und niemanden mehr liebte.

Als der König nicht wiederkam, suchten ihn die Zwerge überall. Sie suchten in Höhlen, in Felsschluchten und in den Wäldern. Schließlich fanden sie seinen Leichnam im Schlossgraben. Da wollten auch sie nicht mehr leben und beschlossen zu sterben. Sie begruben ihren König am Rheinufer, dann stimmten sie ein Klagelied an, und nach jeder Strophe sprang einer von ihnen in den Strom und ertrank. Als das Lied zu Ende war, fingen die, die noch am Leben waren, von Neuem an zu singen, und wieder sprang nach jeder Strophe ein Zwerg nach dem andern in den Rhein. Das ging so lange, bis keiner mehr am Leben war.

Der Bäcker von Dortmund

In Dortmund lebte einmal ein Bäcker, der sehr reich war und sehr fromm tat. Er ging jeden Sonntag zur Kirche, hatte aber ein Herz aus Stein. Das viele Geld, das er hortete, hatte er auf unehrliche Weise erworben. Wenn Leute in Not waren, lieh er ihnen Geld und verlangte es dann mit Wucherzinsen zurück. Wenn der Schuldner nicht bezahlen konnte, ließ er ihn von Haus und Hof vertreiben. Fiel die Ernte einmal schlecht aus, kaufte er alles Getreide auf und verkaufte es dann um den dreifachen Preis weiter. Das Gebäck und die Brotlaibe aus seiner Backstube waren immer ein wenig kleiner und ein wenig leichter, als sie sein sollten. Das Geld, das er auf diese Weise zusammengerafft hatte, verstaute er in Säcken, die er in seinen Keller schleppte. Den Keller verschloss er mit einer schweren Eisentür.

In der ganzen Stadt war der Bäcker wegen seines Geizes verschrien. Wagte ein Bettler es einmal, an seine Tür zu klopfen, so konnte er von Glück reden, wenn er ein hartes oder ein halb verschimmeltes Stück Brot bekam und ihn der Geizhals nicht gleich verjagte.

Einmal war eine große Hungersnot über das Land hereingebrochen. Der Rhein war über die Ufer getreten und hatte viele Menschen in den Tod gerissen. Die Ernte auf den Feldern verfaulte, und weil das Getreide knapp war, wurde das Brot teuer. Der reiche Bäcker wurde dadurch noch reicher.

Eine Witwe, deren einziger Sohn in den Fluten umgekommen war und die kurz vor dem Hungertod stand, machte sich auf den Weg nach Dortmund. Dort lebte ihr Bruder, den sie jahrelang nicht gesehen hatte. Sie hatte nur gehört, dass er sehr reich war.

Als sich der Bäcker eines Tages nach der Arbeit in der Backstube ausruhte, klopfte es an seine Tür. Voll Zorn über die Störung riss er sie auf und sah eine abgemagerte Frau draußen stehen. »Verfluchte Bettlerin, scher dich zum Teufel. Ich habe selber nichts!«, schrie er.

Die Frau, die in Lumpen vor der Tür stand, war seine Schwester. Er erkannte sie nicht. Schon rief er nach seinem Hund, um ihn auf sie zu hetzen, als sie leise seinen Namen rief. »Ich bin doch deine Schwester. Ich bitte dich nur um ein bescheidenes Nachtlager und ein Stück Brot.«

»Das sollst du haben, aber bloß für eine Nacht. Unnütze Esser kann ich unter meinem Dach nicht dulden, auch wenn sie mit mir verwandt sind.«

Der Bäcker führte sie zu einem Hundezwinger mit schmutzigem Stroh. »Hier kannst du es dir bequem machen und hier hast du zu essen!« Er griff in seinen Sack, holte ein Stück Brot hervor und gab es ihr. Hungrig wollte die Frau hineinbeißen, aber es war hart wie Stein. Da sank sie auf die Knie, hob die Hände und rief: »Vater im Himmel, erbarme dich und erlöse mich von meinem Leid!« Noch in derselben Nacht nahm Gott sie zu sich.

Die Not im Land war so groß geworden, dass die Armen sich zusammenrotteten, um sich von den Reichen, die immer noch im Überfluss lebten, mit Gewalt zu nehmen, was sie freiwillig nicht hergaben. Sie brachen in die Häuser ein und holten sich, was sie brauchten. Als der reiche Bäcker die aufgebrachte Menge vor seinem Haus sah, nahm er drei Brotlaibe und einen Krug mit Wasser und flüchtete in seinen Keller. Bei den Geldsäcken hinter der verschlossenen Eisentür fühlte er sich sicher.

Nach einer Weile verspürte er Hunger und griff nach einem Brotlaib. Er wollte hineinbeißen, doch das Brot war hart wie Stein. Als er es genauer ansah, bemerkte er, dass Blut heraustropfte. Angst und Grauen erfassten ihn. Zitternd griff er nach dem zweiten Laib, aber wieder blutete das Brot und war steinhart. So war es auch beim dritten Laib. Nun nahm er den Krug, um wenigstens seinen Durst zu stillen. Doch das Wasser im Krug war zu Blut geworden. Jetzt litt er Todesangst. Aus Furcht vor den Plünderern wagte er es nicht, den Keller zu verlassen, doch Hunger und Durst wurden immer quälender. Da griff er wieder nach Brot und Krug, aber es war wie vorher. Am Brotlaib hingen Blutstropfen und der Krug war bis an den Rand gefüllt mit Blut.

Als die Magd am nächsten Tag in den Keller ging, um nach ihrem Herrn zu sehen, fand sie ihn tot am Boden liegen. Neben ihm lagen drei frische Brotlaibe, auf dem Tisch stand ein Krug mit Wasser.

Der Fluch des Goldes

Auf der Aldenrader Heide liegt ein heidnischer König begraben. Er ruht in einem goldenen Sarg und in der Grabkammer befindet sich ein riesiger Goldschatz. Niemand kann jedoch die Stelle finden, außer in der Johannisnacht*, alle zwölf Jahre einmal. Dann öffnet sich der Eingang zur Grabkammer. Wer ihn entdeckt, sich unter die Erde wagt und sich an dem Schatz bereichert, ist verloren. Er findet den Weg zurück nicht mehr und muss elend zugrunde gehen. Schon viele, die geglaubt hatten, es fehle ihnen nur der Reichtum zu ihrem Glück, mussten ihre Gier mit dem Leben bezahlen. Das ist der Fluch des Goldes. Nur ein Armer, der unverschuldet in Not geraten ist, darf sich *ein* Stück von dem Schatz nehmen, aber nicht mehr.

Der Bauer Derk, dem das Hochwasser das gesamte Vieh fortgeschwemmt hatte und der nicht mehr wusste, wie er Frau und Kind ernähren sollte, war in der Mittsommernacht auf dem Weg nach Hause. Da sah er bei einem Wacholderstrauch ein gespenstisches Licht flackern. Neugierig ging er ihm nach und fand den Einstieg zu einem Gang, der zu einer Treppe führte. Er stieg die Treppe hinunter, und je tiefer er stieg, desto heller wurde es. Schließlich kam er in eine Kammer, in deren Mitte ein goldener Sarg stand, von dem ein helles Licht ausstrahlte. Neben dem Sarg sah er Gebeine und Gerippe, deren knochige Finger sich um goldene Becher oder silberne Leuchten krallten. Nun wusste Derk, wo er sich befand: Es war die Grabkammer des Heidenkönigs.

* Die Johannisnacht ist die Nacht des 24. Juni, Mittsommernacht

Rasch griff er nach einem Becher aus purem Gold, den ein Skelett in Händen hielt, und wollte damit nach oben gehen, als ihm der Gedanke kam, er könnte doch ein zweites Mal zugreifen. Schon hatte er einen zweiten Becher in der Hand, als sich der Deckel des Sarges hob und eine dumpfe Stimme rief: »Derk, Derk, lat stoon, lat stoon! Sös kas douw nit meer noar buten goon!«**

Zu Tode erschrocken ließ der Bauer den zweiten Becher fallen, hielt aber den ersten fest in der Hand und machte, dass er nach oben kam. Kaum war er im Freien, als er ein Geräusch hinter sich hörte, das wie das Zuschlagen einer schweren Tür klang. Oben war alles still, das flackernde Licht beim Wacholderstrauch war erloschen und am Himmel strahlten die Sterne.

Der Bauer hatte das Glück gehabt, dass sein Schreck größer gewesen war als seine Gier. So hatte ihm der Fluch des Goldes nichts anhaben können.

Die drei Knoten

In einem Hafen am Niederrhein wartete die Besatzung eines Segelschiffs schon seit Tagen auf guten Wind. Die Männer saßen missmutig in der Kneipe, spielten Karten, tranken Schnaps und fluchten, weil sie nicht weiterkamen.

Die junge Wirtin hatte es nach einer Woche satt, sich täglich das Geschimpfe und Gefluche anhören zu müssen. »Schaut, dass ihr weiterkommt!«, rief sie und schlug mit der Faust auf den Tisch.

»Nichts lieber als das«, sagten die Schiffer. »Dann verschaff uns aber auch den Wind, den wir brauchen!«

»Mit Vergnügen«, sagte die Wirtin. Sie zog ein Tuch aus ihrer Schürzentasche und knüpfte damit drei Knoten. »Der erste Knoten macht den Wind«, erklärte sie. »Ihr müsst ihn nur aufknüpfen.«

»Und was ist mit dem zweiten?«

»Wenn ihr den zweiten löst, werden die Segel steif und ihr kommt schneller voran.«

»Und was kann der dritte?«

»Der dritte Koten ist gefährlich. Wenn ihr den löst, dann drohen Sturm und Unwetter. Das müsst ihr bedenken!«

* Derk, Derk, lass stehen! Sonst kannst du nicht mehr nach außen gehen!

»Das wollen wir mal sehen«, rief einer der Matrosen und die anderen stimmten zu.

Sie gingen an Bord, setzten Segel und knüpften den ersten Knoten auf. Tatsächlich kam Wind auf und das Schiff begann zu fahren. Die Schiffer freuten sich, dass die Worte der Wirtin nicht bloßes Geschwätz gewesen waren. Doch als sie so eine Weile gemächlich dahingesegelt waren, ging es ihnen nicht rasch genug.

»Wenn wir schneller vorankämen«, sagte einer, »so könnten wir heute Abend noch in Rees sein. Dort wartet meine Braut auf mich. In Rees sind die schönsten und lustigsten Mädchen zu Hause. Da hättet auch ihr euren Spaß.«

Da nickten die anderen und der zweite Knoten wurde aufgeknüpft. Sogleich stellten sich die Segel steif vor den Wind und das Schiff schnitt in die Wellen, dass sie hoch aufschäumten. Die Männer freuten sich und die Fahrt ging flott dahin. Nach einer Weile aber meinte der, der die beiden Knoten aufgeknüpft hatte, dass es ja noch viel rascher gehen könnte. »Vielleicht kommen wir bis Emmerich«, meinte er. »Dort hält mein Bruder heute Hochzeit. Da wären wir alle eingeladen und könnten essen und trinken, so viel wir wollen.«

»Du bist ja verrückt!«, schrie da der Steuermann. Er war der Einzige, der noch im Ohr hatte, was die Wirtin über den dritten Knoten gesagt hatte. Die anderen aber hörten nicht auf ihn. Der Gedanke, auf einer Hochzeit nach Herzenslust zechen zu können, machte sie leichtsinnig, und alle Bedenken waren in den Wind geschlagen. Ehe der Steuermann sich's versah, hatte sich einer der Männer das Tüchlein geschnappt und den dritten Knoten gelöst. Da erhob sich ein Brausen und ein Wirbelsturm fuhr in die flatternden Segel und warf das Schiff hin und her. Der Sturm heulte, die Planken knarrten und dann zerfetzte eine Bö die Segel. Der Mast brach und das Schiff wurde ans Ufer geschleudert. Dann war das Unwetter vorbei und ruhig strömte der Rhein. So rasch, wie es gekommen war, hatte es sich wieder verzogen. Die Wellen plätscherten friedlich und die Sonne kam hervor.

Mit bleichen Gesichtern krochen die Männer aus der Kajüte, in die sie sich geflüchtet hatten. Nachdem sie sich von dem Schrecken erholt hatten, begann der, der den dritten Knoten aufgeknüpft hatte, zu fluchen. »Gott verdamm die Wirtin, dieses Teufelsweib, die hat uns mit ihrem Zaubertuch was Schönes eingebrockt!«

»Halt das Maul!«, sagte der Steuermann. »Die Wirtin hat uns gewarnt. Wir müssen uns selber bei der Nase nehmen.«

Die Männer, die lieber die Schuld woanders als bei sich selbst gesucht hätten, mussten ihm recht geben.

Die Zedern von Aspel

Nahe der alten Stadt Rees am Rhein liegt das Schloss Aspel. In alten Zeiten spiegelten sich seine Türme und Zinnen im Wasser, rundherum ragten Pappeln, Weiden, Kiefern und Eichen in den weiten Himmel der niederrheinischen Landschaft. An einer Straße, die von Rees nach Schloss Aspel führt, wuchsen jedoch Zedern. Eine Sage erzählt, wie die Bäume aus dem fernen Morgenland an den Niederrhein kamen.

Als an die Ritter der Ruf erging, ins Heilige Land zu ziehen und in Jerusalem gegen die Ungläubigen zu kämpfen, nahm auch der Graf von Aspel mit seinem Knappen und einem Knecht am Kreuzzug teil. Nach drei Jahren kehrten alle drei gesund nach Hause zurück. Doch auf Schloss Aspel war die Freude über die Ankunft getrübt. Der treue Knappe des Grafen, der ihm viele Jahre in der Heimat und in der Fremde redlich gedient hatte, kam als Gefangener zurück. Er habe ein schweres Verbrechen begangen, hieß es, und nun sollte er vor Gericht gestellt werden.

Der Knecht des Grafen hatte behauptet, er habe den Knappen überrascht, als dieser an einem Fluss Blut von seinen Händen wusch. Daneben, im Schilf, habe ein Priester gelegen, dem ein Dolch im Rücken steckte. »Der Knappe hat den Priester getötet und dann ins Schilf geworfen«, hatte der Knecht ausgesagt und einen Eid darauf geschworen. Vergebens beteuerte der Angeklagte seine Unschuld. Der Graf ließ ihn fesseln und der Knappe kam in Ketten zurück auf Schloss Aspel.

Die Gräfin von Aspel beschwor ihren Gemahl, den Jungen nicht voreilig zu verurteilen. Ihr war der triumphierende Blick des Knechts nicht entgangen, als der Knappe gefesselt in die Burg geschleppt wurde. »Wir wollen noch einmal Klage und Gegenklage hören«, sagte sie zu ihrem Gemahl. »Ich kann es nicht glauben, dass er, der dir so viele Jahre treu und redlich gedient hat, ein Mörder ist.«

Der Graf und die Gräfin standen im Burghof neben dem Richter, als man den Knappen hereinführte. Nochmals wurden Kläger und Angeklagter gehört und befragt. Mit finsterem Gesicht wiederholte der Knecht seine Anschuldigung. Dann sprach der Knappe: »Ich war im Kampf gegen die Sarazenen verwundet worden. Darum ging ich zum Fluss, um das Blut abzuwaschen. Dort, im Schilf, stand mit verstörtem Blick der Knecht, der mich so schwer beschuldigt. Neben ihm lag die Leiche des Priesters und daneben stand ein Mädchen und weinte. Das Mädchen sagte, der Knecht habe ihm Böses antun wollen.

Als der Priester es beschützen wollte, sei er von dem Knecht erdolcht worden. Ich klage den Knecht des Mordes an!«

Er rief es laut und im Burghof wurde es still. Aussage stand gegen Aussage. Wo lag die Wahrheit? Als der Richter und der Graf die Köpfe zusammensteckten und beratschlagten, wie nun weiter zu verfahren sei, sagte der Knappe: »Da Menschen nicht entscheiden können, was wahr und was unwahr ist, so rufe ich Gott zum Zeugen meiner Unschuld an.« Dann bat er, man möge ihm den Peitschenstiel aus geflochtenen Zedernreisern reichen, den er aus dem Morgenland mitgebracht hatte. Man gewährte es ihm, befreite ihn von den Fesseln und gab ihm den Peitschenstiel. Er hob ihn hoch und rief: »Dieses tote Holz will ich in den Staub des Burghofs stecken. Wenn Gott der Herr, der alles weiß, ihn zum Leben erweckt, wenn er aus dem dürren Stock grüne Nadeln wachsen lässt, dann ist meine Unschuld erwiesen.«

Er stieß den Peitschenstiel in die Erde des Burghofs zu seinen Füßen und sogleich begannen Knospen zu sprießen.

Bleich stand der Knecht daneben und wurde noch bleicher, als die Knospen aufbrachen und grüne Nadeln ans Licht drängten. Nun war die Unschuld des Knappen erwiesen und der Verleumder entlarvt. Er wurde ergriffen und verurteilt.

Seither sind viele Jahre vergangen. Die Zedern, die von jenem Peitschenstiel stammten, der im Burghof von Aspel zu grünen begann, gibt es längst nicht mehr. Heute säumen Lindenbäume die Straße von Aspel nach Rees. Von den Zedern weiß nur noch die Sage.

Der Alte Fritz und der Bauer

Der Alte Fritz, wie die Untertanen ihren König Friedrich II. zu nennen pflegten, fuhr gerne über Land. Er war ein bescheidener Mann, der nicht viel von prunkhafter Hofhaltung hielt und lieber mit einfachen Leuten plauderte, die redeten, wie ihnen der Schnabel gewachsen war. Eines Tages kam er auch in die Gegend von Geldern und sah einen alten Bauern, der mühsam sein Feld pflügte.

»Hast du denn keine Söhne, die dir das Pflügen abnehmen könnten?«, fragte der König.

»Ach Gott«, seufzte der Bauer, »Söhne hätte ich schon, aber für die Bauernarbeit taugen die nicht. Der eine ist ein Mörder, der andere ein Räuber und der dritte ein Bettler.«

»Wie das? Hast du dir Verbrecher herangezogen?«

»Nein, nein, Majestät«, antwortete rasch der Bauer. »Alle drei sind ehrliche Leute.«

Der Alte Fritz wusste nicht, was er davon halten sollte, und kratzte sich hinterm Ohr. »Das musst du mir erklären!«, sagte er.

»Der Älteste ist ein Fleischer, der mordet das Vieh und vergießt eine Menge Blut dabei. Er zahlt aber brav seine Steuern. Der Zweite ist ein Advokat, der hat sich ein ansehnliches Vermögen zusammengeraubt, aber auf ehrliche Weise, versteht sich. Und mein Jüngster ist ein Bettelmönch.«

Der Alte Fritz lachte, überlegte kurz und sagte dann: »Diese Geschichte erzähl nicht weiter, bevor du mich nicht hundert Mal gesehen hast!«

Als er wieder in seiner Residenz war, rief der König seine Minister und hielt ihnen eine kurze Rede. »Ich kenne einen Bauern, der hat drei Söhne – einen Mörder, einen Räuber und einen Bettler. Aber alle drei sind ehrliche Menschen, die ich jederzeit auf meinem Schloss empfangen würde. Denkt nach, wie das möglich ist. Wenn ihr es in acht Tagen nicht wisst, entlasse ich euch und mache den Bauern zum Minister.«

Die hohen Herren steckten die Köpfe zusammen und überlegten hin und her, wer dem König dieses Rätsel gesagt haben könnte. Dann fuhren sie aufs Land und befragten jeden Bauern, den sie sahen, doch keiner von ihnen hatte mit dem König geredet. Als sie schon aufgeben wollten, fanden sie einen Bauern, der seinen kleinen Acker mühsam mit einem Paar Ochsen pflügte.

»Kennst du das Rätsel von dem Bauern und seinen drei Söhnen, die Mörder, Räuber und Bettler und gleichzeitig ehrliche Leute sind?«, fragten sie ihn.

»Ja«, sagte der Bauer, »das kenne ich.« Dann setzte er ein pfiffiges Lächeln auf. »Wenn ihr mir vorher 99 Taler gebt, will ich euch die Lösung verraten.«

Die Minister murrten zwar, gaben ihm aber doch das Geld und erfuhren nun, welche Bewandtnis es mit den drei Söhnen hatte. Dann gingen sie zum König und erzählten ihm, was sie erfahren hatten.

Der Alte Fritz runzelte die Stirn, nahm sein Pferd und ritt auf den Acker, wo der Bauer pflügte. »Habe ich dir nicht gesagt, du musst schweigen, ehe du mich nicht hundert Mal gesehen hast?«, fuhr er ihn an.

»Majestät, ich habe Euch hundert Mal gesehen. Zuerst einmal lebendig und dann neunundneunzig Mal auf den Talern, auf denen Ihr abgebildet seid. Ich habe sie den Ministern abgenommen und erst dann geredet.«

Da lachte der Alte Fritz aus vollem Herzen. »Dich mach ich zum Edelmann«, sagte er.

Am nächsten Tag gab es im Schloss ein großes Festmahl. Nachdem alle gegessen und getrunken hatten, musste der Bauer aufstehen. Der König zog sein Schwert und gab ihm den Ritterschlag. Doch kaum hatte das Schwert den Kopf des Bauern berührt, als er einen fahren ließ, dass es krachte. Im ganzen Saal stank es.

»Kannst du dich nicht benehmen? Das sind keine Manieren für einen Edelmann!«, schrie der König, während sich die anderen die Nase zuhielten.

»Majestät, ich melde gehorsamst, als ich den Ritterschlag erhielt, kam der Edelmann oben herein und der Bauer musste unten hinaus!«

Wieder lachte der Alte Fritz aus vollem Herzen und die anderen lachten mit.

Das Gnadenbild von Kevelaer

Es war in jener bösen Zeit, als die Brandfackel des Dreißigjährigen Krieges auch das Land am Niederrhein verheerte. Oft genug mussten die Menschen aus ihren Häusern in die Wälder fliehen, um wenigstens das nackte Leben zu retten. Besonders schlimm wurde es, als die Reiterhorden der Kroaten, die im kaiserlichen Heer dienten, einfielen. »Die Kroaten kommen!« war der Schreckensruf, denn wo immer sie auftauchten, plünderten und brandschatzten sie. In Dörfern und Weilern, wie Kevelaer es damals war, wüteten sie noch ärger als in den durch Mauern geschützten Städten. Die Menschen beteten damals mehr und inniger als je zuvor. Vom Himmel erhofften sie sich jenen Trost, den die Erde nicht zu geben vermochte.

Auch der Krämer Hendrik Busmann, der um die Weihnachtszeit des Jahres 1641 mit seiner bescheidenen Ware über Land zog, war ein frommer Mann. An einem einsamen Wegkreuz auf der Heide bei Kevelaer kniete er nieder und betete zur Muttergottes um Frieden für das geschundene Land. Da hörte er eine sanfte Stimme sagen: »Bau mir hier eine Kapelle!«

Er sah sich um, sah aber niemanden. Der Krämer dachte, er hätte sich wohl verhört, und stapfte im Schneetreiben weiter. Er hatte das seltsame Erlebnis schon vergessen, als er nach acht Tagen abermals an dem Kreuz vorbeikam. Wieder kniete er nieder, um zu beten, und wieder vernahm er den Ruf: »Bau mir hier eine Kapelle!«

Nun erzählte er seiner Frau Mechthild davon, die sogleich meinte, so könne nur der Himmel gesprochen haben. Nur allzu gerne hätten beide sogleich mit dem Bau einer Kapelle begonnen, doch woher hätten sie das Geld nehmen sollen? Es reichte ja kaum zum Leben.

Als der Krämer nach einiger Zeit wieder zu dem Kreuz kam und betete, hörte er den Ruf zum dritten Mal. Nun gab es keinen Zweifel, es war ein Auftrag des Himmels. Davon war Hendrik Busman jetzt überzeugt und seine Frau war es auch. Beide schnallten den Gürtel noch enger und sparten, wo sie nur konnten.

Drei Wochen nach Ostern kamen zwei hessische Reiter nach Kevelaer, die Geld brauchten. Jeder von ihnen hatte ein Abbild von dem Gnadenbild Unserer Lieben Frau von Luxemburg bei sich, das schon viele Wunder gewirkt hatte und auch von den Gläubigen aus Deutschland und den Niederlanden verehrt wurde. Eigentlich wollten sie die Andachtsbilder ihrem Leutnant bringen, der unschuldig im Gefängnis saß, aber weil ihnen das Geld ausgegangen war, gingen die Soldaten zur Krämerin, um sie zu verkaufen. Da Frau Mechthild aber eisern für die Kapelle sparte, lehnte sie den Kauf ab und die Reiter zogen weiter.

In der folgenden Nacht hatte die Frau des Krämers eine Erscheinung. Im Dunkel ihrer Kammer leuchtete plötzlich das Gnadenbild Unserer Lieben Frau von Luxemburg. Es strahlte so hell, dass der Lichtschein das ganze Haus erfüllte und die Nachbarn am nächsten Morgen fragten, von wo das wundersame Licht gekommen wäre.

Als der Krämer, der auf Reisen gewesen war, nach Hause kam und ihm seine Frau von dem Wunder in der Nacht erzählte, begann er unverzüglich mit dem Bau des Kirchleins. Es war eben fertig, als der hessische Leutnant aus dem Gefängnis entlassen wurde. Er hörte, was sich zugetragen hatte, und schenkte eines der Bilder her, die ihm die Soldaten gebracht hatten. Der Pfarrer von Kevelaer stellte es in der Kapelle auf und weihte sie feierlich ein.

Seither pilgern die Gläubigen in Scharen zu der »Trösterin der Betrübten«, wie die Inschrift über dem Gnadenbild der Heiligen Jungfrau lautet, und Kevelaer ist ein berühmter Wallfahrtsort.

Der Bauer im Altwasser

Ein Bauer aus Birten ging einmal nach einem Tauffest nach Hause. Es war spät geworden, die Dämmerung senkte sich über das Land und Nebel fiel ein. Der Bauer beschleunigte seinen Schritt, kam aber von der Straße ab, obwohl er eine geweihte Kerze hatte, die ihm leuchtete. Der Nebel wurde dichter und dichter, die Kerze drohte zu erlöschen und es wurde ihm unheimlich zumute. Nach einer Weile kam er zu einem Haus, das er noch nie gesehen hatte. Er ging hinein, um nach dem Weg zu fragen, fand aber niemanden. Da hörte er seinen Namen rufen. Er blickte sich um, aber kein Mensch war zu sehen. An einer Wand entdeckte er eine Reihe von Töpfen, die verschieden groß waren. Dumpf und hohl erklang jetzt die Stimme aus einem großen Topf: »Ich bin es, dein Großvater! Du wanderst hier tief im Altwasser, am Grunde eines alten Rheinarms. Was du für Nebel gehalten hast, war Wasser. Gott sei Dank hast du deine geweihte Kerze bei dir, sonst wärst du längst ertrunken. Die Wasserfrau hält in den Töpfen die Seelen der Ertrunkenen fest, in den kleinen Töpfen die Seelen der Kinder, die der Erwachsenen in den großen.«

»Und wie kommst du hierher?«, fragte jetzt erschrocken der Bauer, dem aber gleich darauf einfiel, dass sein Großvater vor einem Jahr vom Fischen nicht mehr zurückgekommen war.

»Die Wasserfrau hat mich vom Ufer weggelockt und mit ihren feuchten Armen in die Tiefe gezogen. Du kannst mich befreien, doch wir müssen uns beeilen.«

»Wie soll das gehen?«, fragte der Bauer.

»Zerschlag mit deinem Haustorschlüssel den Topf, aber halte die Kerze fest in der anderen Hand. Dann bekreuzige dich drei Mal und folge mir. Meine Seele wird dir mit einem Licht den Weg weisen.«

Der Bauer tat alles, was ihm die Stimme seines Großvaters gesagt hatte, und folgte dann einem hellen Schein, der vor ihm herschwebte. Der Weg führte steil hinauf, der Nebel löste sich auf und dann war der Schein erloschen. Am Himmel sah er jetzt die Sterne funkeln, und der Bauer war heilfroh, wieder festen Boden unter den Füßen zu haben. Beim Licht der geweihten Kerze, die mit ruhiger Flamme brannte, fand er rasch nach Hause.

Die Bäuerin und das Gesinde wunderten sich, dass er von oben bis unten mit Schlamm und Algen bedeckt war. Nun erzählte er, dass er in das dunkle Altwasser bei Xanten geraten war und dass er die Seele seines ertrunkenen Großvaters befreit hatte. Sie mussten es ihm glauben.

Jung-Siegfried

Vor langer Zeit herrschten in Xanten am Niederrhein König Siegmund und Königin Sieglinde. Sie hatten einen einzigen Sohn, den sie Siegfried nannten und der zu einem schönen und starken jungen Mann heranwuchs.

Eines Tages streifte Siegfried durch das Land und kam auf der Gnitaheide am Rhein zur Schmiedewerkstatt des berühmten Schmiedemeisters Mime. »Ich habe schon viel Rühmenswertes von Euch gehört«, sagte Siegfried zum Meister, »daher will ich bei Euch in die Lehre gehen. Ich will das Schmiedehandwerk erlernen.«

Mime, dem der kräftige Bursche gefiel, nahm ihn gerne auf und lehrte ihn alles, was ein Schmied wissen und können muss. Als Siegfried ausgelernt hatte, sagte er: »Meister, jetzt will ich ein Schwert für mich schmieden!«

»Das kannst du tun«, sagte Mime und legte ein großes Stück Eisen ins Feuer. Als das Eisen rot zu glühen begann, packte der Schmied es mit der Zange und legte es auf den Amboss. Dann gab er Siegfried seinen schwersten Hammer. Keiner, außer der Meister selbst, konnte ihn heben. Siegfried aber nahm ihn leicht wie ein Spielzeug in die Hand, schwang ihn und hieb mit solcher Kraft auf das glühende Eisen, dass der Amboss in die Erde fuhr und der Hammer entzweibrach. Da erschrak Meister Mime, denn so viel Kraft war ihm unheimlich. Er bereute es, Siegfried in die Lehre genommen zu haben, und heckte einen Plan aus, wie er den Gesellen mit den Riesenkräften loswerden könnte.

»Du kannst dir morgen dein Schwert schmieden«, sagte er, »wir haben aber keine Kohlen mehr. Du musst in den Wald zum Köhler gehen und welche holen. Inzwischen richte ich das beste Eisen her. Du sollst ein Schwert haben, wie es sonst keines auf der Welt gibt!«

Am nächsten Tag machte sich Siegfried auf den Weg. Als der Wald immer dunkler und finsterer wurde, hörte er ein Schnaufen und Fauchen, das aus einer Felsenhöhle drang. Er trat näher, doch da schoss ein Ungeheuer hervor, ein Lindwurm mit scheußlichem Kopf und tückisch funkelnden Augen. An seinem riesigen Körper, der in einem Schlangenschwanz endete, hatte er Flügel und an den Tatzen scharfe Krallen, aus seinem weit aufgerissenen Maul züngelten Flammen. Nun wusste Siegfried, warum Meister Mime ihn in den Wald gelockt hatte. Er wollte ihn in den Tod schicken.

Siegfried riss einen mächtigen Baum aus und schlug mit aller Kraft auf den Lindwurm ein. Das Ungeheuer heulte auf und wendete, doch Siegfried sprang rasch zur Seite und versetzte ihm einen so gewaltigen Schlag auf den Kopf, dass es tot niederfiel. Ein Blutstrahl, so dick wie ein Arm, schoss aus der Wunde und sammelte sich in einer Senke, über die eine Linde ihre Zweige breitete. Als Siegfried einen Finger in das dampfende Drachenblut hielt, merkte er, dass der Finger von einer Hornhaut überzogen wurde, die kein Schwert zu ritzen vermochte. Nun warf er rasch seine Kleider ab und sprang in die Senke. Während er im Blut des Drachen badete, fiel ein Lindenblatt zwischen seine Schultern. An dieser Stelle blieb er verwundbar.

Siegfried ritt nach diesem Abenteuer nach Hause an den Königshof zu Xanten, doch lange hielt es ihn dort nicht. Bald zog es ihn wieder hinaus in die Welt.

Eines Tages kam er ins Gebirge und sah, wie eine Schar von Zwergen Edelsteine und rotes Gold aus einem hohlen Berg schleppte. Es waren die Nibelungen, deren König eben gestorben war. Der Schatz war so groß, dass man hundertvierundvierzig Ochsenkarren gebraucht hätte, um ihn fortzuschaffen. Vor dem Eingang zur Höhle standen Nibelung und Schilbung, die Söhne des verstorbenen Königs, und stritten über die Aufteilung des Schatzes. Als sie Siegfried sahen, sagten sie: »Wenn du uns hilfst, unser Erbe gerecht zu teilen, schenken wir dir das Schwert Balmung. Ein besseres Schwert gibt es auf der ganzen Welt nicht.«

Siegfried zögerte nicht, nahm das Schwert und begann zu teilen, aber er konnte es den Königssöhnen nicht recht machen. Sie stritten weiter und schließlich fielen beide über Siegfried her. Da packte er zornig das Schwert Balmung und tötete sie.

Alberich, der zauberkundige Zwerg, hatte es beobachtet und wollte Nibelung und Schilbung rächen. Er setzte seine Tarnkappe auf, die ihn unsichtbar machte und ihm die Kraft von zwölf Männern verlieh, und stürzte sich auf Siegfried. Ein heftiger Kampf entbrannte, und es dauerte lange, bis es Siegfried endlich gelang, Alberich die Tarnkappe zu entreißen. Nun hatte er ihn rasch besiegt und der Zwerg war sein Diener. Er befahl ihm, den Nibelungenschatz wieder in den Berg zu schaffen, und bestellte ihn zum Hüter des Hortes.

Jetzt war Siegfried Herr über das Nibelungenland und den Nibelungenschatz. Er war unverwundbar bis auf die Stelle, die das Lindenblatt bedeckt hatte, und er besaß die Tarnkappe und das Schwert Balmung. So gerüstet ritt der junge Held den Rhein stromaufwärts nach Worms an den Hof der Burgunden, neuen Abenteuern entgegen.

Der Schwanenritter von Kleve

Die stolze Schwanenburg mit einem Schwan auf der Spitze des Turmes ist das Wahrzeichen der Stadt Kleve am Niederrhein. Daran knüpft sich die Sage vom Schwanenritter und der Herzogin von Kleve.

Der alte Herzog Dietrich von Kleve war gestorben und hatte seine einzige Tochter Beatrix zur Erbin eingesetzt. Sie sollte nach seinem Tod das Herzogtum so klug und weise regieren, wie er es getan hatte. Doch kaum hatte man Herzog Dietrich bestattet, als neidische Verwandte der jungen Herzogin das Erbe streitig machten. »Die Herrschaft steht ihr nicht zu«, behaupteten sie. »Der Bruder des Verstorbenen ist der rechtmäßige Erbe.«

Es waren schwere Zeiten für die Herzogstochter, denn sie hatte niemanden, der ihr in dieser Bedrängnis beigestanden wäre.

Nachdenklich stand sie an einem Morgen auf dem Balkon ihres Schlosses. Sie hatte in der Nacht geträumt, dass ein Ritter in silberner Rüstung kommen und ihr zu ihrem Recht verhelfen würde. Als sie nun ihre Blicke über den Rhein schweifen ließ, sah sie auf den Wellen einen weißen Schwan, der eine silberne Kette um den Hals geschlungen hatte und mit der Kette ein Boot hinter sich herzog. In dem Boot stand ein Ritter, dessen Rüstung silbern in der Sonne blitzte. Um die Hüften hatte er ein Jagdhorn befestigt, in der Hand hielt er ein goldenes Schwert und seinen Finger schmückte ein kostbarer Ring. Er war von edler Gestalt und seine Augen verrieten Kühnheit und Mut.

Leichtfüßig sprang der silberne Ritter an Land und ließ sich sogleich der Herzogin melden. Er beugte sein Knie und sagte: »Ich komme von weit her und bin gesandt, um für Euch und Euer Recht zu kämpfen.«

»Euch schickt der Himmel«, antwortete Beatrix und reichte ihm die Hand.

Bald hatte der fremde Ritter die Feinde der jungen Herzogin geschlagen und ihr das Erbe gesichert. Bei einem glänzenden Fest zu Ehren des Schwanenritters trat Beatrix an ihn heran. »Ich verdanke Euch das Herzogtum und meine Würde. Wie kann ich Euch entlohnen? Nennt mir einen Wunsch. Ich will ihn erfüllen.«

Der Ritter sah sie lange an, dann neigte er sein Haupt und sagte: »Als ich für Euch kämpfte, siegte ich, weil ich für Recht und Gerechtigkeit kämpfte. Nun aber bin ich der Besiegte. Eure Schönheit hat mich bezwungen. Ich bitte Euch um Eure Hand, denn ich liebe Euch seit dem ersten Augenblick.« Da gestand ihm Beatrix, dass auch sie ihm schon längst ihr Herz geschenkt hatte. Bald sollte auf dem Schloss Hochzeit gefeiert werden. Vorher aber hatte der Ritter seiner zukünftigen Gemahlin eine Bedingung gestellt: »Frage nie nach meinem Namen, forsche nie nach meiner Herkunft.« Die Herzogin hatte es geschworen.

Seitdem waren Jahre vergangen. Beatrix und der Schwanenritter regierten weise und gerecht und die drei Söhne des Paares schienen das Glück vollkommen zu machen. Manchmal aber, wenn der Blick der Herzogin auf den drei Knaben ruhte, die zu mutigen Rittern heranwuchsen, dachte sie beklommen an den Schwur, den sie geleistet hatte. Warum durften ihre Söhne nicht Namen und Geschlecht des Vaters wissen? Warum verschwieg ihr Gemahl seine Herkunft? Auch manche Edlen des Landes rätselten über die Abkunft des geheimnisvollen Schwanenritters, und der böse Verdacht keimte auf, dass jemand, der seine Abstammung verbirgt, auch sonst etwas zu verbergen hat.

Beatrix liebte ihren Gemahl, aber sie liebte auch ihre Söhne. Um ihretwillen wollte sie Klarheit schaffen. Sie sollten stolz sein auf das Geschlecht ihres Vaters und seinem Namen Ehre machen. Eines Nachts konnte sie nicht länger an sich halten und stellte die unheilvolle Frage: »Mein Gemahl, wollt Ihr nicht unseren Söhnen sagen, wer Ihr seid und woher Ihr kommt?«

Da erhob sich der Schwanenritter von seinem Lager, beugte sich schweigend zu der Herzogin und küsste sie. Es war sein Abschied. Dann ging er ohne ein Wort zum Ufer des Rheins, wo der weiße Schwan mit der silbernen Kette auf ihn wartete. Hinter ihm schaukelte auf den Wellen das Boot. Der Ritter bestieg es, und der Schwan fuhr mit ihm in die dunkle Nacht, dorthin, von wo er einst gekommen war. Er ist nie mehr zurückgekehrt.

Die drei Söhne des Schwanenritters, denen der Vater Schwert, Horn und Ring hinterlassen hatte, wuchsen heran und wurden zu Ahnherren rheinischer Geschlechter, die den Schwan im Wappen führten. Ihre Mutter aber, die Herzogin von Kleve, starb an gebrochenem Herzen.

Das Eiergericht von Kleve

Vor vielen Jahren kam einmal ein reicher Holländer auf einer Geschäftsreise nach Kleve. Er war müde und hungrig und kehrte in einer Herberge ein. »Herr Wirt, ein Bier und zwölf russische Eier. Ihr wisst schon, ordentlich hart gekocht, hübsch garniert und oben drauf eine Messerspitze Kaviar!«, bestellte er.

»Sehr wohl, mein Herr, zu Diensten!«, sagte der Wirt und eilte in die Küche. Die Eier waren noch nicht auf dem Tisch, als ein Bote mit der Nachricht kam, der Holländer müsse so rasch wie möglich nach Emmerich reisen. Die Sache sei sehr wichtig und dulde keinen Aufschub. Als der Wirt mit den Eiern in die Gaststube kam, saß der Holländer schon im Wagen und fuhr nach Emmerich.

Nach einem Jahr kam er wieder nach Kleve und kehrte in derselben Herberge ein. Er grüßte freundlich und sagte zu dem Wirt: »Erinnert Ihr Euch? Vor einem Jahr war ich bei Euch und bestellte zwölf russische Eier, dann musste ich dringend fort und konnte nicht bezahlen. Das will ich jetzt erledigen.«

»Jaja, das weiß ich recht gut. Die Eier werden Euch teuer zu stehen kommen!«

»Wenn schon, zwölf Eier werde ich wohl noch bezahlen können«, sagte der Holländer und lachte.

Der Wirt aber lachte nicht. Mit finsterem Gesicht sagte er: »Ich habe damals bei Gericht eine Klage eingebracht, und da Ihr nun hier seid, wollen wir sehen, wie die Sache entschieden wird.«

Der Holländer schmunzelte und ging am nächsten Tag mit dem Wirt zum Gericht. Er traute seinen Ohren nicht, als der Wirt aussagte, die zwölf Eier hätten ihm zwölf Küken gebracht und wenn die zu Hühnern herangewachsen wären, hätten sie ihm weiß Gott wie viele Eier gebracht. Daraus wären ja wohl noch einmal Küken entstanden, die als Hühner wiederum Eier gelegt hätten und so weiter und so fort. »Eigentlich kann man es gar nicht richtig berechnen«, schloss der Wirt seine Ausführungen. »Wenn ich tausend Gulden verlange, so kommt mein Gegner noch billig davon.«

Der Holländer fiel aus allen Wolken, als das hörte.

Der Richter, ein Freund des Wirts, konnte Fremde nicht leiden. »Wenn ich alle Für und Wider abwäge«, sagte er, »dann hat der Wirt recht. Man muss ja auch Zinsen dazurechnen.«

Dem Holländer blieb der Mund offen stehen, als er zu einer Schadenssumme von tausend Gulden verdonnert wurde. Noch sollte er sie innerhalb eines Tages erlegen, sonst drohte ihm der Schuldturm. Bestürzt verließ er das Gericht. Wie sollte er so rasch das Geld zusammenkriegen? Er kannte doch niemanden in Kleve.

Als er mit sorgenvoller Miene dahinschritt, zupfte ihn jemand am Ärmel. Es war ein Bauer mit pfiffigem Gesicht, der ihn fragte, warum er denn dreinschaue, als gäbe es sieben Tage Regenwetter. Nun erzählte der Holländer, was er eben hatte hören müssen. Da lachte der Bauer und sagte: »Keine Sorge! Damit werden wir schon fertig! Erhebt gleich morgen Einspruch gegen das Urteil. Ich will Euer Anwalt sein und ich verspreche Euch, dass Ihr zu Eurem Recht kommt.«

Der Holländer ging darauf ein. Es blieb ihm auch gar nichts anderes übrig. Am nächsten Tag ging er zu Gericht, erhob Einspruch und sagte, er habe auch einen Anwalt, der ihn vertrete. Doch der Bauer war nirgends zu sehen.

»Nun, wo ist denn Euer Anwalt?«, fragte der Richter spöttisch. Da ging auch schon die Tür auf und der Bauer trat ein. »Verzeiht die Verspätung«, sagte er, »ich musste noch Erbsen kochen, weil ich morgen anbauen will.«

»Was soll der Unsinn?«, rief der Richter zornig. »Wie können denn gekochte Erbsen Frucht bringen?«

»Genauso gut wie gekochte Eier Küken!«, gab der Bauer zur Antwort. »Der Wirt, der Anklage erhebt, hat stets hart gekochte Eier auf Vorrat, um rasch bedienen zu können, wenn die Gäste welche verlangen. Das hat er unlängst selbst gesagt, als ich bei ihm eingekehrt war. Wenn also aus gekochten Eiern Küken schlüpfen, dann können auch genauso gut aus gekochten Erbsen neue wachsen.«

Nun war der Richter sehr verlegen, doch er wusste nichts dagegen zu sagen. Er fällte ein neues Urteil und statt tausend Gulden zahlte der Holländer nur ein paar Groschen. Seinen erfolgreichen Anwalt entlohnte der Kaufmann aber reichlich. Dann verließ er schleunigst Kleve und kam nie wieder.

Rheindelta

Von der deutsch-niederländischen Grenze
durch die Niederlande in die Nordsee

Der Basilisk von Utrecht

In Utrecht hauste einmal im Keller einer Brauerei, die nahe am Krummen Rhein lag, ein Basilisk. Er hatte den Kopf eines Drachen, Flügel und Klauen wie ein Geier, den Schwanz einer Schlange und einen giftigen Atem. Wen er mit seinem stechenden Blick ansah, der musste sterben. Von allen Ungeheuern, die am Rhein ihr Unwesen trieben, war der Basilisk das schrecklichste.

Niemand wusste, wie er in den Braukeller gekommen war. Ein alter Mann erzählte, ein Hahn von sieben Jahren habe einmal ein Ei gelegt, das von einer Schlange ausgebrütet wurde, und daraus war dann der Basilisk geschlüpft. Ein anderer meinte, das Untier wäre mit dem Wasser mitgeschwommen, als der Rhein Hochwasser führte und den Keller überflutete. Wie dem auch gewesen sein mag, der Basilisk war in den Keller gekommen, ohne dass jemand es ahnte.

Eines Tages schickte der Wirt seinen Knecht in den Keller, um Bier zu holen. Der Bursche kam nicht zurück. Der Wirt, der glaubte, der Knecht hätte vielleicht eins über den Durst getrunken und liege nun sternhagelvoll vor einem Bierfass, schickte seinen zweiten Knecht in den Keller. Auch dieser kam nicht wieder. Als er nun seinen dritten Knecht losschickte und vergebens auf ihn wartete, wusste er, dass in seinem Keller ein Untier hauste, das jeden tötete, der es störte. Er wagte es nicht, selbst hinunterzusteigen, und sonst wagte es auch niemand.

Da meldete sich ein junger Mann und sagte: »Dort unten muss sich ein Basilisk versteckt haben. Lasst mich hinabsteigen, ich weiß, wie ich ihm den Garaus mache.«

Wie er das anstellen wollte, verriet er nicht. Die Ratsherren von Utrecht berieten hin und her, ob sie es ihm erlauben sollten. Weil aber auch sie nicht wussten, wie man das Untier unschädlich machen könnte, ließen sie ihn gehen.

Der Bursche lief zur Kellertreppe, so fröhlich und munter, als ginge er zum Tanz. Als er auf der Mitte der Treppe war und den stechenden Atem des Basilisken verspürte, der zusammengerollt am Boden kauerte, zog er seine Jacke aus. Schritt für Schritt ging er ihm entgegen. Der Basilisk hob seinen scheußlichen Kopf und prallte mit einem grässlichen Aufschrei zurück. Der Bursche hatte sich nämlich einen Spiegel vor die Brust gebunden. Als das Untier nun sein Spiegelbild sah, erschrak es vor seiner eigenen Hässlichkeit. Der Schreck war so groß, dass es tot zusammenstürzte.

Der Bursche wurde als Held gefeiert und bekam Freibier sein Leben lang.

Lohengrin

Als Gottfried von Brabant fühlte, dass sein Tod nahe sei, ließ er sein einziges Kind, die schöne Elsa, an sein Lager treten und sprach: »Bald werde ich vor Gottes Thron stehen, daher lege ich mein Land in deine Hände. Regiere es weise und gut! Mein treuer Freund Graf Friedrich von Telramund wird dir zur Seite stehen und ein kluger Ratgeber sein.« Dann segnete er das Mädchen, das weinend seine Hand küsste, und verschied.

Im Thronsaal waren die Vasallen versammelt, um der jungen Herzogin den Eid zu leisten. Sie sanken in die Knie und gelobten Treue bis in den Tod. Nur einer hatte sein Knie nicht gebeugt. Stolz und aufrecht stand Graf Friedrich von Telramund im Saal.

»Ihr wisst, was Ihr mir als Herzogin schuldet, Graf«, sagte Elsa.

Hochmütig sah Friedrich auf sie herab. »Der letzte Wunsch Eures Vaters war, dass ich als Euer Gemahl den Thron besteige und als Herzog von Brabant regiere. Nicht Euer Vasall, Euer Mann werde ich sein!«

»Das ist eine infame Lüge!«, rief Elsa. »Niemals hätte mein Vater über meinen Kopf hinweg entschieden, wessen Gemahlin ich werde. Ich wähle frei!«

»Ich werde es erzwingen! Über Euch und mir steht immer noch der Kaiser. Er wird Recht sprechen.« Mit finsterem Blick verließ der Graf den Saal.

In jener Zeit drohten die Ungarn ins Land einzufallen und Kaiser Heinrich versammelte seine Heerscharen, um zum Kampf zu rüsten. So kam er auch nach Brabant, wo er am Ufer der Schelde sein Hoflager aufschlug. Unter den Edlen des Reiches, die angereist kamen, um dem Kaiser ihre Dienste anzubieten, befand sich auch Graf Friedrich von Telramund. Der Kaiser schätzte ihn als starken und mutigen Kämpfer, und Friedrich war sich seiner Sache sicher, als er die Gelegenheit nutzte und Elsa vor den Versammelten beschuldigte: »Ich erhebe Anklage gegen Elsa, die sich Herzogin von Brabant nennt. Ihr Vater, Herzog Gottfried, hat sie mir vor seinem Tod als Gemahlin versprochen. Somit gebührt mir die Herrschaft über das Herzogtum!«

Der Kaiser blickte ernst auf Elsa, die mit ihrem Gefolge gekommen war, um sich zu verteidigen. »Ihr werdet schwer beschuldigt«, sprach er. »Ich kann nicht glauben, dass mein treuer Waffengefährte Telramund ein Lügner ist, aber die Gerechtigkeit gebietet, auch Euch anzuhören!«

Nun schilderte Elsa in bewegten Worten das Vermächtnis ihres Vaters und die Hinterlist des Grafen, der sich das Herzogtum von Brabant durch eine Lüge erschleichen wollte. Sie sprach so überzeugend, dass Kaiser Heinrich betroffen von der Angeklagten zum Kläger blickte. Sollte Machtgier den Grafen zum Verleumder gemacht haben?

Da trat Telramund vor und rief: »Ich spreche die Wahrheit! Gott soll richten zwischen mir und Elsa von Brabant.«

»Ihr habt es gehört, Elsa«, sprach der Kaiser. »Der Graf hat das Gottesurteil verlangt. Seid Ihr damit einverstanden?«

»Gott wird meine Unschuld bezeugen«, sagte die Herzogin.

Wieder trat Telramund vor: »Wer ist es, der für sie streitet? Wer wagt es, gegen mich und für sie zu kämpfen?«

Da schwiegen die Ritter und senkten betreten den Blick. Keiner wollte sich mit dem kampferprobten Streiter messen. Der Kaiser aber hatte Mitleid mit der jungen Herzogin, die allein stand und vergebens Hilfe suchend um sich sah. Er befahl dem Herold, nach allen vier Windrichtungen ins Horn zu blasen und nach einem Kämpfer zu rufen, der zum Zweikampf bereit wäre. Der Wind wehte den Klang des Horns nach Norden und nach Süden, nach Osten und nach Westen, aber aus keiner Richtung kam Antwort.

Plötzlich ging eine Bewegung durch die Reihen der Versammelten, ein Raunen wurde hörbar, dann ein erstauntes Rufen. Auf den Wellen der Schelde nahte ein Boot, das von einem silberweißen Schwan gezogen wurde. Darin stand Lohengrin, der Sohn Parzivals, in silberner Rüstung. Am Berg Montsalvatsch hatte er die Glocke gehört, deren Klang ihm befahl, in einem fernen Land für Unschuld und Gerechtigkeit zu kämpfen. Mit dem Schwan war er übers Meer gefahren und bis zur Mündung der Schelde gekommen. Der Ritter sprang ans Ufer und der Schwan schwamm mit dem Boot wieder hinaus ins weite Meer.

Der Schwanenritter beugte vor dem Kaiser das Knie und verneigte sich dann vor der Herzogin. »Ich bin gekommen, um die Wahrheit zu bezeugen«, sagte er. Als Kaiser Heinrich ihn daraufhin nach Namen und Geschlecht fragte, antwortete er: »Mein Name ist Lohengrin, über meine Herkunft aber muss ich schweigen.« Der Kaiser ließ es gelten und gab das Zeichen zum Beginn des Kampfes. Der Herold stieß ins Horn.

Mit Hass und Verachtung im Blick hatte Graf Telramund zum Schwert gegriffen. Strahlend und voll Zuversicht war der Schwanenritter in den Ring getreten. Beide ließen die Klingen sausen und hieben aufeinander ein, dass die Funken stoben. Der siegesgewohnte Telramund kämpfte mit gewaltiger Kraft, aber schon hatte das Schwert des Schwanenritters den Panzer des Gegners durchbohrt, und Blut sickerte aus seiner Rüstung. Telramund stürzte zu Boden. Der Kampf war zu Ende.

»Gott hat gerichtet!«, rief der Kaiser und nun erklang es auch ringsum: »Heil dem Ritter Lohengrin! Heil Elsa, der Herzogin von Brabant!«

Elsa, deren bleiche Wangen sich rot gefärbt hatten, trat zu dem Sieger. »Ihr habt mir die Ehre wiedergegeben, edler Ritter«, sagte sie, »wie kann ich Euch meinen Dank erweisen?«

»Ich bin gekommen, weil ich von Eurer Unschuld überzeugt war«, sprach der Ritter. »Sie ist nun vor aller Welt bewiesen und der Verleumder ist besiegt. Aber auch ich bin besiegt. Eure Schönheit hat mich bezaubert und ich bitte um Eure Hand! Doch dürft Ihr mich nie nach meiner Herkunft fragen!«

Elsa, die in ihrem Herzen mehr als nur Dankbarkeit für ihren Retter fühlte, gab freudig ihr Jawort und gelobte, ihn nie zu fragen, woher er gekommen sei. Der Kaiser selbst legte die Hände der beiden ineinander.

Lohengrin und Elsa hielten Hochzeit und waren lange Zeit sehr glücklich. Sie teilten sich die Herrschaft und das Land blühte auf. Als zwei Kinder geboren waren, schien das Glück vollkommen. Lohengrin, der in seinem Wappen den Schwan führte, war hoch angesehen und galt als des Kaisers treuester Gefolgsmann.

Da trug es sich zu, dass Kaiser Heinrich nach einem siegreichen Feldzug ein Fest in der Stadt Kleve am Rhein gab. Ein glänzendes Turnier bildete den Höhepunkt. Die tapfersten und mutigsten Ritter traten in die Schranken, doch der Schwanenritter Lohengrin, der wie festgewachsen auf seinem Ross saß und jeden Angriff abwehrte, besiegte alle. Doch unter die jubelnden Stimmen der Zuschauer, unter denen sich auch Elsa und ihre Kinder befanden, mischte sich eine, deren Klang Hass und Neid verriet.

»Wer weiß denn schon, woher dieser Schwanenritter wirklich kommt. Jeder Hochgeborene nennt mit Stolz seine Abkunft, er aber nicht. Wahrscheinlich hat dieser Hergelaufene etwas zu verbergen. Vielleicht war es gar der Teufel in Gestalt eines Schwans, der ihn an Land gezogen hat.« Es war die Gräfin von Kleve, die es leise gesprochen hatte. Die Herzogin aber hatte es gehört und die Worte schnitten ihr ins Herz.

Mit großem Jubel ging das Fest zu Ende, doch das Gift der Kränkung, das die Gräfin von Kleve ausgestreut hatte, begann zu wirken. Argwohn überschattete Elsas Freude über Lohengrins Ruhm, und Zweifel an seiner edlen Abstammung begannen sie zu quälen. Schließlich trug Misstrauen über Vertrauen den Sieg davon und Elsa stellte die unheilvolle Frage: »Mein Gemahl, wollt Ihr mir nicht sagen, welcher Herkunft Ihr seid?«

Lohengrin erbleichte, denn kaum hatte Elsa ihren Schwur gebrochen, als auf den Wellen des Rheins der silberweiße Schwan mit dem Boot geschwommen kam, der ihn gebracht hatte. Schweigend umarmte er Elsa ein letztes Mal, dann fuhr er mit dem Schwan in das ferne Land, aus dem er gekommen war. Keiner hat ihn seither wiedergesehen.

Frauensand

Es war vor etwa 800 Jahren, da lag die Stadt Stavoren viel weiter im Meer als heute. Stavoren war groß und reich und viel schöner als Amsterdam oder Rotterdam. Der Reichtum aber hatte seine Bürger verdorben. Sie waren stolz und übermütig geworden und ihre Herzen waren kalt wie die Fische im Meer.

Am reichsten von allen war die Witwe eines Kaufmanns. Ihr gehörten die größten Schiffe im Hafen, ihre Segler fuhren auf allen Weltmeeren und sie hatte auf allen Erdteilen Vorrats- und Lagerhäuser. Aber so reich sie auch war, sie konnte nicht genug bekommen. Ihr ganzes Sinnen und Trachten ging dahin, wie sie noch reicher werden und ihre Konkurrenten in den Ruin treiben könnte. Sie kannte weder Barmherzigkeit noch Mitleid und ihre Augen leuchteten nur, wenn sie Geld zählte.

Eines Tages ließ sie den Kapitän eines ihrer Schiffe kommen und befahl ihm, in die Welt hinauszufahren. »Sucht und forscht auf allen Kontinenten, wo das Beste und Edelste auf Erden zu finden ist. Das will ich haben. Kauft es und bringt es mir.« Der Kapitän bat um genauere Angaben zu diesem seltsamen Auftrag, doch sie sagte nur: »Fragt nicht lang, sondern stecht in See!«

Der Mann überlegte hin und her, wonach er suchen sollte. Was war das Edelste und das Beste auf der Erde? Er wanderte durch die Straßen Stavorens und hoffte, vielleicht hier die Antwort darauf zu finden. Waren Edelsteine oder Gold das Edelste auf der Welt? Waren es seltene Gewürze aus Indien oder sollte er feinste Seide und kostbares Porzellan aus China herbeischaffen? Vielleicht waren seltene Musikinstrumente aus fernen Ländern das Edelste auf Erden? Der Kapitän wusste es nicht.

Als er sich darüber den Kopf zerbrach, sah er einen Bettler am Straßenrand sitzen, der um ein Stück Brot bat. Der Kapitän schenkte ihm einen ganzen Laib, und als er sah, wie der Bettler hungrig hineinbiss, wusste er es: Das Beste auf Erden konnte nur der Weizen sein, aus dem das tägliche Brot gebacken wird. Er fuhr nach Danzig, wo es den besten Weizen der Welt gab, ließ sein Schiff voll beladen und kehrte wieder nach Stavoren zurück.

»Wie, Ihr seid schon zurück?«, fragte die Witwe erstaunt. »Ich dachte, Ihr seid vielleicht an der Küste Afrikas, um Gold und Edelsteine einzuhandeln.«

»Dort war ich nicht, aber ich bringe Euch das Edelste und Beste, das auf der Erde zu finden ist!«

»Und was soll das sein?«

»Es ist der beste und köstlichste Weizen, der unter der Sonne reift.«

»Weizen?«, rief die Witwe und zog die Augenbrauen hoch. »Was soll ich damit?« Dann fragte sie mit schneidender Stimme: »Von welcher Seite wurde das Schiff beladen?«

»Von Steuerbord.«

»So befehle ich, die ganze Ladung über Backbord ins Meer zu schütten, und zwar sofort. Ich will selbst dabei sein.«

Der Kapitän erschrak. Es war eine schwere Sünde, den Weizen, den Gott hatte wachsen lassen, im Meer zu versenken. Angestrengt dachte er nach, wie er es verhindern könnte. Schließlich ließ er den Armen der Stadt ausrichten, sie mögen sich rasch am Hafen versammeln. Er hoffte nämlich, der Anblick der Notleidenden würde das steinerne Herz der Witwe erweichen. Doch er kannte seine Herrin schlecht. Ungerührt und kalt wiederholte sie ihren Befehl. Da schrie der Kapitän zornig: »Der Tag wird kommen, an dem Gott Euch für diesen Frevel straft! Ihr werdet noch um jedes einzelne Korn, das im Meer versunken ist, bittere Tränen weinen!«

Ein höhnisches Lachen der Witwe war die Antwort. Sie streifte einen Ring von ihrem Finger, hielt ihn hoch und rief: »So wahr ich diesen Ring nie mehr sehen werde, so wahr werde ich mein Lebtag nicht Hunger leiden!« Dann holte sie aus und schleuderte den Ring in die See.

Einige Tage später stand die Köchin der Witwe in der Küche und nahm einen Schellfisch aus, den sie am Markt gekauft hatte. Sie staunte nicht schlecht, als sie im Magen einen kostbaren Ring fand. Als sie ihn ihrer Herrin brachte, wurde die Witwe weiß wie die Wand. Es war der Ring, den sie ins Meer geworfen hatte.

Noch am selben Tag klopfte ein Eilbote an ihre Tür und berichtete, ein Wirbelsturm hätte am Kap der Guten Hoffnung ihre aus Indien kommenden Schiffe mitsamt der Ladung in die Tiefe gerissen. Am nächsten Tag erfuhr sie, dass eines ihrer Frachtschiffe von Piraten überfallen und ausgeraubt worden war. Die Besatzung hatte man am Sklavenmarkt verkauft. Am dritten Tag erhielt sie die Nachricht, dass ein Brand ihre Lagerhäuser vernichtet hatte. Und so ging es weiter.

Es war noch kein Jahr vergangen, als erfüllt war, was der Kapitän vorhergesagt hatte. Die reiche Frau war bettelarm geworden. Nun schlich sie von Haus zu Haus und bat um Brot, doch die hartherzigen Bürger von Stavoren kannten kein Erbarmen. Sie wiesen ihr die Tür, so wie sie früher die Armen verjagt hatte. Die einst reichste Frau der Stadt starb einsam und verbittert an einer Straßenecke.

Im nächsten Frühjahr sah man an der Stelle, wo der Weizen ins Meer geschüttet worden war, grüne Halme sprießen. Sie trugen Ähren, doch die Ähren waren hohl und ohne Körner. Dies hätte den Bewohnern der Stadt eine Warnung sein können, doch sie erkannten das Zeichen nicht. Sie lebten weiter im Überfluss, prassten und verschwendeten, während die Armen hungerten. Sie ahnten nicht, dass auch ihr eigener Untergang nahe war. Eines Nachts kam ein Sturm und die See brach über Stavoren herein und begrub drei Viertel der Stadt unter sich.

Jahr für Jahr wachsen seither Halme aus dem Meer, die Ähren tragen, die jenen von Weizen gleichen. Doch sie sind leer und tragen keine Frucht. Die Sandbank, auf der sie emporschießen, hat den Namen Frauensand.

Der Fliegende Holländer

Bei Rotterdam ankerte ein Dreimaster und konnte nicht ausfahren. Der Sturm, der seit Tagen die Wellen peitschte, kam schnurgerade aus dem Westen, und kein Schiff war bei solchem Wetter imstande, aus dem Hafen zu segeln. Der Kapitän war wütend über die verlorene Zeit. Die letzte Reise nach Java hatte er in drei Monaten und achtzehn Tagen gemacht. Nun wollte er mit neuen Segeln des Dreimasters die gleiche Fahrt in hundert Tagen machen. Aber das Schiff saß im Hafen fest und dem Kapitän pfiff der Sturm um die Ohren. Da riss ihm die Geduld.

»Morgen fahren wir!«, schrie er hinein in das Brüllen des Sturms.

»Herr Kapitän, morgen ist Ostern«, sagte der Steuermann, »das ist ein heiliger Tag, man fährt nicht aus an einem solchen Tag. Das bringt keinen Segen.«

»Ich fahre«, sagte der Kapitän mit finsterem Gesicht. »Mit oder ohne Gottes Segen!«

»Bei diesem Wetter kannst du nicht hinaus! Dein Schiff wird zerschmettert, noch bevor es aus dem Hafen läuft!« Es war ein Freund, der dem Kapitän vom Hafendamm aus diese Warnung zugerufen hatte.

»Ich fahre, wann es mir passt!«

In der Nacht wurde der Sturm zum Orkan, doch am Morgen befahl der Kapitän: »Wir fahren!«

Den Matrosen war es nur recht. »Endlich ein Kapitän, der sich was traut!«, rief ein junger Seemann. Sie kletterten ins Tauwerk und sangen bei der Arbeit. Dann lauschten sie den Osterglocken, die eben zu läuten begannen und die Auferstehung des Herrn verkündeten.

Noch einmal wollte der Freund den eigensinnigen Kapitän warnen. »Hörst du die Glocken? Du wirst es bereuen, wenn du heute fährst. Du siehst keinen Hafen mehr!«

»Und wenn ich in alle Ewigkeit über die Meere kreuzen sollte, ich fahre«, sagte der Kapitän und ließ die Segel setzen.

Die Matrosen waren verstummt und warteten auf weitere Befehle ihres Kapitäns. Der aber stand auf der Brücke, starrte aufs Wasser und sagte kein Wort. Etwas Unheimliches war geschehen. Die Segel blähten sich – aber gegen den Wind. Das Schiff schoss gegen den Wind hinaus aufs offene Meer.

Immer noch läuteten die Osterglocken und der Sturm brauste. Ein schwarzer Vogel breitete die Schwingen aus und kreiste über den Masten. Und plötzlich begannen die Segel blutrot zu leuchten. Aber es gab keine Sonne. Dann glühten sie. Aber es gab keine Flammen. Und dann wurde der Rumpf des Schiffes pechschwarz. Es war ein Gespensterschiff.

In keinem Hafen wurde der Dreimaster mehr gesehen. Weder der Reeder noch die Familien der Seeleute erhielten je irgendeine Nachricht vom Schicksal der Mannschaft. Man nahm an, dass das Schiff an irgendeinem Riff zerschellt war.

Da geschah es nach vielen Jahren, dass am Kap der Guten Hoffnung ein französischer Segler dem Geisterschiff begegnete. Plötzlich war es aufgetaucht, ein Schiff mit blutroten Segeln und pechschwarzem Rumpf. Es schoss vorbei, lautlos und gegen den Wind. Keine Menschenseele war darauf zu sehen. Nur ein schwarzer Vogel umkreiste es. Dem alten Matrosen, der es sah, packte das Grauen, und er rief den Kapitän. Der aber meinte: »Ein Gespensterschiff willst du gesehen haben? Dass ich nicht lache, Gespenster gibt es nicht.«

Drei Tage danach lief der französische Segler in schwerem Sturm auf einem Felsen auf und zerschellte. Der alte Matrose kam als Einziger mit dem Leben davon.

Immer wieder tauchte nun das Geisterschiff beim Kap der Guten Hoffnung auf. Doch keines der Schiffe, denen es begegnete, sah jemals wieder einen Hafen – bis auf eines. Das Schiff, das mit heiler Haut davonkam, war auf dem Weg nach Batavia. Es segelte ruhig dahin, als plötzlich das Gespensterschiff auftauchte. Mit blutroten Segeln und pechschwarzem Rumpf. Keiner hatte es kommen gesehen. Es war plötzlich da. Die Matrosen schrien auf, denn es schoss geradewegs auf ihr Schiff zu. Dann aber fuhr es lautlos durch die Schiffswand des Seglers hindurch, ohne irgendeinen Schaden anzurichten. Auf der Brücke des Geisterschiffs stand der Kapitän. Seine weißen Haare wehten im Wind, das Gesicht war bleich, aus den Augenhöhlen starrten tote Augen. Um die Masten kreiste ein schwarzer Vogel.

»Das war der Fliegende Holländer«, sagte einer der Matrosen und schlug das Kreuzzeichen. »Gott steh uns bei!«, sagte der Kapitän. Sie fuhren weiter und landeten glücklich im Hafen von Batavia.

Seitdem kreuzt der Fliegende Holländer ruhelos auf dem Meer. Seeleute erzählen, dass er alle sieben Jahre an Land gehen darf. Dann hört man eine hohle Stimme rufen: »Wer nimmt Briefe mit nach Rotterdam?«

Ein Boot kommt angefahren, man hört Ruder und sieht eine Hand, die Briefe reicht. Briefe mit Namen, die keiner mehr kennt.

Man weiß nicht, ob der Fliegende Holländer immer noch beim Kap der Guten Hoffnung kreuzt oder ob Gott ihm schon längst vergeben und die ewige Ruhe geschenkt hat. Gesehen hat ihn keiner mehr.

Kannitverstan

Ein Handwerksbursch, der in Tuttlingen zu Hause war, wanderte einmal den Rhein entlang, immer weiter nach Norden, bis er nach Amsterdam kam. Er riss die Augen auf, als er die große Handelsstadt sah. So prächtige Häuser, so riesige Schiffe und so schön und elegant gekleidete Menschen hatte er noch nie gesehen. Ein Haus stach ihm besonders in die Augen. Es hatte sechs Rauchfänge, eine kunstvoll verzierte Fassade und Fenster, die höher waren als die Eingangstür zu seinem Vaterhaus. Im Vorgarten blühten die herrlichsten Tulpen und Levkojen. Neugierig wandte sich der Bursche an einen Holländer, der eben vorüberging, und fragte ihn: »Verzeihung, mein Herr, aber könnt Ihr mir sagen, wem dieses prachtvolle Haus gehört?«

Der Mann aus Amsterdam hatte es eilig und außerdem verstand er genau so wenig Deutsch wie der Bursche aus Tuttlingen Holländisch. Er sagte daher nur »kannitverstan« und ging rasch weiter.

Der Bursche aus Tuttlingen, der nicht wusste, dass »kannitverstan« so viel heißt wie »ich verstehe nicht«, glaubte, das sei der Name des Hausbesitzers. »Der muss aber reich sein«, dachte er und spazierte weiter. Er kam an den Hafen, wo Schiff neben Schiff lag und Mast neben Mast schwankte. Dann sah er einen Frachter, der eben aus Ostindien gekommen war und ausgeladen wurde. Die Männer schleppten Kisten mit Zucker, Kaffee, Tee und Kakao an Land, trugen Säcke mit Pfeffer, Zimt, Curry und Tabak auf den Schultern, holten Ballen von Baumwolle und Seide aus dem Schiffsbauch. Wieder fragte der Bursche, wem denn dieser Reichtum gehöre, und erhielt von einem schwitzenden Hafenarbeiter die Antwort: »Kannitverstan.«

»Kein Wunder, dass der Herr Kannitverstan sich ein so prächtiges Haus bauen konnte, wenn ihm das Meer solche Schätze zuträgt. Was bin doch ich dagegen für ein armer Teufel«, dachte er.

Traurig ging er wieder in die Stadt. In einer der Straßen begegnete er einem Leichenzug. Vier schwarze Pferde zogen einen schwarzen Wagen, auf dem ein mit einem schwarzen Tuch bedeckter Sarg lag. Schwarz gekleidete Menschen mit ernsten Gesichtern folgten ihm. Der Bursche blieb stehen und zog ehrerbietig den Hut. Als der letzte Trauergast an ihm vorbeiging, fasste er sich ein Herz und fragte ihn, wer denn gestorben sei. Der Mann machte ein besonders ernstes Gesicht, denn in Gedanken rechnete er sich gerade aus, um wie viel er seine Baumwolle verkaufen müsse, damit ein ordentlicher Gewinn herausschaue. »Es muss ein guter Freund von Euch gewesen sein«, meinte der Bursche, nachdem er ihn gefragt hatte, »denn Ihr wirkt sehr betrübt.«

Der Trauergast blickte kurz auf, murmelte »kannitverstan« und ging weiter.

Nun wurde der Handwerksbursche sehr nachdenklich. »Was bleibt einem von all dem Gut und Geld«, dachte er. »Zuletzt hat jeder nur sein Totenhemd, einen Sarg und ein Grab. Vielleicht ruht der Herr Kannitverstan in einem Sarg, der kostbarer ist als der für andere Tote, aber darauf kommt es dann auch nicht mehr an.«

Er schloss sich dem Zug an und lauschte der Totenrede, obwohl er kein Wort davon verstand. Getröstet ging er in seine Herberge und setzte sich zufrieden zum Abendbrot. Wann immer ihm in seinem späteren Leben der Gedanke kam, dass es andere um so viel besser oder leichter hätten als er, erinnerte er sich an den Herrn Kannitverstan aus Amsterdam, dem zuletzt von seinem Reichtum nichts geblieben war. Dann gab er sich zufrieden mit dem, was er hatte.